魏暑临 著

诗心论醉

古今诗词读解漫笔

天津社会科学院出版社
TIANJIN ACADEMY OF SOCIAL SCIENCES PRESS

图书在版编目（CIP）数据

诗心论粹 ： 古今诗词读解漫笔 / 魏暑临著.

天津 ： 天津社会科学院出版社，2025. 5. -- ISBN 978 -7-5563-1071-5

Ⅰ．I207.2-53

中国国家版本馆 CIP 数据核字第 2025T7R632 号

诗心论粹 ： 古今诗词读解漫笔

SHIXIN LUNCUI ：

GUJIN SHICI DUJIE MANBI

选题策划：韩　鹏

责任编辑：李思文

装帧设计：安　红

出版发行：天津社会科学院出版社

地　　址：天津市南开区迎水道 7 号

邮　　编：300191

电　　话：（022）23360165

印　　刷：北京盛通印刷股份有限公司

开　　本：710×1000　　1/16

印　　张：17.25

字　　数：250 千字

版　　次：2025 年 5 月第 1 版　　2025 年 5 月第 1 次印刷

定　　价：68.00 元

刘崇德

　　津门肇自金之直沽寨，元改海津镇，乃以漕运而成聚落，初其语言风习颇多杂吴越。永乐建卫以来，明清两代军吏眷属皆充自江淮。南风北渐，故地处幽燕，隶属京畿而文化风物则反类于维扬，所谓"岛区"文化也。以"五四运动"为代表的新文化以来，中华传统诗词遂成"死文学"。退居沽上旧朝诸耆宿以"存古""遣愁"之曲社诗会，祧唐沿宋，使诗词旧体苟延存活于戏曲小说等新文学之边缘。二十世纪四十年代初，寇梦碧先生携周汝昌等先贤倡立梦碧词社，传习诗词写作垂半个世纪，遂延存中华旧体于一脉。恰二十世纪八十年代叶嘉莹先生自海外来南开大学讲授诗词，对津门诗坛益加扶持推广，传统诗词走出"边缘"而蔚为传统文化之大国。

　　魏君暑临，津门文化教育界名流，旧体诗词写作之后起翘楚而出蓝者，且其聚旧学书画诸艺于一身，根柢深厚。《书坛巨匠吴玉如》《"津门三子"与荣园》等大作享誉学界。今以其近作《诗心论粹：古今诗词读解漫笔》书稿相示，属为之序，亦奇文矣，故拜读数四，不忍掩卷。观其解诗"不盲从生活"，更非程式于"套模"；揭示作品意象情感，权衡诸家而自成一说。至于所涉音律脉理之论，实皆诗家之会解，更非"学者"之意撰。综而言之，既有迦陵金针度人之风范，亦具《管锥》罗织堆锦之才气。

此著后编为对津门先贤著作生平之整理考述，其于津门人文胜迹敬畏之情愫，平生师受交谊感恩之心迹，厚积而薄发，所谓受之者益深，而发之者愈切也。

我津沽传统文化底蕴深厚，"岛区"特色独异。前贤著述历史文献亟待整理挖掘者甚多，任重而道远，魏君及有志于此者勉之。

2024 年 12 月

可以踏韵重歌的人生

据说，现今是"散文时代"，物质无限，人却在结构严密的社会行走，处处受限，"英雄"无用武之地。但说也奇怪，我常去羊城繁华之地太古汇，地库层最偏远的一侧，有书店"方所"在焉。进大门，右仄偏厅，长年满满摆上中外诗集、诗论。她，好整以暇，还在款款地走着那莫名其妙的幽径——总有人追求精神的自由，哪怕片刻。

天津魏君暑临，好诗识墨，该是那幽径上的一个常客，今日《诗心论粹：古今诗词读解漫笔》文集骎寻累成，乃问序于数千里外僻处澳门的我——情通万里外，情比高铁更轻更快呢。

诗词，历来是中华艺术桂冠。解放后，新诗为主，但各种文艺刊物例缺旧诗。"文革"前夕，《毛主席诗词三十七首》赫然面世，封面暗花衬郭沫若题署、硬纸、版式狭长，海外一时争传，此旧诗之传奇一章也。"文革"

后，"封资修"脱帽，绀弩诗争传，"老干体"悄然而生，各地诗词协会如万芽争发，有心人谓此乃"误读"，但诗词究竟被再次"群众化"了——不就七四二十八个字，押个把韵的事吗？"自由"的新诗不好用，何其芳等人倡导的新格律诗又麻烦——周作人尝言，中国人素有好谐调的天性，且如大众娱乐的戏曲，至今板腔体尚行，严分上下句，押韵，那也是由近体诗七字句变过来的啊。老谱顺手得多。"老干体"，是普通人回归旧谱的一个"缘"。当然，近年讲究格律的人又渐多了，青年写旧体而可观者亦多。由是而观暑临君一什，乃潮音所托，起点甚高。看他商量出入于论诗多士，分花拂柳而邃密有加——一边厢书窗琉璃火，忽尔郭外又一山了。

且看在今日"普通话"这一覆盖性最大的洪流中，他孜孜于掇拾"无改"的"乡音"（《诗情关乎心理》），怪道今日《繁花》有价了；网络语言大潮朝起夕退，他却犹自把玩着入声韵的妙用："四弦一声如裂帛"的陌韵，短促有力，"配合着裂帛之声'嘣'地一响"，若平声读去，"与原诗的意境、声情恰恰相反了"（《诗词"声情"初谈》）；李清照的"一剪梅"，"重点在于每组第二句前两个字的仄声，尤其是第二句第一个仄声很重要，起到加重顿挫的效果——这是节奏之外的声音要素"（《节奏的灵活与局限》）。他是在玩一场文字游戏吗？不，诗体的可贵处正在于："意义透过看似没有重量的语义结构传达出来"——作者"在韵文中捕捉世界的各种层次、一切形式和属性。……只要一个音节又一个音节地消解真实可感之经验的具体性，思想仿佛迅捷的雷电闪光，冲出黑暗。"（卡尔维诺《给下一轮太平盛世的备忘录》）。这段话像是为暑临君背书了。况之于叶嘉莹先生的老师顾随先生，放翁《菊枕》二诗（"采得黄花作枕囊，曲屏深幌闷幽香。唤回四十三年梦，灯暗无人说断肠。"又"少日曾题菊枕诗，蠹编残稿锁蛛丝。人间万事消磨尽，只有清香似旧时。"）就逢着他这个极敏感的人——先敏于耳，偏他听得出："'七阳'韵是响韵，而陆此诗不响。"后敏于心，乃如闪电觑明："四十三年前事同谁说？后妻、儿女皆不可与言，限于礼教、名誉、感情。不能说而说出一点，真好。'灯暗无人说断肠'，泪向内流。打掉门牙向肚里咽，尚不令人难过；惟此诗不逞英雄，更令人难过。"心声就此消融了耳中声（《顾随文集·附录》）。今日，我则更谓"泪向内流"间尚夹那一枕馨香，不响中仍有响在也。苦水谓此乃调和之美，实亦华夏南北之"日常"。孕育成长于共同文化这一"公共领域"的商人如我，由着某种教育的格式化，也由着某些经历，千年后对"无人"还"灯暗"一境的知会不待言，一如暑临君诗论中精心剔出的"下楼"情结（《诗词中的"下楼"》），个中人亦有我在。

"叶韵"由人情，但中国人不笨——"出韵"也未必便没有另一番风景。我想起东坡的《定风波》：那倒不是不叶韵，而是"叶"中有"不叶"，一如本调《定风波》的"双调"。复以顾随先生为例，他极许坡公本调"莫听穿林打叶声"之工于发端，自在，但抱怨"竹杖芒鞋轻胜马，谁怕？"谓两仄韵九字在此词中如"丝竹悠扬之中，突然铜钲大鸣"，"破坏调和"，煞风景了。我多年来亦认此为不易之论。但当自己也经历大江南北、两番火劫、多番折腾之后，今日便从苦水篇末之命"别下一转语"了："马""怕"两韵乃恰如京剧张飞的脸谱，其所以是所有脸谱中最具美感和富有动律的谱式之一，正是因为张飞在威武鲁莽之中居然流露出妩媚和诙谐的神态——我心中的东坡也细中有粗啊，他在儒雅外表下常雀跃着一颗赤子之心——《侯鲭录》："东坡先生召试直言极谏科时，答《刑赏忠厚之至论》，有云：'皋陶曰杀之三，尧曰宥之三。'诸主文皆不知其出处。及入谢日，引过，诣两制幕次，欧公问其出处。东坡笑曰：'想当然尔。'数公大笑。""想当然"，正是"马""怕"这事儿的押韵版；"铜钲大鸣"亦翼德喝断之"叶"拍也。历史事件确不会重复发生，但敏感的人会发觉，事件之间有迹可循，连"事件之间也可以押韵"（卡尔维诺）——某种突如其来的思想意识无法让好整以暇的心灵品尝，它逃出内省审视——一如音乐是对心灵隐藏的算术演习：心灵没有意识到自己在计算（莱布尼茨）——心灵也有时擅自解决问题。"谁怕"那一刻的意义超乎艺术，管你背后说我是"然皆句读不葺之诗尔"（李清照）！

暑临君论诗，总平平道来，少烟火气，要在权人情之常理在手。绝妙。但篇中他几番提到或许兴自外邦的"误读"（布鲁姆），以为需持审慎态度，乃有"黄河""黄沙"之辨，着实长我见识。诗词"误读"，我无能置一辞。
但近二十多年，我常出入于戏曲圈中，倒着实觉得文化在"传承"过程中
发生的变异是常态，而大半是"有意的"。文人雅士，不学诗，无以言，
那是有意"误读"于战国时的外交圈中；我们的商人老祖宗、"亿则屡中"
的子贡，不就是猜得某种"气候"是宜居的（其中就包括懂得利用某种"文
化气候"）从而让自己在这个世界中占有一席地位吗？"功夫在诗外"呢。
那么，卖浆引车者流，就只合有几句打油诗？在中国这样的"诗国"，诗，
不徒然是一种美感体验，因为它慢慢积淀着一种共同感觉（常识），让人
能够把自己定位在公共领域之中，也就是定位在一个共有的世界之中。在
这共有的世界，"品味"能浸润、变身转为社会功能的一种也很自然。谁
的声音被凸显、被勾销都是能动的。这里"隐含的东西"并不限于传统批
评观中的内在于文本的作者思想，并有待于读者去挖掘的"品味"，而是
有类于科学家般依靠"消除你头脑里的虚伪套话""成为一个发明者"的
冲动。例如，在历史人类学者眼中，便发现我们岭南之地、化外庶民竟能
让隐逸的陶渊明穿上刀郎的外衣——不是说笑，岭南小镇小榄的"菊展"，
年年展，还号称六十年大展一次。箇中人真的这般爱菊吗？香港大学萧凤
霞教授多年前考察了这个小镇，得出结论：善栽菊花是真的，但别有会心
也是真的——当地土人从营造珠江冲积之土"沙田"起家，但为了在传统
世家大族中获得其持久合法经营沙田的法律地位，"菊展"是他们的文化
选择，要年年讲的；不仅是艺菊，还要诗词雅集，请出陶渊明以表明其行
为乃士大夫文化，是"无功利"的"审美"；更要戏台唱昆曲（原为城市
士大夫喜好）以彰之显之（萧凤霞《踏迹寻中：四十年华南田野之旅》）。
如此看来，"隐逸"这个彼此意会的"国家语汇"，是可以经由地道而熟
练的操作，走出一道终南捷径的。"陶渊明"这一事件在"叶韵"时被故
意"出韵"了——有所选择地运用历史，让过去影响现在原是体制内弱者
求全的一种策略，是能动的"被统治的艺术"（宋怡明，哈佛大学教授），
一如苏格兰裙之为"被发明的传统"（霍布斯邦），而究竟传下来且发扬
光大了。历史意识和现实意识的辩证互动着实奇妙，而身处其中者也不乏

"诚实衷心"（霍布斯邦），这才是点睛之笔。由此而观，也应该宽待"老干体"。"误读"可以闹大，但也不要担心。当渊明这种被"功能性"的使用"过时"之后（凡功能必有过时之日），他依旧会在那南山下饮酒重生的，一如诗歌之不因曾为"行卷"中物而丧失它的价值。

美，始终逍遥栖迟于人们的生命中。诗词之为抒情美典，乃如暑临君的太老师叶嘉莹先生恰当总结得的"感发"二字："感"——来自华夏最敏感的人，"发"，敏感人干的快事。于她，由这一顿悟而"铸火为雪"，遂有"诗词可以令人心不死"之论。"感发"也不一定由诗词。我这二十多年常出入于戏曲圈，就得到一个戏曲掌故：话说抗战期间，一九三五年，正是"华北之大放不下一张平静的书桌"的国难时刻，学者马叙伦在北京，他没有去想什么"抗战教育"，而是去听了余叔岩，乃感觉"如食橄榄，可数日味"——通过戏曲，学者在偃蹇之中回复了最基本的——人之所以为人的生命力，进而体验出一种艺术的完美感。着实说，人是可以有不同的层次和不同的方向进入艺术经验的层次的（高友工）。

天津有"澳门道"。但天津于我，是让我这个商人重回"踏韵"的人生道。二〇〇〇年，叶嘉莹先生由津门来澳门参加国际词学研究会议，我是会议赞助者之一，因主持人施议对教授之介认识了叶先生。其实，此前我已读过她的书二十多年了。二〇〇二年，由叶先生之介，我认识了她的辅仁校友、历史学家李世瑜先生，不想李先生居然熟稔昆曲，退休后是天津重阳曲会的召集人，定期出版昆曲会刊，我自然襄助；三年后，叶先生的"旁听"学生白先勇青春版《牡丹亭》初成，经叶先生之介我又认识了白先勇，从此便"服役"于《牡丹亭》的义工大队至今。二〇〇四年叶先生八十大寿，我应邀赴津，认识了她的学生曹庆鸿教授，也就是魏暑临君的业师，彼此相从甚得。这篇小序能跨越时空，根源由此。记得叶先生曾出过一副上联"对酒须拼沉醉，看花直到飘零"，她的学生曾庆雨博士对的是"无由可驻芳菲，有愿难回既往"，情怀各别，然同有着一颗敏感的心。

噫，我于文不通，于墨不识，但由着一颗"敏于事"的心，遂得夤缘尾随于那踏韵的行列中了——我乐做滥竽小工。诗，不解决子贡的"亿"，它只让人找到一些情感淬炼的"场地";你锚定它,便可在其间"保健",进而有能力与别的大脑交流与共享,有能力引导自己的想象,并用借来的声音密切观察、体会大量未曾亲历的世界、甚而凭着韵律的导引移居到他人的心灵踏韵重歌,恣意为自己的生命上色,不坏吧?虽不能至而心向往之。再向前走,地球边上了,但也有看点:太空飞船上的飞行员,恐怕对"寂寞嫦娥舒广袖"别有体会——诗是高度压缩的语言,是语言的"奇点",难保谁能走出"虫洞",发现另一片天地。嗯,花落故溪深一篙。最后,借用某处听来的一句话:容得下敏感者的世界该不会是坏世界。欲窥全豹,还是让大家细味暑临君的《诗心论粹:古今诗词读解漫笔》好了。

2024 年 12 月

目录

诠释的边界

　　古人有"诗无达诂"的传统，今人有"开放性"的命题，这就给人们一种错觉，好像诗的解读是没有理则和边界的。发散性思维的发挥本身是一件好事，但任凭其泛滥则有可能流毒肆虐。曾听一位教授在讲课时对学生说："你们大可以随便说，你们怎么说都有道理。"这前半句很可贵，但后半句让人不敢恭维。如果怎么说都有道理，学术就不需要规范了，学生就不需要上学了。如果诗怎么解读都可以，读者就不需要诗学了，诗论就没有意义了。

　　曾有学者在解读王维的《送元二使安西》时说："扬尘"在唐诗中往往指代出行，如李白《古风》有"大车扬飞尘"之句、刘禹锡《元和十年自朗州召至京戏赠看花诸君子》有"紫陌红尘拂面来"之句。所以，王维诗的首句写朝雨有情，润湿尘路，有不忍使车马远去之意。意思就是说诗人用雨打湿了那象征出行的尘土，以此表达他希望着出行最好不要实现。这解读看上去别出心裁，但实属诠释过度。

　　首先，"扬尘"和出行之间的关联并不是特别固定的，只是车马杂沓之时常常不免扬尘，目之所见，记于诗句，本非刻意；纵然多见，亦非必然。就算不出行，有风过处，尘土就不能飞扬吗？何况，唐诗中扬尘与出行无关的例子也不乏枚举。

其次，说朝雨润湿尘路就算有情，这不成了情感的泛滥吗？该诗前两句写环境的清新，这正容易冲淡离别的愁绪，于是第三句转折一笔，重点提示远行人的伤感。这前两句连"以乐景写哀情"都算不上，因为这不是诗人人为铺设的乐景，而是眼前身处的环境本就真实如此，它是乐景，但不是为了哀情而故意创设而成的。它本是真实而自然的，拟人化地说它有情，反而显得它刻意了。

前人也有类似的解读，如何焯《三体唐诗》："首句藏'行尘'，次句藏'折柳'"。意思就是第一句的"轻尘"其实隐含是要说人的征尘，第二句"柳色"其实隐含是要借"折杨柳"表达依依不舍之情。但是，首句明白写着轻尘，怎么叫"藏'行尘'"？原来，这不是一般的尘，而是暗示着征人的出行。这姑且算是说得更含蓄且有节制了。

刘拜山先生在《千首唐人绝句》中评道："上二句明写景色，暗寓送别。"但我们仍认为这里没有暗寓。因为，诗句本身越是接近纯写景，等到了第三句的转折处，就越能显出跌宕的笔致。毕竟这头两句所写的景致，就算暂时不从渭城客舍出发远行，也大可以自然存在而且被人欣赏。至于说"柳色新"就一定暗示"折杨柳"，这就不免是中了言必用典的老毛病了。

再如王翰的《凉州词》有"葡萄美酒夜光杯，欲饮琵琶马上催"的名句。有的学者自出机杼，说这句话明写饮酒，暗写流血，因为葡萄酒是殷红色的，所以让人联想到人的血液，于是又顺着这个思路，就产生了畅饮与出战、欢乐与痛苦、和平与战争、生命与死亡等种种悲壮的对立。这种解读看似激昂慷慨，甚至高屋建瓴，但实在令人毛骨悚然、不可思议。古代豪迈的将士也只是说"渴饮匈奴血"，王翰这杯还没开始打仗就喝下的葡萄酒，是敌人的血还是自己的血？这就不仅仅是过度的诠释，而且是诠释的妄想了。

沈德潜《唐诗别裁》说："故作豪饮旷达之词，而悲感已极。"施补华《岘佣说诗》是："作悲伤语读便浅，作谐谑语读便妙，在学人领悟。"

都指出王翰诗句的语气是以旷达谐谑为外表，而诗的第一句为了彰显这种语气，用的是华丽精致的道具。正因那葡萄酒的香气，痛饮的畅快，饮后的微醺甚至陶醉，才显出这背后无限的复杂情绪。怎么一下子就成了喝人血呢？诗歌的美被狂热的标签化的解读驱散无遗。何况，如果说葡萄酒象征着鲜血，那请问夜光杯又象征着什么呢？

葛兆光先生《唐诗选注》说得好：用葡萄酿成的美酒在西汉时已传入中国，但因为它原产于西域大宛，所以写边塞诗时用它渲染西北边关的气氛；夜光杯据《十洲记》说是周穆王时西胡曾献"夜光常满杯"，因为原产西北，所以也用它来营造一种边塞风情。总之，葡萄酒、夜光杯都是边塞的"本地风情"。写人写事注重"本地风情"是古人写诗常常着重注意的笔法，这是读诗词应有的常识。

正是美酒须沉醉，才见沙场堪落泪，赴死的战士喝一杯壮行酒，哪有时间考虑其中的"象喻性"呢？深文罗织，不但减少了战场豪爽的酒香，增加了无端猜测的腥腻，更让我们不禁发问：如果诗人没有考虑所谓的"本地风情"，偏偏喝的是白酒，那么这白酒，又是谁的血呢？岳飞当年"渴饮匈奴血"的时候，是否也要举一杯红色的葡萄酒才能振其雄风呢？

足见，诗的解读是有边界的。或问边界何在？答曰，在于常识，在于常理，在于文本和生活的真实，在于对诗人的诗心诗笔作真实的体会和朴实的尊重。

讽喻的有无

中国古人在儒学的影响下，崇尚温柔敦厚的诗教。所谓"抒下情而通讽喻"（班固《两都赋》），对"上情"的批评尤其不能采用激浊扬清的直率表达，于是，真的猛士在沉默中有所爆发而写成的诗篇也就较为少见。而那些婉而多讽的篇章，多是委婉得连讽喻都近乎找不见，因此，那躲藏在言外语意之中的讽喻，究竟存在与否，有时竟然都成了问题。解诗一旦类似于猜谜，就难免把迂腐推测成深奥，或把邃密误认为浅薄。周振甫先生的《诗词例话》就曾专列"拔高和贬低"一节，专门论述读者对诗作主旨的误解。

关于"拔高"，周先生举了岑参赠杜甫的《寄左省杜拾遗》，该诗后半为："白发悲花落，青云羡鸟飞。圣朝无阙事，自觉谏书稀。"尾联字面是说朝廷圣明，没有不足，使像岑、杜这样的谏官自感无用武之地。历史上有人评价这诗是阿谀颂圣，但纪昀却说它是"愤语"，隐藏着激愤的感情，存在着见于言外的讽喻。周先生认为诗人"感叹自己老了，却在做小官，羡慕在青云中高飞的大官。在这种羡慕里正含有向上爬的意味，那恐怕只会歌颂圣明，怎敢去得罪王朝去谏争呢？所以'圣朝无阙事'该是替唐朝掩饰的颂圣之词，而不是什么规讽了。纪昀的批语，没有联系上两句，是把末联的含意拔高了。"他注重上下文语境的整体，本来很必需，但对上两句的分析流于迂腐。赵昌平先生《唐诗三百首全解》说："见花落而悲白发渐生，望鸟飞而叹青云无路，顿然可见出一种含蓄的悲愤牢愁。"简洁切中，可证周论之失。赵先生又说："正因其牢骚发得含蓄，大凡以'温柔敦厚'的诗教为标准的古代选本，多录入此诗。"则更具见地。何况，岑参又怎会送给杜甫一首肤浅的颂圣诗呢？可见，纪昀指出岑诗具有讽喻的内涵，并非拔高，这首诗确实有讽喻的主旨。

我们善意地揣摩诗人隐含的讽喻之意，虽然有时也不免落空，但我们相信更多的诗人本就不甘心把诗写得轻佻肤浅，而很多诗的讽喻之意，需要读者去用心发现。

这里举钱珝《春恨三首》其一为例："负罪将军在北朝，秦淮芳草绿迢迢。高台爱妾魂销尽，始得丘迟为一招。"写南北朝时梁国将军陈伯之任江州刺史时治理混乱，被朝廷申饬调查，遂举兵叛变，逃往北朝魏国。后来梁国文士丘迟写信劝他南归。信中表示陈伯之叛变后，梁国宽容，其家中松柏不剪、亲戚安居、高台未倾、爱妾尚在，且正值暮春三月、江南草长、杂花生树、群莺乱飞，正宜归来，其诚恳使陈深受感动，终于南归。沈祖棻先生《唐人七绝诗浅释》曾批该诗："完全抛开了民族、国家、政治、军事等重大方面，而只就私人生活，而且是其中很小的一个方面发挥，好像陈伯之的南归，意义只限于免于高台爱妾之销魂，立言就非常不得体……虽然也有情致，但是并无眼光。"这恐怕是没有看出该诗的言外之意。且不说陈伯之这种庸才叛徒的南归对国家政治等重大领域究竟有没有可观的意义，该诗既然只选私人生活的微小视角，庶几有诗人自己的眼光。

首先，这组诗的题目是"春恨"，不是站在陈伯之的角度咏叹，而是站在高台爱妾的角度来言情。她的春恨何在？是嫁给了一个逃跑的负罪将军，终日生活在无望焦虑中，她本不知将军何时能回来，也不知将军回来的目的其实不仅是为了她，还惦记着杂花生树、群莺乱飞。她漫长的春恨的结束，不是因为负罪将军的反躬自省，而是因为毫不关己的另一个外人丘迟的一封感人的信。这不是极大的讽刺吗？

更关键的，这是三首一组诗，其二写独守闺房的女子思念远戍未归的丈夫的春恨，其三写永巷宫女期待君王临幸但旧恩不再的春恨。总之都是女性的悲哀，只是第一首写得更为曲折深隐，更富言外讽刺之意罢了。沈先生过于贬低本诗，是没有看到其中的讽喻之意。

再如赵翼咏王昭君诗："远嫁呼韩岂素期，请行似怨不逢时。出宫始觉君恩重，临去犹为斩画师。"从字面看，诗人在替昭君感恩，迂腐肉麻，不符合昭君应有的心理。但是，赵翼是否有言外之意呢？有没有可能是字面上写昭君感恩，内里却隐含着对君王的讽刺呢？仔细想来，虽然斩画师与君恩重没有半毛钱关系，但我们对讽喻的有无仍不敢妄加武断。好在这又是一组诗，其二咏杨贵妃："鼙鼓渔阳为翠娥，美人若在肯休戈？马嵬一死追兵缓，妾为君王拒贼多。"这末句的语气，读起来多么像是玉环正对着唐明皇冷笑、苦笑啊。两首诗同读，政治漩涡中女性的悲哀，以及她们背后君王的无能就显而易见了。这组诗的题目是"古来咏明妃、杨妃者多失其平，戏作二绝"，诗人既标榜自己要发表持平的正论，那就应该不离温柔敦厚的宗旨，但他又说自己是俚语戏作，这就很有可能别有狡狯机关。那么，在这语气之中，是否也含有作者因为担心自己的讽喻不易察觉，而有意要对读者做出的暗示呢？

抒情的尺度

　　偶然听到流行歌曲的几句歌词："我吹过你吹过的风，是否就算是与你相拥……我做过你出现的梦，是否也算是心意相通……"一时印象深刻。稍加留心才知道类似词句出现在不止一首歌曲中。随耳听闻即能引发关注，说明歌词确有引人注意之处，但仔细思考，这样的抒情似乎又经不起推敲。

　　如果说吹过一样的风就算相拥，那拥抱的价值和意义就被浮泛的空间磨平了。世界的风无限流转，难道一切世人就会因为同在这风中而情投意合吗？廉价的抒情常使情感湮没，而歌词中所谓"就算""也算"的这些说法所带来的迁就感，甚至是略带卑微的口吻，也会消磨抒情的打动人心的力量，近乎无病而呻吟、无情而硬凑。

　　其实，当说到"就算相拥""也算相通"的时候，就是情感抒过了度，话说得太透。假设改作："我吹过你吹过的风，我做过你出现的梦……"就含蓄多了，就更像诗。很多话不用说到底，甚至说到肉麻的程度。领情的人自然领情，不领情的人总是无动于衷。诗的文学，无论含蓄还是显露，总应有高雅的自尊，而今天的诗，很多已经沦落，至于今天的歌词，有的连文学基本的品质都不具备；古代也有歌词，但披沙拣金，其中劣质者大多已经被时间汰去。歌词和诗之间有时是有距离的，而在当今的语境下，至少在读诗和听歌词时，要有甄别的意识。

有人会问：诗不是也讲究"无理之理"吗？为什么要用无形的尺度来加以约束？诚然，抒情不同于论理，也不支持"认死理儿"，但情感的真实与感人的程度，需要抒情的过程有一定的尺度。否则，如果顺着那歌词的思路，我们也可以说："我烤过你烤过的火，这算不算撩拨；我用过你用过的杯，这算不算亲嘴……"还有任何美感可言吗？但如果只说："我烤过你烤过的火，我用过你用过的杯……"至少保留了温存与神往，让人产生含蓄且优美的感受和联想。

抒情者在向对方抒情时，常要找一个情感的寄托，以作为自己和对方情感的纽带，这联结物有时甚至就是情感之所以可以成立的依据。但是如果这个依据显得太脆弱，甚至本身就无法成立，抒情也就成为一纸空文，经不起推敲，吹弹可破了。

在诸多意象中，常被诗人用作情感的见证，且具有永恒、广大、浪漫、高洁等特点的，莫过于"月"了。所以张九龄《望月怀远》说："海上生明月，天涯共此时。"诗人和所怀之人双方同时在同一种月光下，可能也算是心灵"相拥"吧？但诗人的抒情是有尺度的，他没有说得太露骨。所谓"灭烛怜光满""不堪盈手赠"都显得含蓄多情，无比珍重。

张九龄的诗相对安静，是有情之人在抒情时的安然自处，而张若虚《春江花月夜》的"此时相望不相闻，愿逐月华流照君"就显得神观飞越，大有直奔对方而去的趋势。

张若虚的这两句，在抒情的尺度上更称得起是一个典范。他说愿逐月华，却没有说一定要去与对方拥抱，也不一定要得到感情的回报。这个"照"字最为感人，能和明月一起照在对方身上，就感觉自己的情感已经传递到了，就觉得很知足了。人不逐明月，明月自能俯照，但月本无情；人逐明月同照，则月与人皆有情，情感的付出同时显得心甘情愿。于是，哪怕是自己"昨夜闲潭梦落花"，在睡梦中仍饱受相思之苦，也显得是"哀而不伤"了。

这"昨夜闲潭梦落花"又是一个抒情尺度的典范，他没有直接说"我做过你出现的梦"，或"我做过你做过的梦"，只是说梦见落花而已。落花何止是梦见的，"可怜春半不还家"，季节已经到了春半，落花就在现实中，而人又何堪一天天消逝的流光韶华？但在这形容梦境的诗句里，他只说到落花。按理说，落花与人又有什么关联呢？但缠绵悱恻已近极致了。这才体现了诗意的"无理之理"。"无理之理"是理在言外，又在意中，不是强词夺理、生搬硬凑。

我们只是略举张九龄、张若虚诗句为例，已经可感知抒情尺度对艺术性何其重要。有的诗作比上述诗中表达的情感还要热烈一些，要更进一步，如曹植《杂诗》"愿为南流景，驰光见我君"，不是"逐"月华，而是"为"流景，不是"照"君，而是要"见"君，情感更为明快。但不得不承认，与张若虚相比，"照""见"一字之差，"见"虽然目的性更强，预期的结果也更加明朗，但抒情的效果已是逊色很多了。

我们发现，上述张九龄、张若虚和曹植等诗人的咏叹中，都没有涉及"风"，于是就都显得安宁很多。那么，高明的诗人如果写到风，是否也会有"就算相拥"的表达呢？且看李白《闻王昌龄左迁龙标遥有此寄》"我寄愁心与明月，随风直到夜郎西"、武元衡《春兴》"春风一夜吹香梦，梦逐春风到洛城"，寓飘逸于含蓄，抒情的尺度何等高妙。两诗都有一个"到"字，某种意义上，"到"（到达）了就算是"到"（足够，到位）了，不必再谈什么拥抱不拥抱了。

李白的这两句写到"风"，尤其别致，他明明已经把愁心寄给了明月，"天涯共此时"，明月已经可以传情，为什么还要随风而去呢？或者说，既然情感随风可达，为什么还要寄予明月呢？风是吹不动月光的，但风和月光却形成抒情的叠加，同时彰显了诗仙的飘逸。这也才是真正的"无理之理"，而这无理之"理"，又恰恰没有超出抒情的"尺度"。

形象感的冗余

中国各类文艺都以形象感见长，尤其是诗，描写可尽淋漓之笔，抒情、议论、说理也都假借形象以传达情思。文本中丰富的形象和由此产生的形象感，能极大调动读者的形象感，所以，一个人若粗糙而不善观察，呆板而不善设想，便很难真正欣赏诗的文艺。但也不排除人自身调动的形象感因泛滥而冗余，以至于施展得不是地方的情况。

古人对形象格外痴迷，对形象感的追求则别有一番情理。清人贺裳《皱水轩词筌》说："稗史称韩幹画马，人入其斋，见幹身作马形，凝思之极，理或然也。作诗文亦必如此始工。"从他个人的角度，自然可以钦佩韩幹的敬业，但硬说所有人作诗文都定要如此亲身模拟才能工致，则让人不敢苟同。我们暂无法设想韩幹究竟是如何身作马形的，即便他能做到，我们也应该替他庆幸所画的是马，而不是海马，否则何以身作其形呢？

古往今来类似对形象的执着，甚至偏执，不但在诗中，在其他艺术领域也颇存在。宗白华先生《中国书法里的美学思想》不但引后汉书家蔡邕所谓："凡欲结构字体……皆须象其一物，若鸟之形，若虫食禾，若山，若树……纵横有托，运用合度，方可谓书。"还举证元人赵孟頫写"子"

字时要模仿飞鸟形象，写"为"字时要穷尽老鼠形状。宗先生认为这是"吸取着深一层的对生命形象的构思"，"书家用字的结构来表达物象的结构和生气勃勃的动作"。但是，蔡邕的书论，看似是对形象感的重视，其实已有滥用的嫌疑，他由于时代局限，没有领悟汉字结构的抽象美，更遑论如今用"黄金分割率"证明结字之美了。如果说写"鸟"模仿鸟态，写"山"模仿山姿，还算有据，那么赵孟頫用"子""为"联系鸟、鼠的形象，则毫无字学的依据。当然，书法家要把字写美观，自可有一套独特的功夫，不妨在形象感上成其"无理之理"。但学者举这些案例来从学理的层次，从欣赏者的角度，去赞美他们对形象感的"无理"追求，就颇有些问题。所以，创作者形象感的冗余，有时尚且可以容许，甚至产生个性化的积极作用；但欣赏者形象感的冗余，则往往显出学理的缺失，缺乏积极的指导意义。

江弱水先生《诗的八堂课》中说：王安石《南浦》诗"含风鸭绿鳞鳞起，弄日鹅黄袅袅垂"在鹅黄、鸭绿的明媚中，又隐含鳞的鱼字旁和袅的鸟字头，两句诗即使不写鹅、鸭、鱼、鸟，而其形象宛然在焉，我们内在的视觉也定然有鱼在泼刺、鸟在翻飞。这种论述，恐怕就恰恰体现了形象感的越界。所谓鸭绿、鹅黄，固然是借用了鸭、鹅的颜色，但这两个词在形容颜色鲜明之时，早已摆脱了原初的动物形象，而倾向于色彩的单纯。我们也许在看到类似辞藻时，难免会联想到与字面相关的动物形象，但善用形象思维的人，其实更应有意识地避免这种具象联想的干扰，尽可能先要调动抽象的思维，再尽快与诗句本身描写的意象靠近，才获得了贴合语境的形象感，才能更接近诗句本身的意旨。这就如同我们见到形容女子额头和眉毛之美貌的"螓首蛾眉"，绝不会真地联想昆虫的脑门和触须，而是先把其特点抽象出来，再与人的实际形象相贴合。何况，单纯的颜色本身就是一种形象，而王安石诗句中的颜色本就并不孤立，绿、黄的颜色，正在水、柳之上。

可见，中国人读诗的思维以形象感见长，但有时也难免形象感失控，用不到"点儿"上，甚至有泛滥的倾向，超出了诗理的边界。鸭绿、鹅黄毕竟带着动物名称，产生联想，理尚能容，但说鳞的鱼字旁和袅的鸟字头竟然都能算是对鱼、鸟形象的暗示,甚至赞叹其"宛然在焉",就诚然是捕风捉影了。看来,那水波中不跳出几条鲤鱼,就算不得清丽,柳条上不挂着几只黄鹂,就算不上纤柔?艺术的形象不是个体数量越多就越美好。况且,如果换了语境,像"鳞鳞夕云起"中用"鳞鳞"之形容云,"炉烟袅袅十里香"中用"袅袅"之形容烟,鱼和鸟又该向何处寻呢?"读者何必不然",江先生自可有独特的形象感,但他的文章是"课",就不合适了。

顺便一提,王安石的诗句,一般似乎都作"含风鸭绿粼粼起",没有那个"鳞"的鱼字旁,这"粼""鳞"二字,还是颇有一些差异。本想查阅《临川集》古本,但转念一想,即便是"鳞",和"鱼"也没什么形象上直接或间接的关系,也就无须费事了。从诗意着眼,还是以"粼粼"与"袅袅"对偶更佳,因为"袅袅"本身更近抽象,则"粼粼"与之更为接近。

过犹不及——大概这也是一切文艺欣赏的铁律。割去形象感的冗余,才能让形象感既真切,又不生流弊。

诗的尖新与浑成

　　浑成与尖新看上去是一组对立的概念。我们若想寻找古诗中浑成的佳作，可谓俯拾即是，至于怎样的风格才是尖新，尖新的风格应该如何评价，却往往不好拿捏。

　　王维《使至塞上》"大漠孤烟直，长河落日圆"是写景浑成的名句。而这一"直"一"圆"又容易让人联想到白居易的"孤烟生乍直，远树望多圆"，但白居易这两句读起来好像不够畅快，又好像在头脑中联想时总不能形成稳定的画面，不太好聚焦似的。

　　葛兆光先生《唐诗选注》认为其中原因是"白诗看不出写的是什么地方的特有景致"，这个评语似乎显得太表面化了。白诗中没有"大漠""长河"之类地名，自然就缺乏地域指向，但假如做到了地域的特指，就必然能使诗句出色吗？此外，虽然古人追求写景语句即便不透露地名也能让人一看便知，但这并非必然的要求和规律。何况，白诗的逊色，究其主要原因，还是取决于炼字造句，并非景致的特别与否的问题。

　　"孤烟"二句是白居易《渡淮》一诗的颔联，首联写道"淮水东南阔，无风渡亦难"，颔联顺承下来，在描写所望之景的同时，当然要显出"无风"的状态，而并非为了突出地点的特殊。为了用烟的直和树的圆来体现"无风"，就要在有限句式内，尽量使用细腻形象的笔触，但这两句的艺术性坏就坏在"生乍"和"望多"这两个略显多余的描摹语。"乍"字宜写动态，或不稳定的状态，如汉乐府《上陵》"山林乍开乍合"、阮籍《咏怀》"俯仰乍浮沉"之类。"乍直"，有一种突然兴起的应激之感，白诗本想写"无风"时孤烟的"直"，但"乍"字却反而让人想起《风赋》"乍卷通天之雾，时飘覆水之烟，勃起则大木斯拔"那大风狂起的感觉。足见"乍""直"这两个词在语意上恰恰是违和的。

纵使"乍"也有"初""始"的意思，如所谓"乍晴轻暖清明后"（柳永《笛家弄》），有"恰""正"的意思，如所谓"乍夜长迟睡"（张翥《真珠帘》），有"刚""才"的意思，如所谓"波色乍明"（袁宏道《满井游记》），等等。而这些义项用来解释"孤烟生乍直"似乎也都说得通，但总觉得在措辞上不够浑成，略失尖新。

至于"圆树"的茂盛，具象感很强，固然不如"圆日"显得符号感那么浑成，而"多圆树"就更显琐碎了。零散的诸多圆树，一旦远望，就容易连成片，不再是一个个的"圆"，除非这些树彼此离得远，望之可数，但野生的树怎么会有这种类似人工的布局呢？

我也曾在照片中见过远树紧密地连成一排，却依然个个都还明显是圆形的状态，再想到白诗此句，也不得不赞叹它写得形象，有可能正是对客观景象做了如实的描写。而"圆"的树一旦被风吹，大概就会显得不再那么圆，所以，所谓"圆"也正可见"无风"的效果。但是这诗句所描写的意象依然显得繁密琐碎，其用"多圆"的修辞来形容树，又略显生涩（明人郑希良《盆城书事》"江月夜多圆"倒是如在目前，至于更早的南梁时吴均《登寿阳八公山诗》所谓"含珠岸恒翠，怀玉浪多圆"则差强人意了），也就似乎不够浑成。当然，我们批评的究竟是诗句所写意象的特点所显现的风格，还是诗句自身因遣词造句而显现的艺术风格，这二者本是要分开来谈的，但是诗句给读者的直觉印象，这二者又常常未必可以泾渭分明地隔开；前人对白居易这诗句作出"尖新"的评价，在这二者之间侧重于哪一方面，现在不太好断定，估计是二者皆有而更侧重于后者吧。

总之，这两句的问题就是生硬造作痕迹略重，显得不够自然。所以方回《瀛奎律髓》说其"尖新"，即刻意追求人工翻新、雕镂之意。

而《瀛奎律髓汇评》载纪昀评语又说道："第三句本右丞'大漠孤烟直'句，犹是恒语，四句乃是刻意造出。此种可偶一为之不妨，若专意为此，则堕入竟陵、公安鬼趣。""恒语"就是平常话。他认为"孤烟生乍直"很普通，而"远树望多圆"很做作，一句属于没有新意，另一句属于过于刻意。

我觉得白居易这首诗是不是刻意模仿王维，第四句是不是刻意造出，其实都不一定。至于说这样的诗很易堕落成竟陵派、公安派风格，似乎也未免言重了。历史上很多人对这两流派持反对意见，钱谦益曾批竟陵派为"鬼趣""诗妖"，嫌其"深幽孤峭""清吟""冥语"（《列朝诗集》），刻意雕琢，佶屈艰涩。像钱谦益这样说来，如果加到白居易这首诗上，评价得似乎太苛刻些了。

纪昀在评价白居易这首诗时又说："妙在出语浑成，不伤大雅，与'武功派'之琐屑不同。""武功派"是指以唐代姚合"武功体"刻意求工的诗风为主导风格的诗歌流派。胡震亨《唐音癸签》评其风格为"巧撮其长""体似尖小"，提要地说，其实就是"尖巧"，这样的诗句的确很难做到浑成。但是，纪昀批评白诗的同时，又用"浑成"作回护，令人不解。白诗虽无伤大雅，但无浑成之妙。纪昀有些自相矛盾。

一番分析，大致可见浑成与尖新的区别所在。那么，有没有二者和谐统一的例子呢？

贺知章《咏柳》"二月春风似剪刀"即属佳例。《唐诗归》载钟惺的评价是"奇露"，即奇警显露，与"尖新"意近。黄周星《唐诗快》则评为"尖巧语"。很多人会对此感到意外，觉得这首自幼脱口可诵的诗，朗朗上口、吐属自然，怎能说尖巧奇露？其实仔细想来，把和煦化物的春风，竟然比喻成剪刀，这本就极具"陌生化"的意味，而剪刀那锋利而"尖"的形象，原本是很多诗人不太愿用来比拟春风的喻体。柳叶由稚嫩伸展至于老成，是自然而然的过程，一旦说是裁剪出来，反而减少了自然的生命力。所以，某种程度上说，这种比喻未必多么高明。大概人们因为柳叶是尖状的，就与剪刀形状莫辨，混为一谈了。这从本诗的形象上说，是不成立的，诗人的原意并不是说柳叶形似剪刀，而是说春风具有剪刀的能力，裁剪出细叶。当然，即便跳出这首诗，我们也不觉得柳叶与剪刀之间有什么恰似之处，就算长得再像，柳叶也不能用来剪东西。何况，剪刀剪出来的东西，也不都是柳叶形的。

其实，这首诗广受好感的原因，在于它的笔触流畅、语气爽朗、音调协美。也就是说，诗中原本存在着因违背了意象本身的"自然"生命原理而造成的"不自然"，但诗人用文学笔法的"自然"战胜了它。就像面对写意水墨画，当我们单纯地欣赏笔墨的时候，对意象本身的形态有所忽视，乃至于离形弃貌，往往也是使得的。而对笔墨形态的思考，或许已经脱离了对事物本相的分析。所以，黄周星的评语还有后半句："却非由雕琢而得。"这首诗的意象本身是尖新的，显得很刻意，但是，因为表达的语气不雕琢，于是就显得浑成，因为辞句的组织不雕琢，在修辞上像是脱口而出、不费周折，也就掩盖了比喻修辞本身的雕琢，从而达到了意象尖新与格调浑成的统一。假设它连遣词造句和表达口吻都显得雕琢了，就将一败涂地，不会被历代的人们所传诵了。

诗意的虚与实

诗意及其表达向来有虚实之分。前人拿诗和文作对比，说同样比喻成米，文是炊而为饭，诗是酿而为酒，这就显得诗尤其是以"虚"见长的。实与虚各有好处，都是诗人匠心运用的所在。我们读诗，则要体贴地加以辨析。

谢灵运《从斤竹涧越岭溪行》中间有六句："苹萍泛沉深，菰蒲冒清浅。企石挹飞泉，攀林摘叶卷。想见山阿人，薜萝若在眼。"吴小如先生《古典诗词札丛》认为："企石"二句应视为山人在深山寻找生活资料的具体行动，只有这样理解，诗境才灵活，诗人丰富的想象才更生动；如果依据诗句顺序认为萍浮深潭、菰冒清流是缘溪所见，而企石酌泉、攀林摘叶是沿路所为，则忽视了描写的意趣，把有虚有实、波澜起伏的作品看成平铺直叙了。

依吴先生的说法，因为山人是诗人"想见"的，于是最好把之前几句的内容也认定为联想之辞，才算灵活而有意趣。但如此理解，虽然使诗句之间的层次灵活富有变化，有由实转虚、柳暗花明之妙，内容情节上却显得单一了。因为，诗人只是在设想山人的行为，自己却没有实际地做些什么。

其实，无论缘溪所见还是沿路所为，都未必以想象中的山人为主语，而是以诗人为主语，"企石"二句恰是诗人感于山中景色而产生的行为，后面再由自身实践所获得的切实感受引发对山人的想见，自然真实，也更感人。

吴先生认为：如果"企石"二句是对诗人行为的纪实，那么挹泉止渴尚可以说得通，攀林摘叶则显得无意义，因为谢灵运虽然因游山玩水而出名，却未必会去攀摘初生的嫩叶以充饥。这种解说，略显刻板。主语是诗人自己，行为却未必是所谓的"纪实"，否则像屈原"制芰荷以为衣兮，集芙蓉以为裳"，硬要还原成真实，不显得太离奇了吗？这都是形象化的表达而已。换一个角度想，即便攀林摘叶是纪实，也无不可吧？苏辙的"西寺衲僧并食叶"，曹学佺的"食叶成文道者风"，不都是吃了那叶子吗？吃了难道就一定都是为了充饥吗？更何况，原句也没说挹泉就是为了喝、摘叶就是为了吃啊，这些行为不能是出于单纯玩赏的心理吗？

其实，"想见"前面几句所叙的情事，正因为很接近山人的身份，反而恰恰不能用在山人身上。因为，过分的切合无间，就会显得平白无奇，也就很难产生意趣；也正因为这些情事不是谢灵运这个"山外人"所通常宜有的行为，用在诗人身上，才显出他在山中的奇特经历和感受，由此再"想见山阿人"，不才更为顺理成章，更有心情的意趣吗？如此，这几句诗，该视为虚写还是实写更好，也就显然了。这也说明，诗句的内涵，当实则实、当虚则虚，灵活构思和生动意趣未必总是来源于虚笔。

再如姚合的《寄紫阁无名头陀自新罗来》："峭行得如如，谁分圣与愚。不眠知梦妄，无号免人呼。山海禅皆遍，华夷佛岂殊。何因接师话，清净在斯须。"

吴小如先生认为"不眠"二句是诗人的推测，因为他不知道这位僧人"不眠"和"无号"的真正原因，但正因主观上高标准的推测，体现出诗人的崇敬之情，属于虚笔。那么，我们是否应该承认，在现实生活里，基于"无知"的恭维往往显得唐突，而冒昧的谀辞常常显得虚情假意？万一对方不是所说的这样，岂不陷入尴尬？尤其是对他人的"峭行"妄自揣测，更容易造成误会。所以，这两句与其看作虚笔，不如看作实写，就是把已知的新罗僧人的这两个突出的不寻常的特点如实记录，也就足够体现崇敬之情了。这不也是实笔优于虚笔的明证吗？

姚合诗的颈联二句，吴先生认为是写实，即写此僧翻山越海，遍求禅理，足见僧人道心坚定，而诗人则对来自异域的僧人并无歧视心理，也足见诗人对外籍僧徒一视同仁的进步看法。但细读此联，主语已经由颔联的僧人转换为"禅"与"佛"，上句由颔联写僧人如如峭行的具体表现引申到对佛法本身的赞叹，属于升华一笔，下句则是因对异域僧徒与中国佛法的内在相通感到钦敬而发出的赞叹之辞。不是刻画，而是抒怀，这倒反而是典型的虚笔了。

至于尾联，吴先生认为是诗人表达自己的愿望，说不知有何机缘才能同这位长老谈话，即便是片刻也好。这抒怀的语句自然属于虚笔。但这里似乎不是表达所谓的愿望，而是对与这位外籍僧侣相遇接谈，而在片刻之中已经能迅速领略其清净法门，而感到的赞叹与珍视。如是，则虚笔与虚笔之间，究竟是"虚"在何处，也是需要细加区分的。

读诗宜善于对比

　　古代诗歌经过历代积累，常有一些在内容、格调、技巧上相近或相反的作品。即便是相近，也自然有不同之处，选来对读，能练眼光、长思致、明原理。我们在读解的过程中，如能把诗作之间微妙的区别说明白，言人之所能感而不能言，就更为难得。

　　例如李商隐的《夜雨寄北》是久已脍炙人口的名篇，而刘皂的《旅次朔方》和王安石的《州桥》则较生僻。沈祖棻先生《唐人七绝诗浅释》由李诗而论及刘诗，再及王诗，三者相参，很有眼光。刘诗："客舍并州已十霜，归心日夜忆咸阳。无端更渡桑乾水，却望并州是故乡。"王诗："州桥踏月想山椒，回首哀湍未觉遥。今夜重闻旧呜咽，却看山月话州桥。"沈先生对这三首诗都有精辟的评价，不再逐一复述。这里想说明的，是这三首诗放在一起，很明显地就把王诗比下来。我们在对读的过程中，要看得出高下、说得出原因。

　　李诗设想他年巴山共话，情感的丰富基于时空的变换。刘诗同样也是情感的加法，但李诗是从现在对未来作设想之辞，而刘诗是写现实之辞；李是站在未来，又反过来对现在作回顾，而刘是当下已经发生情感的转变。

与这两首诗相比，王诗在情感的表现上其实远远不如，其诗中的情感及其表达都比较薄。

从内容看，王诗当然与刘诗较为相近。在刘皂笔下，并州本来是客次，经过十年羁留，现在却成为舍不得离开的"第二故乡"。而王安石说当年自己在开封汴河的州桥上踏月时，本来惦记着距金陵不远的钟山，现在晚年退居金陵，回想开封旧游，又在踏月时想念州桥。看似与刘诗雷同，但王诗只是过往和回忆之间的"一来一回"，是一种常见的怀念，没有刘诗那种变换"故乡"的心态转化。

从语气看，王诗又与李诗比较近似。但它没有李诗情感的丰厚。李诗的情感，用沈祖棻先生的分析来说，是"写出了自己的盼望，也代妻子写出了她共有的盼望。生活经验告诉我们，凡是已经摆脱了使自己感到寂寞、苦恼或抑郁的环境，以及由之产生的这些心情之后，事过境迁，回忆起来，往往既是悲哀又是愉快的，或者说，是一种掺和着悲哀的愉快……既写出了空间之殊异，又写出了时间之变迁，更重要的和主要的，还从空间、时间的相关变化中写出了人的悲欢离合。"而王诗没有李诗这些丰厚的情感，它只是存在于两个地方之间的简单的情感的加法，没有情感的复杂和升华，这是读之可感的。

这里对沈祖棻先生的分析做简要的引申和补充，是想要说明，诗与诗的参读，不但要看出相似处，更要看出不同点。

再如"复恐匆匆说不尽，行人临发又开封"，是张籍《秋思》描写发信人情义绵延、言不尽意的名句，白居易《禁中夜作书与元九》诗"心绪万端书两纸，欲封重读意迟迟。五声宫漏初明夜，一点窗灯欲灭时"的前两句与之颇为相似，却不如张诗更具声名。沈祖棻先生评价说："这首诗写得词浅意深，是诗人的一贯风格，但与张籍前诗相比，还不及其自然，所以不及张诗更为人们所喜爱和传诵。"

那么，白诗的字面既已十分浅近，却仍不如张诗自然，这是为什么呢？其中的道理应该就不是造作和自然之间的区别，而是自然与自然之间的区别。区别造作和自然有时尚且要费一番思量，区别自然之间的高下就更需要细腻的诗心。

　　仔细看来，白诗为了抒情，偏偏更有一些细腻的描写，所谓"万端""两纸""五声""一点"，都是张诗所不具备的。诗人越想描摹得细、勾勒得细，反而就越显得琐碎，也就越薄。而且这些视听细节的描写，某种程度上分散了抒情的重心，读者跟着他看这儿听那儿，就没办法将注意力一直锁定那封信，这在抒情的自然上已经输了一筹。

　　除此之外，"意迟迟"三字的声音表现得也很深细，读起来却不够流畅响亮，需要读得漫长，才能见情致，白诗将其放在诗的第二句尾，读的时候还来不及等得略久，第三句就出现了。待读到"欲灭时"三字，想漫长也漫长不起来了。这就显得前后不协调，腰重脚轻，且腰也未能舒展，在表达上又输了一筹。

　　我们试将这首诗前后两部分对调一下顺序，成为"五声宫漏初明夜，一点残灯欲灭时。心绪万端书两纸，欲封重读意迟迟。"格律毫无抵触，且内容是由景入情，读到"意迟迟"，声慢调远，余韵不尽，是不是更自然些了呢？白傅有知，定能谅我唐突吧？

改诗的读诗法

写诗往往免不了推敲，一旦获得传神之笔，则如美目盼兮，光彩动人。推敲本就是改来改去的思虑，定稿则是苦心经营的成绩。诗稿一旦修订成功，也就很难再作改易。而欣赏者之为作者"改诗"，有时是真的棋高一着，突破原作者的局限，有的则是自作多情，反显出自己的浅薄；更多则是用假设的字句来印证原作的杰出，"改"则是为了证明原作已经好到"不容改"的地步，并引导更多读者思考其原因何在，这就是改诗的读诗法。

很多学生都思考过老师提出的类似问题："乱石穿空"，"穿"改为刺、插、钻等动词是否可以？这是读诗时非常普遍的改诗法，确有一定启发意义。换什么字句，能不能换且道理如何，往往也颇费一番斟酌。诗的妙处往往让人感觉不可言传，想说清楚、透辟，也的确不是一件很容易的事，即便对同一个字，不同人解读起来也不见得都一样彻底。

例如朱光潜先生讲字声的"调质"时，为强调声音与意义的和谐，举《琵琶行》"嘈嘈切切错杂弹，大珠小珠落玉盘"为例，指出"弹"是平声韵，若换作去声的"奏"，意义虽略同，但听起来不免拗口。何以拗口，他未多加申述。其实，从声音角度，"弹""盘"的韵具有听觉的弹性，"奏"

字则不具备；从意义角度，"弹"的动作常倾向于个体的微观，"奏"则倾向于宏大的场面。二字声音的差异，也关涉着意义的不同。

朱先生又指出"落"的入声也比"坠""堕"的去声更短促斩截且响亮。但问题是"落"的字音虽与坠差异较大，但与堕非常接近，即便有入声和去声的不同，却因与"玉""盘"二字距离紧凑，读时迅速连结，只有刻意停顿，才能难察觉两字声音的差异。其实，除了入、去声的不同，还有声母的差异；更关键的，落字除了声音的优势，还具有动作形象上的轻盈，与珠玉质地相切合。"坠""堕"二字力度太大，形象的联想相对粗拙，不如"落"字清脆自然。朱先生的举例非常切要，且原本是在探讨字音，不必延展太多。这里略加补充，只为说明改诗的读诗法在阐述过程中也还可更为彻底。

改诗而读，虽然多见于修辞层面的论析，却不限于此，如能关涉艺术背后的情志，就更见功力。同一语境中能选来使用的好字句常常不是很多，有时甚至仅有唯一，而差些的字句则不胜枚举。改诗而读，不是随便找来什么拙劣的字句都可以作对比，而是要有助于对诗艺和诗意的深入品析。

高明的改法，能使原本莫可名状的感觉豁然开朗。如李煜"问君能有几多愁，恰似一江春水向东流"，这一江春水实在绝妙，但取材却极普通。越是平凡的绝妙就越好像只能意会，不易解说，一旦花费笔墨，只能徒见词穷。叶嘉莹先生在讲解时曾设问：改成"问君能有几多愁，恰似一方石块压心头"是否可以？这一改实在令听众从朦胧的感觉中顿悟。石头何其质实沉重，但不如春水来得缠绵、无限，在荡漾中显出愁情万转，一往无前。石压心头，切身之痛，窒息，局限，词意无升华而至死结，如吞金之尤二姐，终为小家气之格局；一江春水，虽与人的切身无甚关联，但将个人情怀荡开无穷，且这是春水的多情，不是秋水之冷清，则寓绝望于暖意的生命力，与世界通消息，而为士大夫之格局。

又如杜牧"东风不与周郎便，铜雀春深锁二乔"，许顗《彦周诗话》批其"社稷存亡，生灵涂炭都不问，只恐捉了二乔"。这迂腐论调早经很多人予以充分反驳，指出此诗实际是以点带面、曲为传达，总之确有兴亡之叹。王尧衢《唐诗合解》说："杜牧精于兵法，此诗似有不足周郎处。"着眼点较为别致。沈祖棻先生由此展开说：杜牧通晓政治军事，对中央与藩镇、汉族与吐蕃的斗争有清楚的理解，曾献策于朝廷；他将周瑜的胜利归功于偶然的东风，实为表明自负知兵，借史事吐自己胸中的不平，也暗含"时无英雄，使竖子成名"的慨叹。这就显得更加深刻，他人只看到"咏史"，沈先生则看到其中深隐的"咏怀"成分。

更有意味的是，沈先生说：若按许顗的意见，也可将末句改为"国破人亡在此朝"，虽平仄韵脚都对，但诗味索然。这一改句很妙，有针对性地满足了许顗诗论对心系社稷存亡的需要，却恰恰反衬出他的迂腐，同时佐证了沈先生自己对该诗深刻的理解，使读者在严密的论述之余，在啼笑皆非的改句之中，获得直观的领悟，起到了化繁为简、化隐为显的作用。

可见，改诗的读诗法确有助于诗的品会，而那些看似粗拙却非常能说明问题的修改赏析之例，也正体现了大学者举重若轻的机智。

诗莫笨读

读诗一定要通透，读诗应该让人变得智慧明达。但是，古往今来有太多迂腐地读诗的案例，这在诗论中已经不胜枚举。至于我们眼见过的现世的人，越读诗越陈旧狭隘，越写诗越孤僻乖戾的例子，也是屡见不鲜。清人蔡嵩云《乐府指迷笺释》曾对诗词中使用替代字的问题发出感叹："谓词必须用替代字，固失之拘；谓词必不可用替代字，亦未免失之迂矣。"他认为有的论者一味追求替代字，显得太拘泥，一味否定替代字，又显得太迂腐，于是对这两个极端各下了一个针砭的批语：拘和迂。但事实上，读诗论诗显得笨，又何止在于用不用替代字这一个问题之上呢。拘泥和迂腐是笨表现出来的两面，却也未必都是一定怎样、一定不能怎样的极端，也有流于太浅或求之过深的偏颇，等等。篇幅所限，我们无法对种种笨读诗的现象详加类析，这里仅举最浅近的例子成为趣谈，庶几可以作为初学者的戒鉴。

首先举宋人林逋的两首梅花诗为例。一首《梅花》诗云："吟怀长恨负芳时，为见梅花辄入诗。雪后园林才半树，水边篱落忽横枝。人怜红艳多应俗，天与清香似有私。堪笑胡雏亦风味，解将声调角中吹。"胡雏即指胡人。有学者认为该诗末尾引申到胡人身上，有可商之处，因为胡人吹角，当有《梅花落》曲调，那么，假如诗意原本是要写梅花凋落，这样表述自无不可，但这首诗前文所谓"雪后园林才半树"云云，乃是写梅花开放，再写胡人吹角咏叹梅花落就显得不协调。试问，这样的议论，不显得太刻板了吗？无论是说胡人吹曲咏赞梅花就一定是用《梅花落》，还是说吹《梅花落》时就必须对应着现实中的"梅花落"而不能是"梅花开"，都是胶柱鼓瑟之说，这是显而易见的。

林逋另有《梅花》诗有句云："小园烟景正凄迷，阵阵寒香压麝脐。"是说梅花寒香压过了麝香，于是有学者又提出质疑：麝香浓烈，怎么能被梅花的暗香压倒呢？这问题提得太过执着，原句说暗香压过麝香，看似夸张，然而诗人偏偏认为此暗香能胜彼浓香，又有何不可？这个"压"字大概不是气味大的意思，而是"超过""胜过"的意思，不是倾向于具体的描摹，而是倾向于主观的判断。而人们对于香气的喜爱，也不是以气味的浓淡大小为主要标准的。

说胡人吹梅花曲就必须咏叹梅花的凋落，是不是近似于蔡嵩云所说的"拘"？而说寒梅的暗香必定不能压过麝香的浓烈，是不是又近似于他所说的"迂"呢？

再如朱熹的名作《观书有感》："半亩方塘一鉴开，天光云影共徘徊。问渠那得清如许？为有源头活水来。""昨夜江边春水生，艨艟巨舰一毛轻。向来枉费推移力，此日中流自在行。"两首诗都用象征的手法阐明读书的道理，而且每首诗的道理都不是单一的。两首诗的侧重点都不仅仅是"书"，更是"观""感"，相同点是都用了"水"这个重要的意象作为说理的载体。而这个"水"是动态的，是为了体现读书方法而出现的，不是直接等同于静态的"书"的。

但是，问题就在这个"水"上。"半亩方塘一鉴开"，有的学者说，朱熹是把书比喻成水塘，又把水塘比喻成镜子，这乍看起来没有问题，但是我们仔细想想便能领悟，朱熹笔下的方塘活水，不是书本身，而是读书的方法，以及读书得法所能够获得的成绩。说方塘和书之间是简单的比喻，其实是把原诗看得简单化了，但这姑且也无伤大雅，可笑的是有学者又说，这个比喻严丝合缝，因为书是长方形的，所以称为"半亩"，也就是正方形的一半儿，把它打开摊在那里，就不是一半儿了，就是方的，正像一面镜子。这真是僵化地解说形象感的绝好案例。看来，半亩方塘不是"方"的，而是"方"的一半，只有长方形且面积正好是 0.5 亩的池塘才能称为"半亩方"；那试问正方形且面积为 0.5 亩的水塘又应该如何称谓呢？况且，按照这样的逻辑，只有长方形的书才符合朱熹"半亩"的要求，那我们今天的异形书离古人的要求恐怕也就太远了。这是蔡嵩云所谓的"拘"还是"迂"呢？这种解读不是笨是什么呢？

有的朋友会说，上述举例似乎有点儿小题大做了；但要知道，这些例子都出自大学者的意见，不值得我们谨慎对待吗？而且，我们正要以这些浅近的例子来说明读诗的"拘"和"迂"，其实来得并不是多么的艰难和遥远，也正因此才要时刻避免诗的笨读。

尊重常情常理

曾有学生拿着一本读诗的参考书来向我提出质疑，因为该书的几位作者中有我的名字。他所针对的内容虽然并非由我完成，却让我感到意外而诧异。

这是谈杜甫的《绝句漫兴九首》（其三）："熟知茅斋绝低小，江上燕子故来频。衔泥点污琴书内，更接飞虫打着人。"这诗的内容非常明朗，虽然没有直接表明诗人的态度，但我觉得读者体会到其情感的郁闷本来不成问题。但这本参考书上给出了模棱两可的解读，这里不妨引来，以见其振振有词："这首诗景中含情。诗人从燕子落笔，细腻逼真地描写了它们频频飞入草堂书斋，'点污琴书''打着人'等活动。这些描写既凸现了燕子的可爱之态，又生动传神地表现出燕子对草堂书斋的喜爱，以及对诗人的亲昵。全诗洋溢着浓厚的生活气息，给人自然、亲切之感，同时也透露出诗人在草堂安定生活的喜悦和悠闲之情。也可以理解为诗人通过对燕子频频飞入草堂书斋扰人情景的生动描写，借燕子引出禽鸟也好像欺负人的感慨，表现出诗人远客孤居的诸多烦恼和心绪不宁的神情。"这里面包含两个截然不同的答案，如果都对，那么杜甫的思绪最起码是凌乱的，甚至是自相矛盾的。我们作为读者恐怕也要感觉无所适从，难不成这景里所含有的是一种分裂的感情？人一时之间的心绪情感也许是复杂的，甚至哀乐并存、悲欣交集，都是可以实现的，这些情思看上去是针对一件事、一个物，但其实是针对这事物的不同层面、不同角度。关键的是，我们在理解的过程中，要符合生活情境与文学语境的实际，不能异想天开。

明白人一看便知，上述的第一种答案根本无法成立。我们只要把握人之常情，设身处地地感受一下诗人在逼仄的草庐中、昏暗的灯光下，好不容易看看书，但燕泥来污、飞虫来扰，正常人心情能好吗？我们不理解，那些将不可能的存在编造出来，还自诩给出了发散思维答案的人，置人之常情常理于何地？

因为这段话是参考书给出的参考答案，于是在后面还附上一句"言之成理即可"，试问，不顾常情的论述，能成理吗？常情常理尚且不顾，还谈什么读诗的参考呢？

这个事情本来很小，但我随手通过数据库检索，竟然随随便便地就看到这段话原封不动地出现在十多种不同的图书中，有的还是知名诗学教授主编的"大学直通车"，使人不敢相信。看来，不顾"常情"的诗论随便流毒反而已经成了"常情"。

杜甫这首诗其实早已经由很多学者做出了精辟的解读，如《杜诗详注》："此章借燕子以寓其感慨，承首章莺语……污琴书，扑衣袂，即禽鸟亦若其欺人者。《杜臆》：远客孤居，一时遭遇，多有不可人意者。故两章皆带寓言。"这段话不但解说得恰切，而且用程千帆、莫砺锋先生的话说，是"以杜证杜"，用《漫兴九首》中第一首"眼见客愁愁不醒，无赖春色到江亭。即遣花开深造次，便觉莺语太丁宁"来印证诗人的愁情。当然，无论怎么证明，诗中的常情是打不破的，是摆在眼前而切身可感的。

这让我想起曾听一位唐诗专家讲高适《别董大》的"莫愁前路无知己，天下谁人不识君"。他认为高适实在不近情理，"黯然伤神者，唯别而已矣"，离别时说出这样的宽慰语，会让对方听着不自在，感觉自己被搪塞了。这种理解实在"轻奇"——轻率而奇异。难道友人离别时说几句自信而爽快的话就不近情理吗？正像孙艺秋先生所说："后两句于慰藉之中充满信心和力量。因为是知音，说话才朴质而豪爽，又因其沦落，才以希望为慰藉。"这不正体现了知己离别时的常情常理吗？

我本想对这位讲《别董大》的学者当面质疑，但他批评古人的"不近常理"时格外自得，让人不忍打破。他说着说着，不知怎么就联系到钱锺书先生，说钱这个人很冷漠，却又禁不起寂寞。他有学生曾回忆说，平时和钱先生在一个单位，打头碰脸，钱先生一向不怎么理他，某次两人在一个其他场合不期而遇，钱先生却对他这个平时不会多理一句的学生格外热情。这应该是一件真实发生过，又被这位学生记录下来的小事。我们姑且不管他记录的用意何在，只是我面对的这位学者，竟然由这么一件小事就得出一个结论，说钱先生平时很自负，凡人不理，等到自己寂寞时，因为没有其他熟人可亲近，显得无趣，就热情起来，其实是自己感到冷落。于是他的人品就显得如何如何。

其实，人们在熟悉的环境里彼此不以为奇，在其他陌生的特殊场合，一旦遇见，格外惊喜，这是很多人都经历过或能想象的人之常情常理，怎么就被这位学者深文罗织，上升到人格的层面而指摘起来了呢？听到他这样评价钱锺书，我也就不想再替遥远的高适争辩什么了。

古人说：人情练达即文章。这个"人情"，很大的比重应该是人之"常情"吧？有"常情"则有"常理"。枉顾人之常情常理，莫说谈文艺，就是谈生活，也会留下笑柄，徒瞠他人之目了。

诗情关乎心理

　　古人云：诗缘情。但很多诗人除了抒自己之情，有时也抒他人之情，以表明自己的见解，或带上一些其他角色的情感，以表明自己的感情。诗中因此就有了人物，甚至有了故事。人情的体会往往最难，而要体会得准，又常少不了把握情感主体的心理，而知人心则更难。以下举两个浅显的例子。

　　先是写他人情感和心理的例子。

　　王昌龄《闺怨》："闺中少妇不知愁，春日凝妆上翠楼。忽见陌头杨柳色，悔教夫婿觅封侯。""不知愁"《全唐诗》中作"不曾愁"，一字之差，却关乎人物的情感心理。吴小如先生《古典诗词札丛》认为"知"侧重表明主观方面没有愁的概念，"曾"侧重表明客观方面没有愁事经历，后者更好，因为少妇身世环境至少是小康之家，她对婚前婚后的生活都满意，思想情绪几乎浑浑噩噩，忽见杨柳色，心扉豁然打开，觉醒而悔恨。所以，"不曾愁"是伏笔，"忽"和"悔"连用，写明少妇心理上的急剧变化，显出诗人的无限同情和对社会现实的看法。

　　读了吴先生的论述，对少妇的情感心理变化仍有未解疑团。很难想象一个人从来"不曾愁"，就算承认豪门之中真有这样"心田俨如未被凿开的混沌世界"的"傻大姐儿",那么她既如此之傻,心理怎么又一下子猛醒了呢?曾主动让丈夫追求厚禄,就说明她并非不知人事,难道她的精明曾集中于功利,如今又突然被自然生命美学所改造?

吴先生的解说最关键是没解决少妇心理为何变得如此突然,没说明白"杨柳色"的作用究竟何在。他反对人们牵合汉代折柳送别的典故,认为若被眼前的柳色触动情伤,想起曾经折柳送别的惨淡,就说明当初分别时已尝过愁滋味,怎能说"不曾愁"?其实,吴先生这样论述,已显出他被自己坚持的"不曾愁"三个字套住了,而吴先生自己的话,实际已证明了"不曾愁"的不成立。他倘若顺着自己的思路反过来想,就应想到正常人在离别时必然愁,却又未必在离别之后时刻攥着愁情不撒手。这少妇,愁是曾经必然有,"不知愁"只是当下这一天的现时状态,也是无数普通日常的随意状态。何况,"不知愁"至今仍然时常听闻于口语,未必是说一点儿愁的概念也没有。

"不知愁"显然是和"凝妆"呼应的,少妇没有"懒起画蛾眉,弄妆梳洗迟"的心态,没有因为"女无法为悦己者容"而苦闷。恐怕她一贯觉得男人在外打拼事业,自己在家享受生活其实也不错,或者用类似想法麻痹自我。但那象征美好春色、鲜活生命的杨柳色,打破了她一贯的自以为是,触发了她量变已久的内心孤寂,心理质变的刹那猝不及防,见乐景而生哀情,自然也就在情理之中。

只有这样理解,少妇的情感和心理才算真实,也才在真实的生活中具有相对普遍的感人意义,否则,会被王昌龄写到诗中吗?

再举写其他角色的情感心理以表明自身感触的例子。

贺知章《回乡偶书》:"儿童相见不相识,笑问客从何处来。"读者大多一味解索诗人的情感和心理,如赵昌平先生《唐诗三百首全解》:"诗人究竟是什么心境呢?也许他感叹离家太久,已整整一代人了;也许他由儿童身上看到了自己'少小'时的情态;也许他从儿童的笑问中感受到了长者的慰安……"这么多"也许"都是围绕作者而谈。那么,试问这儿童的"笑问"是出于怎样的心境呢?

　　沈祖棻先生《唐人七绝诗浅释》认为这是儿童"有礼貌而又透着高兴地加以问询"，但儿童何以高兴，沈先生却没有说明。仔细读来，这"笑问"背后的心理大概是和"乡音无改"相呼应的。沈先生把这首诗和李益的名句"问姓惊初见，称名忆旧容"对读，联系得很好，但李诗唯独少了"乡音"的作用，诗中二人显然是旧识，所谓"初见"乃是误会而已。贺诗则不能确定二者以前是否见过，但"乡音无改"表明即使不认识，也能知道是老乡，即便是"客"，也不是真正的异乡人。所以，揣摩儿童的心理，他之所以笑，是因为他既已经把诗人当成了"客"，又好奇这外来的"客"怎么会说自己本地的"乡音"。因好奇而发笑，所以问你从哪里来，你们那里和我们说一样的话吗？这样理解，是不是更接近"笑问"二字的妙处呢？

　　以上二例，都不是诗人自身情感心理的直接体现，且不同解读之间，差别微妙不易察觉，却对领悟诗旨、理解诗人大有意义，可见对情感和心理的把握要体贴入微，还原真实。

诗歌语言的感觉顺序

古人虽然没有"语法"的概念，但是很多诗人遣词造句灵活多变，可称是语法运用的高手。语法理论如果用得好，古诗文中很多捉摸不定的语言现象则可以得到鞭辟入里的分析。

例如杜必简《夏日过郑七山斋》的颔联"薜萝山径入，荷芰水亭开"，原本只是"薜萝入山径，荷芰开水亭"的倒装，却是化平庸为精致。五言写景诗句，比较常见的两个句式，有"名词＋名词＋动词"，又有"名词＋动词＋名词"，这一联即属于前者，而该诗的颈联"日气含残雨，云阴送晚雷"则属于后者。诗人将颔联倒装，不但是为了与颈联的结构加以区别，更是基于形象感的考虑，或者说是基于诗人自身观察事物时真实感觉的依据。薜萝、山径同可谓"入"，荷芰、水亭同可谓"开"，则句中意象联合紧缩，形象感更突出，不但使薜萝、荷芰有所依托，山径、水亭也彰显神采。

有趣的是，该诗颔联可以在上述两种句式之间转换，而颈联却不能转换成"日气残雨含，云阴晚雷送"，否则其中意象的主宾位次就混淆了。再如杜必简《旅寓安南》诗句"积雨生昏雾，轻霜下震雷"也不能倒装。

很多诗句都是如此，倒的永远可以正回来，只是效果有可能大打折扣，而正的却未必可以倒过去。足见，倒装句的形成，不是可以无条件为之的；而能够使用倒装句表达观察感受的，则真可谓体现了语言对诗意的巨大助力。

倒装的必要，实际取决于诗人的"感觉顺序"，诗人一定是这样感觉的，于是这样写出来，所以古人虽没有语法概念，却能合情合理地任意修辞。

葛兆光先生《唐诗选注》就曾谈到感觉顺序的问题。他说王维《山居秋暝》"天气晚来秋"这一句"把'秋'字放在句末似乎不太合语法，但很合符感觉的顺序，因为天色近晚才能感到凉意，而感到凉意则意识到秋天的到来"。我们合理地、有限度地使用语法，应该是要去解释古诗文的难题，而不是要让古诗文的语言现象硬合于今天的所谓语法规范，如果真的有人说这句话"不合语法"，那试问王维要符合的是哪家语法？又请问张说的"荒庭白露秋"、上官仪的"蝉噪野风秋"是不是也都很别扭？我们不能让语法的惯性束缚住我们自己的思维，甚至去束缚古人的艺术表达习惯。

当然，古人也会有刻意制造语言"陌生化"的时候，但是洗练的语言常常有不可企及的自然。在有限的句式里，无论是倒装还是省略，无论是脱口吟出还是推敲反复，那些跳跃式语句的最真实的依据还是诗人和世人感觉的顺序，诗人的感觉顺序也许是独有的，而世人的共鸣却是普遍回响的。

如李颀的名句"关城树色催寒近，御苑砧声向晚多"，葛先生评价说："这里故意倒着说树色使寒意迫近，一方面为对仗，一方面使语言更远离日常话语而富于诗味。"其实，"关城"这句大可不必视为倒装，"关城的树色，以视觉的效果，催人感官上的寒意陡然增进"，这意思不是很通顺，很生动吗？大概诗人不会是先有了一句"关城寒近催树色"，然后再斟酌加工的吧？"关城树色催寒近"和"关城寒近催树色"哪个更符合人的感觉顺序，这不是很显然的吗？

但凡倒装句，应该用倒装后的语法去分析，方能得其别致之妙，但不是倒装的，则不必强行尝试倒着读。对李颀同一诗中的"朝闻游子唱离歌，昨夜微霜初渡河"二句，葛先生反而不同意方东树《昭昧詹言》将之论定为倒装，他认为假如将诗句还原为"昨夜微霜，朝闻游子唱离歌初渡河"，句法太特殊，转弯抹角过了头。他认为"可以把这两句看作只是在时间叙述上有意倒叙：早上听见你唱起离别歌离去，昨晚薄薄的霜初次降在河这边"。以倒叙代替倒装，犹如五十步笑百步；况且难道只要是时间上先说今天再说昨天就一定是倒叙吗？其实这两句就是一种自然的口吻："早晨听到游子唱离歌，这大概就是要启程远行，哎呀，你看看你选的这个时候，昨晚秋霜刚刚渡河，你今天就要启程，正是寒冷时刻，太愁人了！"于是后面才接着说"鸿雁不堪愁里听，云山况是客中过"。这不是非常自然的口语吗？和倒装、倒叙有什么关系呢？

感觉的顺序是怎样，意象的排列就怎样；感觉的顺序是如何，语气的抒发就如何；我辞记我见，我句写我说——那些讲究锤炼语言的古人，但凡达到一定层次的，大约不会违背这艺术表达的规律。

有趣的诗句倒装

　　明人谢榛《四溟诗话》在谈到唐人耿湋《赠田家翁》诗中的"蚕屋朝寒闭，田家昼雨闲"时，认为"朝"和"昼"两字意思重复，故而建议把"朝寒"改为"春寒"。这种改法有人不同意，我们姑且不管，我们关注的是谢榛不但改了这个词，还改了语句的顺序，使之成为："田家闲昼雨，蚕屋闭春寒。"这就很有意思了，通过倒装使诗句更加曲折有味，不像原句那样平直。

　　原句说：蚕屋因早晨的寒冷而关闭，田家因白天下雨而无奈农闲。改后的句子虽然内容照旧，但是诗味的感觉发生了微妙的变化。读者先读到"田家闲"，以为这就是正常的生活状态，待读到"昼雨"，才知道这种闲暇的原因，进而体会到其中的无奈和焦虑；先读到"蚕屋闭"，以为这仍是普通的田家场景，待读到"春寒"，才知道闭门这一细节的原因，进而体会到农家的劳动习惯和智慧。"闭""闲"本来是出现在句末的普通谓语，改过之后则在两组名词中间起到连接和表达逻辑的作用。尤其是"蚕屋闭春寒"一句，仿佛是蚕屋刻意把春寒拒于门外，有一种对春寒不欢迎的排斥感。

如此，似乎"朝寒""春寒"之间的区别反而是次要的，句式的顺序才更值得我们品读。

谢榛认为，这样的倒装句式是"王孟手段"的体现，也就是说在他看来，王维、孟浩然写诗最擅用这种方法。但是，周振甫先生在《诗词例话》中提出了不同意见。他举王维《送平澹然判官》"黄云断春色，画角起边愁。瀚海经年到，交河出塞流"两联，说明同一诗中，既有"断""起"在句中，也有"到""流"在句末；又举孟浩然《李氏园林卧疾》"春雷百卉坼，寒食四邻清。伏枕嗟公干，归山羡子平"两联，也呈现类似情形。所以，他指出："不能说这样的动词或形容词在前是王、孟家风，在后就不是王、孟家风。王、孟风格决定于他们的意境，不决定于用词。"

周先生举的例子很好，得出的结论也很精辟。这里却想继续额外探讨倒装的问题，因为，如果我们就用周先生举的例子，而是顺着谢榛的思路多想一步，就会发现，孟诗"春雷百卉坼，寒食四邻清"一旦改成"春雷坼百卉，寒食清四邻"，则别有趣味；如果逆着谢榛的思路也多想一步，则王诗"黄云断春色，画角起边愁"一旦改成"黄云春色断，画角边愁起"（姑且忽略"断""起"都是仄声字），也能更具规模。

孟诗原句"春雷百卉坼，寒食四邻清"是说春雷之中所有花朵开始萌芽，寒食节中四邻都显得冷清，属于平直的叙述。改过之后的"春雷坼百卉，寒食清四邻"则是说春雷使得百卉萌发，寒食使得四邻冷清，强化了春雷和寒食的主体作用，也强化了"坼"的萌发动态和"清"的不同日常，能增强读者真切的感受。

王诗原句"黄云断春色，画角起边愁"是说黄云升腾截断春色，画角之声引起边愁，"断""起"二字虽然也有"使动"的意味，却仍显得平直，没有出人意表，难以引人深思。改过之后的"黄云春色断，画角边愁起"，则是黄云、画角分别作为背景，在这样的环境中，春色在其中被截断，边愁因之而兴起。而且，从直觉上讲，黄云和春色粘结在一起，好像一起"断"，画角和边愁粘结在一起，好像共同"起"，视觉、听觉以至于感觉的冲击力更为明显，"断""起"两个动词的力度也更加强烈。

谢榛也好，本文也罢，都无意强迫改动古人原句，而是通过假设，说明读诗"别趣"的可能性。相似的例子也许并不难举出，正确的结论也许并不难提炼，但所谓"诗有别裁"，我们读古人诗论的时候却不妨多想一步，或顺势而下，或逆向而上，有时会获得不一样的感受——这往往与正确和错误无关，却常常于巧思和趣味有益。

云霞海曙 梅柳江春

　　唐人杜审言的名句"云霞出海曙，梅柳渡江春"（《和晋陵陆丞早春游望》）不知得到过多少文人的赞评。葛兆光先生《唐诗选注》中说："这两句的语法比较特殊，应当是'云霞出海（天才放）曙，梅柳（已开花长绿芽）渡江（才感到）春（天来临）'……但近体诗歌里这些括号里的词全被压缩掉了，顿时显得很紧凑……减少了阅读时的限制性，从而拓宽了联想空间……"葛先生善于在论诗时运用语法分析的手段，往往颇见卓识，但这种加括号补充词句的方式，显得非常麻烦，未能简省明朗地说明原句的语法问题。何况古人在写诗的时候，不是先有括号里的那些词句，然后为了紧凑又裁剪下去，而大多是出于自然的表达。

　　葛先生说了这么多，其实只是一个词性的问题。依葛先生所注，本句中不但"出""渡"二字是动词，"曙""春"二字也是动词，即"放曙""生春"之意。明人陆时雍《唐诗镜》所谓"一字一句"，大概就是认为这两个词可以是独立成意的动词。但汉语语词词性转变的逻辑是暗示性的，看上去仍然是单摆独放的名词，而实际已经产生视觉的延展和联想的摇荡。从这个角度讲，俞陛云《诗境浅说》以为"出""渡"是诗眼，其眼光似乎显得略逊一筹，仿佛尚未看到"曙""春"二字的妙处——但我认为此二句实在另有更值得赏会的妙处，"出""渡"二字的作用仍然需要深思。

依葛先生所注，这两句的停顿应为：云霞／出海／曙，梅柳／渡江／春（式A）。其实还可以另有一种停顿为：云霞／出／海曙，梅柳／渡／江春（式B）。之所以两种情况皆可成立，是因为"海""江"二字，前后皆可联属，联前则为动宾词组"出海""渡江"，即"出于海面""渡过江面"之意；联后则为定中结构的名词词组"海曙""江春"，即"海上之曙""江上之春"之意，则两句意思实为"云霞出于海上曙景，梅柳渡于江上春光"。这两种停顿显示的意义结构实有不同。

从全句看，式A中"曙"对应"云霞"，"海"被"出"字所管束，"春"对应"梅柳"，"江"被"渡"字所管束，而式B中"海曙"既为整体而对应"云霞"，由"出"字相连，"江春"既为整体而对应"梅柳"，由"渡"字相连，景象更为宏大；式A的逻辑是顺应因果，因云霞出海而放曙，因梅柳渡江而生春，取意实为普通，式B则更富顿挫，曙是海曙，而云霞出之，春是江春，而梅柳渡之，云霞一出，即为漫天海曙，梅柳一渡，便是整个江春，是以云霞、梅柳之自然动力显得格外巨大而有生命力，其作用更为彰显，而不仅仅是式A中的"自然而然"，而好像是大自然生命力的"有意而然"了，云霞、梅柳的生命主体性强化了，诗中所谓"偏惊物候新"——物候之新也更为可知了。在此过程中，"出""渡"二动词的作用也更为显著，从这个角度看，《诗境浅说》的"诗眼"说还是不可轻废的，其欣赏的眼光还是很精准的。

这两句诗的句式其实与王湾《次北固山下作》的"海日生残夜，江春入旧年"颇可互为参照。葛先生《唐诗选注》指出"海日""残夜""江春""旧年"同时呈现在视界中，让人刹那间体验出时序交替的情景，动词"生"很平常，却凸出了两端的意象，动词"入"违背常理，却增添新颖与别致。这样的注解，不也正好符合上文对"云霞"二句之句式B的分析吗？

或问：是否可以有式C"云霞出／海曙，梅柳渡／江春"，将"海曙""江春"看作两个主谓结构的短句，即"海放曙""江生春"，则两句共有四个主谓结构，意思为"云霞出（海）而海放曙，梅柳渡（江）而江生春"，内涵岂不更为丰富，诗句岂不更为紧凑？答曰：此固符合语法规则，但不合古人诗句习惯，如此纠绕，古人大概不为，如此丰富，亦实为琐碎，如此停顿，读之更令人气促——所以，以语法分析古诗句，也是要有边界的。

诗词"声情"初谈

古诗词在不同年代，以不同方式，与音乐有着或多或少的联系。就诗词自身的文学形式而言，也通过押韵等途径彰显声音的美感。人们常说"声情并茂"，好像"声""情"可以并驾同进，又可以产生合力，而古诗词所讲究的声情，则常常是情因声而茂，声随情而转。因古今语音变化，今人读古诗词更多地是探其情而略其声，但缺少了对声音的感受，对情思的体会也不免受损。声情是诗词的一个大问题，这里仅就押韵举几个简单的例子，以供初学者思考。

柳宗元的《江雪》（千山鸟飞绝）就是一个很有意思的例子，这首仄韵诗的韵脚"绝""灭""雪"都是入声字，同属平水韵"屑"部。入声读起来的急促感，非常适合这首诗中那种苦寒而不移的意境、冷僻而孤傲的格调、一人而万古的气象，读起来显得很硬、很坚决，但用普通话读起来，本来同是入声字的韵脚，分别变成的2、4、3三个声调，加上"翁"这个1声的非押韵字，可谓现代汉语"四声俱全"。我们很多人从小就这样读，因为"üe""ie"韵母声音相近，就忽略了这四个声调并置时本应有的违和感，即便读起来矫揉造作、参差不齐，也不妨碍摇头晃脑、曼声高吟。甚至很多人因为这类情况就对押韵产生了误解，模仿着写古体诗时，韵脚也这么高低起伏、忽强忽弱。

类似的如白居易《琵琶行》中四句："曲终收拨当心画，四弦一声如裂帛。东船西舫悄无言，唯见江心秋月白。"古风歌行允许换韵，往往一韵就是一个意义层次，而选韵也与诗句的情调相关。"帛""白"两韵脚同属入声"陌"韵部，"帛"读起来短促有力，仿佛配合着裂帛之声"嘣"地一响；而"白"字作为入声字，格外配合着诗句中那静谧而清冷的环境，和那皎洁而阴凉的月色。今天的人读起来是平声，越是拉着长声，仿佛就越体现了裂帛的紧张感以及月光的朗照和浪漫，其实与原诗的意境、声情恰恰相反。当然，今人的语感毕竟已经发生了明显的变化，普通话的朗读方式不可偏废，但是读古诗词，尽可能地接近原始的味道，在很多时候，还是可以做到的；做不到时，至少也要有所认知，以免似是而非，显得自作聪明。

再举李清照《声声慢》（寻寻觅觅）为例，它的有趣在于本来是一首仄韵词，转换成现代汉语的读音，原来的仄声韵脚"觅""戚""息""急""识""积""摘""黑""滴""得"，除了"觅"这一个字，其他的已经全部变成了平声韵——这个词牌别体甚多，一些别体中"觅"字的位置本来就不是韵脚，可见它所处的位置不是押韵的关键位置——也算是一种难得的巧合，对于不会读入声字的一些今人来说，未必不是一件好事，但是词中的愁情秋思，也就在平声韵的曼长悠扬中变得肤浅而做作了很多。

不是说平声韵就不好，李商隐《无题》（相见时难别亦难）、杜甫《咏怀古迹》（群山万壑赴荆门）都押平声韵，若把"青鸟殷勤为探看（kān）""分明怨恨曲中论（lún）"的韵脚都读作4声，声音的美感没有了，诗歌结尾处那情感的绵长也仿佛砸在了地上，顿然消散了。所以，平声和仄声各有各的好处，各有各的功能。

有的学者认为古音无法完全还原，于是不支持模拟古音，反对把"斜"读成"xiá"一类的做法。但是没有尽可能的模拟，我们就无法接近古人的声律，也就只能是甘心与古人的情志拉开最大的距离。何以说是最大的距离？因为对那些语言修辞、知人论世等种种层面的距离我们都竭尽全力地去拉近了，而声音的隔膜横在那里，就显得格外明显而巨大。

放弃了拉近的努力，就等于放任误解的流行。于是有人因对押韵的无知，偏说"乡音无改鬓毛衰"的"衰"读"cuī"，全不顾它和"回（huái）""来"是押韵的，如果让"回""衰"的韵母都是"ui"，那么"来"字怎么办呢？（当然，对贺知章这首诗韵脚的读音问题，还需要更深入的分析。我的意见是那个时候这个字的读音，大概不能完全等同于今天的"shuāi"或"cuī"，很有可能是介于"shuāi"和"cuī"又和二者都非常接近的一种读音。而今天我们在读的时候，一方面要尽可能地接近古人，另一面还要考虑押韵的实际效果，这样，我们当然更应该选择"shuāi"的读音。）

这看上去只是"声"的问题，与"情"无关，但不了解押韵的常识，恰会导致读诗时韵脚的错觉。例如高适《燕歌行》中四句："大漠穷秋塞草腓，孤城落日斗兵稀。身当恩遇常轻敌，力尽关山未解围。"这里"腓""稀""围"都是平声"微"韵，而"敌"是个仄声字。但是按照现代汉语的发音，好像是第一、第四句押一个韵，而第二、第三句押另一个韵，像是一个夹心饼干。这样的话，语句的层次就混乱了。如果连内容结构都捋不清了，更何谈体情察意呢？

节奏的灵活与局限

　　节奏是诗的重要美感元素，这在古诗词中非常显著。节奏具有灵活性和局限性，我们既不能让它的灵活性被我们过于死板的见解束缚住，也不应让我们对诗的见解被它的局限性束缚住。

　　先例谈节奏的灵活性。古诗词随着格律化的进程，节奏趋于固定。例如七言诗，习惯以"二二三"或"四三"的节奏停顿。但当声音形式的节奏和语义逻辑的节奏相互冲突时，就会产生变体。如按"二二三"节奏读"静爱竹时来野寺"，"竹时"二字不成立，于是姑且让步为"四三"节奏，但当看到它的下一句"独寻春偶过溪桥"时，才发现两句都应读作"三二二"节奏，且不再有其他的回旋余地。

　　但停顿有时却不一定硬要符合语义逻辑的节奏。有学者认为"永夜 / 角声 / 悲自语，中天 / 月色 / 好谁看"应该读作"永夜 / 角声悲 / 自语，中天 / 月色好 / 谁看"，这固然使语义逻辑格外通顺，但我们听"二二三"的节奏，觉得也很通顺，并不感觉违和或费解，逻辑上也解释得通，那何必硬要拗口地读作"二三二"的节奏呢？其实，"悲""好"二字的灵活，前人早已察觉。王嗣奭《杜臆》就觉得这两个字连上读或连下读都可以，只好"当作活字看"。

又如有的学者认为"双鹭能忙翻白雪,平畴许远涨清波"两句要读作"二一二二"的节奏,实际上是把问题复杂化了。仅如双鹭之"能忙",表现在"翻白雪"的形象上,本来不难理解,读成"忙翻"反而费解。所以,节奏也好,语法也罢,本来格外灵活,不可强加死板。

然而节奏也有局限性,使得它不能解决一切问题。这里举江弱水先生对李清照《一剪梅》的评价为例。前人大多都认为"一剪梅"是俗调,写来最不易工,但江先生却认为李清照的这一首堪称独得"声文"之美。从语言形式角度看,"七四四""七四四"的节奏仿佛优雅的舞步,七个字往前走,再四个字一徘,四个字一徊,于行进与徘徊间顾盼生姿——在英文诗里,节奏就叫音步(Foot),江先生把节奏比喻成舞步,十分巧妙。

为了证明"声音移人,决不能掉以轻心",江先生更试着把全词变成一首七言诗,以证明节奏一改,意思虽在,但韵味彻底改变,整首词也坍塌了:红藕香残玉簟秋,轻解罗裳上兰舟。云中谁寄锦书来?雁字回时月满楼。花自飘零水自流,一种相思两处愁。此情无计可消除,才下眉头上心头。

从七言诗的角度,改作不失为一首好诗,但在诗的世界里却容易湮没,很难跳脱出来;而原词却是词中显眼的名作。这其中的差别,正像江先生所说"节奏以及扩展而成的旋律简直是一首诗的生命"。我们也承认在长短句本来已经参差错落的句子里,三言和四言句确实可以起到提振声情的作用。但问题在于,江先生的"舞步说",未能证明李清照这首词超逸绝伦的原因,只是分析了"一剪梅"词牌自身的节奏美。词牌的舞步是固定的,其他词人同样舞蹈,却不如李清照的舞姿惹人陶醉,这就说明美的制胜点不仅仅在于节奏。

再举一首贺铸的词:"桂叶眉丛恨自成。锦瑟弦调,双凤和鸣。钗梁玉胜挂兰缨。帘影沈沈,月堕参横。 屏护文茵翠织成。摘佩牵裾,燕样腰轻。清溪百曲可怜生。大抵新欢,此夜□情。"之所以举这首,是因为它末句失掉一字,不得不读为"大抵新欢此夜情",而前面的几组四言句,若改为：锦瑟弦调双凤鸣、帘影沈沈月参横、摘佩牵裾燕腰轻，与原句的差异似乎也不大，虽也大为失色，却达不到改写李清照词时所造成的"坍塌"效果。这就说明四言和七言的节奏不完全是李词"声文"之美的决定性因素。

"一剪梅"四组四言句之所以能起到振起声情的作用，重点在于每组第二句前两个字的仄声，尤其是第二句第一个仄声很重要，起到加重顿挫的效果——这是节奏之外的声音要素。更重要的是，李词每一组四言句，结构都比较整齐对称——这是节奏之外的结构要素。这些都是李词一旦改为七言，就格外显得"坍塌"的原因。所以，只抓住节奏来分析声情是不够的。

既然是讲"声文"，就应该有"声"和"文"两方面的考虑。朱光潜先生说："同样的音乐的节奏因语言节奏的变异而变异，声音随情趣而异，我们不能离开情趣（语言的节奏的原动力）而抽象地讲声音。"至于影响情趣表现的要素，在节奏之外，还有句式、修辞，等等，与节奏共同组成声情的表达。

节奏的话题十分繁复，这里的漫谈是要初步说明人们应该如何解放节奏，和如何从节奏中解放出来。

新诗的行与段

古诗没有分行的问题，只有极少数的诗句存在句读的争议；写作时也不分段，只是对于长诗，读者有分段赏析的习惯而已。但新诗的行与段，因为形式自由，就拥有别出心裁的空间，和显示匠心的余地。分行与分段是自由体诗重要的形式，而形式本身也是一种意义。在这方面，中文尤其具有灵活的优势。

但似乎不是所有读者都承认新诗分行与分段的意义。

朱光潜先生《诗论讲义》就曾举徐志摩先生《翡冷翠的一夜》中的一段：

> 我就微笑的再跟着清风走，
> 随他领着我，天堂，地狱，那儿都成，
> 反正丢了这可厌的人生，实现这死
> 在爱里，这爱中心的死，不强如
> 五百次的投生？……

并质问：为何要在"死""如"二字处分行呢？这两处既不是意义的终点，也不是声音的终点，假如换成不分行的散文样式排列，音节上没有任何分别。于是得出这样的结论：散文的语句冒用了诗的形式，且又未能给出读者预期的诗的有规律的音节。

有这种误解，缘于朱先生认为中文的新诗都要符合西方诗歌"上下关联格"的要求，即每行末一字如果还没说完，则常常没有停顿的必要，一定要连着下行读。这忽视了中文的特殊性和中文新诗的创造性。

"死""如"两字后换行的位置，虽不是声音或意义的终点，却是非常重要的"中点"，在这里换行，恐怕正是希望读者在这个节点有意地停顿，以突出对某种意义的彰显。

"实现这死在爱里"固然可以看作完整的语句，但"实现这死"和"在爱里"又本可各自独立，换行处完全可以停顿，作为节奏和意义的中点。两个看似可以独立的成分，其间不设标点，只通过换行达成建筑美和节奏美的样式，值得读者重视。

而"不强如"三字在语义上不能独立，后面肯定没有说完，这里的停顿，也起到强调和提示的作用。

卞之琳先生的《白螺壳》，前两行是：

> 空灵的白螺壳，你，
> 孔眼里不留纤尘，

"你"的后面不但换行，还加了逗号。

诗中还有两行：

> 空灵的白螺壳，你
> 卷起了我的愁潮——

"你"的后面换行，但没有标点。

这或许正印证了上文引述的质疑，或许那第二处的"你"应该与下一行连读？其实不然。第一处的"你"独立成分句，意义较为独立，后面的停顿是分句间的停顿，再加上换行，停顿较长。第二处的"你"则没有独立成为一个分句，与下行之间是分句内的停顿，只因换行，停顿略短。在读时，第一处的停顿比较斩截，第二处或许可以带些尾音，带动下一行的开始。

所以，换行的作用不仅停留于视觉，还应反映于听觉，否则二者不同步、不统一。而声音不同，情感也会随之产生微妙的变化。

戴望舒先生的《雨巷》被叶圣陶先生盛赞"为新诗的音节开了一个新的纪元"，很大一个原因就在诗行的切割：

撑着油纸伞，独自
彷徨在悠长、悠长
又寂寥的雨巷，
我希望逢着
一个丁香一样的
结着愁怨的姑娘。

六行中，句末只有两个标点，难道我们要读成两个散文的整句吗？那样的话，通过分行而产生的节奏美又如何表现呢？视觉的分行是一种建筑美，而节奏和停顿本来是一种声音美，要在读的时候表现出来。

有人问：诗人在"独自"和"悠长"的后面都加个逗号，停顿不就更明显了吗？不对。加了逗号，通过换行所体现的别致就湮没了。没有标点的换行，是一种声音和意义的若即若离。

像这样音乐性强的新诗，分行的效果较显著，至于那些接近于散文或口语的诗句，则更容易导致朱先生的那种误解；但也正是那些缺乏音乐性的诗句，分行才起到了弥补节奏的作用，增加了诗的韵致。

与分行相比，分段显得更为明朗，不易产生分歧。新诗分段与否、如何分段，全凭作者兴趣，但也大有其原理。

我曾在课堂上指导学生赏析他们自己的诗作。有一位刘朝阳同学的作品是：

没人见过花开
可它就是开了
就像没人知道青春何时到来的
仿佛是破晓时分露出地平线的恒星
用金光照耀着
仍处于朦胧中的都市
亦如于天际划过的流星
也许渺小
但足以照亮暗夜
我们不能知道未来是什么样
我们是浓雾笼罩中的小路上的旅行者
只是提好手中的灯走下去
太阳落下了
不过我们不必害怕
因为我们知道明天太阳还会再升起来

我很敏感地察觉这首诗可以分段。于是带领同学们感受诗的语气和韵律，大家很顺畅地就把它分成了五段，每段三行。同学们感到很奇妙，而结论的得来的确显得轻而易举。不是我自负知诗，有多少老师可以刹那间把握一首陌生诗作隐含的形式契机？而那形式的玄机，全都以诗本身的韵律为依据，而诗的韵律则以诗心的韵律为肌理。

诗心可以自然表达，而分行分段的形式却不妨刻意。那些诗人的匠心所在，微妙的差异也不容轻易放过，否则就会与诗神失之交臂。

"引号"的焦虑

　　古代没有像今天一样系统的标点符号，句读也未必使用，诗文作者若未留下句读的痕迹，读者的句读就会出现"多解"的可能。但句读只解决单位语句停顿或长短的问题，现代标点引号、问号等所含有的语气功能，都无法通过句读体现。今人过录古诗词时，用现代标点彰显诗句语气和情感，本属正常现象，但引号的使用，常有未安之处。

　　包含人物形象、具有叙事情节的诗，常要描述人物的语言。诗人用陈述或咏叹口吻把人物语言写进诗中，必然经过诗化过程，加之古诗词的语句和韵律相对整齐，与散文口吻差异较大，读者就更不会用散文甚至小说、戏剧的习惯去看待诗句中的人物语言，而是默认它们都是诗人口吻的诗意转述。即便那人物的语言再真实，真实到距离诗人很远，却与那人物很近，我们仍觉得那是诗人对诗中人物语言的"间接引用"。

　　白居易《琵琶行》有大段描述琵琶女倾诉身世的语句，从"自言本是琵琶女"直到"梦啼妆泪红阑干"。但今人抄录时，为显示这一大段都是琵琶女的自述，就在"自言"和"本是琵琶女"之间加个上引号，至"红阑干"右边才结束为下引号。其实，不加引号，读者自能知道其内容属于人物自述；加了引号，诗人的转述或"间接引用"就变成了"直接引用"，姑且不说琵琶女的口语表达本不可能是整齐的诗句，只看那上引号把一个完整诗句割裂为两部分，也显得不伦不类，遇到较真儿的朗诵者，是否要在读完"自言"两字后，突然模拟琵琶女的音色，才能符合这引号的规范，才能不辜负那强加引号的人的苦心呢？

又如范成大《后催租行》："老父田荒秋雨里，旧时高岸今江水。佣耕犹自抱长饥，的知无力输租米。自从乡官新上来，黄纸放尽白纸催。卖衣得钱都纳却，病骨虽寒聊免缚。去年衣尽到家口，大女临歧两分首。今年次女已行媒，亦复驱将换升斗。室中更有第三女，明年不怕催租苦。"有学者用引号引住第五句至末句，认为是对田父控诉的直接引用，于是"诗人的愤怒不是直接表示，而是通过老农民沉痛的自白表示的"。这就给读者一种感觉，诗人在约略陈述背景后，直接把田父的控诉摆在那里，让读者自行领会诗人的态度。但若去掉引号，将之视为诗人的转述和咏叹，或许更为深沉感人——表达的情景是诗人亲眼所见，描述的生活出自诗人真实了解，诗人把听到的控诉与自己的咏叹糅合在语句里，语气的感人力量恐怕比田父自白式的控诉要强烈得多。因为这就是田父和诗人双重主观情感的合力释放，或是田父相对主观的控诉与诗人相对客观的观照的有机结合，而不是田父独自的悲鸣。

可见，把人物语言和诗人的口吻、情态划分得泾渭分明，对诗句艺术的理解未必有好处。宋僧惠洪曾经一度决定停止作诗，友人却来索诗，他乘兴写成长篇，末四句是："寄声灵石山，诗当替余作。便觉鸣玉轩，跳波惊夜壑。"有学者在"寄声灵石山"后面加冒号，再为下一句加引号，仿佛惠洪对灵石山发号施令："你要替我写诗"，然后，自然的天籁就跳波惊壑起来。这固然很生动，但若去掉引号，则"寄声"的"声"就显得抽象而含混，也许是一句号令，也许是一声长啸，不管是什么声音，灵石山都会替他写作，这样，"诗当替余作"就未必是"寄声"的具体内容，也可能是诗人自认为他寄出某"声"后，灵石山就会直接反馈给诗人以结果，也是诗人对灵石山充满信任的评语，是诗人的一个自信的判断。如是，诗人的语气不是更为豪爽吗？诗意不是显得更为神奇，且与跳波惊壑的奇幻感觉更相一致吗？

当然也有相反的情况。岑参在回归高冠潭口时给其弟写有赠别诗："昨日山有信，只今耕种时。遥传杜陵叟，怪我还山迟。独向潭上酌，无人林下棋。东溪忆汝处，闲卧对鸬鹚。"有人认为后四句是诗人对弟抒怀，如黄生《唐诗矩》："前写怀山之由，后写忆弟之意。"则"东溪忆汝"的"汝"指其弟。或认为后四句是那封"山信"中所传递的杜陵叟对诗人的倾诉，如《唐诗归》录谭元春评语："末四语就将杜陵叟寄来信写在自己别诗中，人不知，以为岑公自道也。"则"怪我迟"的"我"是诗人自称，"东溪忆汝"的"汝"是引用杜陵叟对诗人的对称，其实仍是指诗人。这称谓的奇妙转换，是理解的障碍，也是品会的契机。

古今不少学者争论这四句，都逃不出这两类看法。其实，从诗句内容看，谭元春是对的，诗人要回到高冠潭与杜陵叟重会，怎么又能说自己的弟弟"独向潭上酌"呢？他的弟弟怎么会在高冠潭上呢？岑参那个年代如果有标点，他一定会给后四句加上引号，以避免读者的争论与焦虑。

王安石的态度

——从《明妃曲》的读解谈诗人意旨的揣摩

一、从《明妃曲》（其一）"人生失意无南北"体会诗人的态度

关于昭君出塞的历史故事，《后汉书》记载说："昭君入宫数岁，不得见御，积悲怨，乃请掖庭令求行。"可见多年宫中冷遇的积怨是她主动请求离汉和戎的初衷。其后她久居西域，思乡悲切更可想而知。历代诗人对昭君这双重悲怨的咏叹层出不穷，又以王安石《明妃曲》二首尤称别致。

其一：

明妃初出汉宫时，泪湿春风鬓脚垂。低徊顾影无颜色，尚得君王不自持。归来却怪丹青手，入眼平生几曾有。意态由来画不成，当时枉杀毛延寿。一去心知更不归，可怜着尽汉宫衣。寄声欲问塞南事，只有年年鸿雁飞。家人万里传消息，好在毡城莫相忆。君不见咫尺长门闭阿娇，人生失意无南北。

其二：

> 明妃初嫁与胡儿，毡车百辆皆胡姬。含情欲语独无处，传与琵琶心自知。黄金捍拨春风手，弹看飞鸿劝胡酒。汉宫侍女暗垂泪，沙上行人却回首。汉恩自浅胡自深，人生乐在相知心。可怜青冢已芜没，尚有哀弦留至今。

第一首第七、八句即议论道"意态由来画不成，当时枉杀毛延寿"。据《西京杂记》所载，昭君被画师毛延寿故意丑化，遂不被汉帝临幸，又被误选出塞。这故事看似是将责任推给画师，但细想仍是对汉帝的指责。至于王安石明确说是"枉杀"，被"枉杀"的虽是毛延寿，而"枉杀"的施动者是汉帝，诗人着一"枉"字，批判语气已初露端倪。

有人认为"画不成"专是为了突出昭君神姿的出众，竟然到了无法画出的境界，这种说法没有体会到诗人针砭汉帝的意旨，因为人的美貌神姿即便再难以画得淋漓尽致，想要画得楚楚动人还是可以做到的。说"画不成"是因为容貌之美使得画技无法呈现，就使汉帝、毛延寿都逃脱了责任，怪只怪尤物太美，这就成了红颜自祸的论调，是不足凭据的。换个角度想，如果美真到了无法画出的地步，汉帝却偏偏用画像的方式遴选美人，岂不更显其失智？有人说是因为后宫美女太多，汉帝看不过来，故而画像，这更是无稽之谈，放眼望断百八十人的容姿水平，常人尚且可以做到，更何况是圣明的君王呢。所以，作者的态度是趋向于讥刺的，而不是着力于开脱的。

但"意态"两句虽含有批评的态度，却毕竟仍然含蓄，待到"君不见咫尺长门闭阿娇，人生失意无南北"二句，牢骚的发挥就更明显了。所谓"人生失意"，能引出丰富的感慨和联想，是人所可知的。而这两句因为紧接在"家人万里传消息，好在毡城莫相忆"的后面，所以被古今很多学者一并归为家人传来"消息"的内容之中，也就成了家人对昭君的"聊相慰藉之辞"。仿佛是家人传来消息，劝说昭君随遇而安，不要惦记，人生失意，无可奈何，你在哪里都是这个命，这辈子就算了吧。朱自清先生《语文续拾》中就曾说："这是决绝辞，也可以说是恰如其分的安慰语。"

可是，人之常情是报喜而不报忧，劝恕而不激怒。以常理揣度，家人考虑到昭君远在塞外，饱尝苦辛，对她本应只有"好在毡城莫相忆"这样的劝解语，怎会用"人生失意无南北"那样的激愤语让本来就烦闷无助的昭君走向更为无边的绝望呢？何况，昭君曾在后宫服侍，对"长门闭阿娇"的后宫本就是再熟知不过了，这样的劝解对她来讲可谓多说无益，如同废话。且昭君自己也正是从南到北连续失意的亲历者，和她说这些话，还谈得上"君不见"吗？如果昭君对汉宫的情况一无所知，且对归汉抱有不切实际的幻想，则这样的安慰多少能起到让她认清现实的作用，但她对后宫的冷漠、对自己的失意，不正是亲历亲见的吗？如果这真的是安慰语，其明知故问的反问语气，恐怕不但不会起到安慰的作用，反过来更会造成被安慰者的反感。这样看来，这种所谓的"安慰语"，又怎么称得上是"恰如其分"呢？我们分析古人的诗，距离我们有千百年的时间差异，但是人情常理往往持久不移，如果不能设身处地地去揣摩，那诗中的语气和情态就容易被我们误解、曲解。

所以，家人传来的消息应只有"好在毡城"一句而已，"家人万里传消息，好在毡城莫相忆"这两句是一个相对完整的意义单元，这里的所谓"莫相忆"大有"不要惦记"之意，主要是让昭君不要过分牵挂家人，并非劝她断绝归汉之念。后面"君不见"二句不是家人所传"消息"的内容，而应是代表着作者态度的议论之辞，"君不见"乃是寄慨的"发语词"，这在乐府诗中是常见的。这两句是承接家人"好在毡城"的"好"字而来，说明家人的劝慰固然是善意的，但诗人站在旁观者的角度，自然觉得昭君无"好"可言，也自然会感到这样的宽慰其实没什么实际意义。同时，诗人的慨叹又是面对所有读者发出的议论，希望引起注意：昭君人生的失意，由南到北，是整个人生的失意，不是离开故土那一天才开始的，也不仅是西域的生活造成的，而是从入了汉宫那一天就已经开始的。出塞固然加深了命运的悲哀，而不出塞留在后宫当一名"阿娇"，其命运也好不了多少。

这就把昭君从始至终的双重悲怨概括地写出来了，且把议论的矛头、悲剧的根源直指后宫生活这个起点，更明确了悲剧的彻底和必然。这样的分析，似远比把末二句视为家人的"劝慰语"要深刻得多。如果把末二句视为家人的嘱咐，则失意在北是现在时，将来一旦归来，仍会失意在南，是将来时。那么，当初她在汉宫被冷落的那笔过去时的账该去找谁算呢？何况，昭君的家人对汉廷及其后宫恐怕也不会有太客观而深刻的认识。这句话如果归结为家人的寄语，则也就是一个牢骚的水平，如果视为诗人的议论，就深刻多了。诗人的态度是要把指控汉帝昏庸和揭示昭君那深刻的悲哀结合在一起，而不是浅显地记录家人无可奈何、遥远无力的徒然安慰。否则，其主题和表现力与一般的阔别思念之诗就没有多大的区别，也就体现不出昭君身份、身世的特殊性，以及其悲剧背后政治、时代的特殊根源了。再深一步想，和亲的宫女毕竟极少，而后宫被君王耽误的女性却大有人在，昭君特殊性的背后，又具有普遍意义。

有人说，"君不见"二句其实是家人为了打消昭君归汉念头而说出的，若如此，就是安慰语之后又加上了"决绝辞"。决绝不一定是恶意的、不一定是无爱的，甚至有时更具有爱的深悲和无奈。但我们对诗句内容的分析之是否能够成立，尤其是对类似的出自诗中人物口吻的诗句的分析之是否可以成立，则是要看它是否符合这类人物表达的需要，看它是否符合诗人表达的必要。所谓人物表达的需要，是要符合其身份、处境、心态、关系、前景，等等，所谓诗人表达的必要，则是要符合诗歌的立意。这终究还是个"以意逆志"的问题，读者要善于切合情理地去"逆"诗人和诗中人物的情志，文本不是死的，它有内部的世界和生命原则，作者更是有态度的，诗人的表达一定会反映他的观点和感知，而诗中人物的情志，必是遵循诗人立意的主旨。如果全凭读者自己的直觉就轻率下定论，往往是靠不住的。

诗中既已明确说昭君"一去心知更不归"，则她对自己的处境和前途是有很明白而冷静的认知了。像她这样对未来、对归汉已经不抱任何幻想的人，还需要用决绝加以阻断吗？她只是"寄声欲问塞南事"，希望得到家乡的消息而已。从王安石的态度来看，他虽然没有明言昭君南归在事实上的无望，而只是说昭君有这样近于绝望的心理，但是他的言外之意是已经对那现实的可能性做出了全面的否定。

启功先生有两首《明妃辞》，第二首的内容关涉当年呼韩邪单于死后，依匈奴习俗，昭君应转嫁给小单于，昭君曾请示汉帝，汉帝令她入乡随俗的史实，诗中说："再嫁嗣单于，汉诏从胡风。泛观上下史，常见蒸与通。父死不杀殉，何劳诸夏同。假令身得归，依然填后宫。班氏外戚传，鲜克书善终。"汉朝的宫廷本就乱象丛生（"蒸"指子与母辈乱伦，"通"指平辈淫乱），帝王死后，又可杀后妃殉葬，所以后妃能得善终者很少，即便未遭殉葬，身逢乱政，也难逃杀身之祸。与之相比，昭君在匈奴的处境其实反而倒减少了很多凶险，乍看起来，这种继嫁嗣单于的习俗为汉人所不齿，类似于汉人所谓乱伦，但汉人枉杀人命、轻视女性的传统，又好得到哪里去呢。

王安石通过人物命运的叙写，写出了昭君南归的无望，而"人生失意无南北"的议论，更加深了对昭君命运的理解，以及对汉廷悲凉的揭露。而启功先生的《昭君辞》对昭君南归的可能性，从另一个角度，即结合风俗传统的角度加以否定，又强化了对汉廷腐朽黑暗的批判，印证了昭君悲剧人生的必然。假设真地回归塞南，其实会更加失意，因为比冷闭长门更可怕的是还要面对更多轻侮甚至殒命的危险——我们不妨将这层意思视为王安石"人生失意无南北"内涵的有力延伸。当然，这也印证了王安石议论的角度和动机。

二、从《明妃曲》（其二）"汉恩自浅胡自深，人生乐在相知心"二句印证诗人的态度

启功先生的诗固然可以视为对王安石《明妃曲》第一首相关内容的延展，但对王诗的第二首，他又在诗里明确表达了不满之意，他认为"汉恩自浅胡自深，人生乐在相知心"二句仅仅是"愤激之语"，并且在诗中说道"知心尚其次，隘矣王荆公"，对王安石的"知心"论调加以批评。在

启功先生看来，是否"知心"对于昭君来说已经不重要了，昭君能在险恶的环境中进退从容，自有其高卓的品质在。他似乎认为"乐在知心"是对"胡恩自深"的补充说明，以对"汉恩自浅"进行报复式的批判。但是，王安石"汉恩"二句除了愤激之情，其实更道出了昭君悲怨的深层内涵，与第一首诗的"人生失意无南北"一样，都是他表达自己态度的重要语句。我们从中可以看到王安石两首诗之间在立意（即作者的态度）上的内在关联。

"汉恩"二句因为在字面上特别容易被理解为对朝廷的叛逆，于是早在宋代就被深文周纳的人指责为"无父无君，是禽兽也"。"禽兽"这句话出于《孟子》，说起来是很难听的，但在这些与王安石年代并不遥远的宋儒看来，借之以批评王安石这诗句，是丝毫不觉得沉重的，因为他们丝毫看不出汉恩的浅，他们对于朝廷的恩德，无论如何也无从质疑。这当然有可能是站着说话不腰疼，也有可能是基于对女性命运的轻视，但终究是一种腐儒的见解。因此，很多学者为了帮王安石辩护，就说这两句并非出自王安石之口，而是诗中的行人对昭君说的宽慰语。这些学者指出，这两句诗的上文是"汉宫侍女暗垂泪，沙上行人却回首"，这行人大概是胡人，于是站在胡人的角度，劝昭君在胡言胡，好自知恩。这种辩解看似联系了诗歌文本的上文，不作孤立的分析，但实际还比较局限胶着，也没有很好地再联系诗歌的下文，更没有考虑到作为诗中人物的行人的言论也毕竟是出自诗人的安排。这样的读诗如同看戏，且假戏当真了。其实，这一首的前文已说昭君"含情欲语独无处，传语琵琶心自知。黄金捍拨春风手，弹看飞鸿劝胡酒"，她心中思乡的情愫无处诉说，而寄托在琵琶音乐中的悲怨却具有感染力，于是，宫女垂泪、行人回首，都是被音乐感动的表现。也就是说，行人回首，不是走过去以后又想起来还有几句金贵的箴言没有表达，遂特意回头叮嘱，而是被昭君音乐的感染力所吸引。假设真的是行人嘟囔了几句劝慰的话，昭君又怎能听得清呢？即便可以听得见，且我们也能够想象这位行人说了几句拥胡贬汉、劝慰昭君的开明的话语，这纵然从情理上都完全可以孤立地成立，但一旦放眼全诗，不再进行孤立的考察，那么我们必须要问，诗人这样写究竟想说明什么呢？要说明这位行人深明大义吗？这位行人即便明达到了哲学家的地步，即便可以真正改变昭君的情感状态，甚至成为昭君片刻的人生导师，那么，王安石为什么要这么写呢？难道他想要表达的是昭君巨大的悲哀可以被一句明达的劝慰所轻易改变吗？我们不能是假设了一切的可能性，却唯独遗漏了最核心的作者的态度。

于是我们就发现，在我们读诗的过程中，会有一类理解，站在诗中人物的情态或者情节安排的角度上说是可以讲得通的，但一旦站在诗人的态度这一角度去衡量，就经不起推敲。这是为什么？因为世间百态什么事情都有可能发生，所谓的合情合理在不同的情境下甚至可以发生移位，无论是情、是理，还是"合"，都没有完全不改的长算。同一个场景、同一个镜头、同一句台词，换了前因后果，完全可以改变其含义。但我们读一首诗，是要知道诗人的态度究竟怎样。基于诗人态度的前因后果是唯一的。如果诗的内容包含着人物，人物又有言谈举止、议论抒情，我们也要考虑，这人物的表达，是作者的安排，其表达的含义应完全包含在作者的立意之中。我们最终要体察的是作者的态度，要避免停留在对诗中人物的感知上，甚至用我们的想法去编排他们，做他们的导演；我们是要通过感知人物，最终领悟诗人的意旨和态度。这就像《长恨歌》，当我们孤立地看"七月七日长生殿，夜半无人私语时。在天愿做比翼鸟，在地愿为连理枝"，完全可以说这是表达爱情深切的语句，但是我们要站在全诗来看，结合背景来看，探知作者的态度而去看，我们就发现作者的态度绝不会是仅仅停留在赞美爱情这个层面之上。那么，无论李、杨二人说了怎样感人的山盟海誓，我们都不能说这里是为了表明其爱情之坚牢。因为，我们不是要看李、杨在说这些情话时是什么态度，我们是要看诗人在诗中安排这样的情节，是要体现怎样的态度。

所以，王安石诗中"汉恩"以下所表达的，仍是作者的态度，但不仅是激愤，而更是沉恸。他先说"汉恩自浅胡自深"，这是对客观事实的陈述，胡人对昭君"毡车百辆"的迎娶，允许她"着尽汉宫衣"的宽容，与汉帝相比，自然是恩深。无论包括宋儒在内的世人是否承认，这都是不争的事实，今天的读者更应做出理性的明辨。然后说"人生乐在相知心"，这句是对一种普遍事理的陈述，无论是谁，在任何条件下，都以获得知心之人为乐。此外，"汉恩自浅胡自深"的"自"不只是"本自""各自"之意，而且大有"空自""徒自"之意，恩之深浅作为事实是一回事，而人生的快乐来自于相知心则又是另外一回事，二者并无必然联系，当昭君的人生已经被时代、政治、风俗、文化安排成为彻底的悲剧，无论是从她的视角去回顾、品味，还是从历代的旁观者的视角去审视、思考，既然终归是未遇知心，则谁恩深谁恩浅都没有意义了。"汉恩自浅"造成了昭君的悲剧，"胡恩自深"延续着她的悲剧，她的悲哀始终在于没有知心之人，只要没有真正的相知之遇，恩再深也带不来她的快乐，反之，如果真的遇到知心之人，恩再浅也夺不走她的快乐。可是，她的人生根本就没有"乐在相知心"的"乐"，那么，恩无论是浅是深也就毫无意义了，白白地浅或深去吧，反正人生已经彻底绝望，在那个历史时空之中，还有什么意义呢。所以，这两句话之间实在有一个因果逻辑的语气，因为人生的乐不全然是取决于所遭遇的恩之深浅，而是取决于所遇是否知心，所以，恩之深浅枉自如此，无甚意义。可见，诗人不是一味对胡人恩深的赞美，也不仅是通过这样的赞美达到激愤的表达效果，而是一种曲折的暗讽，一种结论式的定评，前一句是对具体情况的评价，后一句是对一种普遍情态的陈述，二者并置，何为乐，何为苦，一目了然，而昭君为什么没有乐、为什么始终是苦，作者的态度如何，也就明白了。

再连上尾二句"可怜青冢已芜没，尚有哀弦留至今"，作为前两句的一个总结和收尾，正好体现昭君悲怨的绵长，这之间又是一道转折的语气，即人之乐重在知心，但昭君至死也没有获得，她的生前身后，只能通过琵琶曲寄托悲怨，感动世人。世人的被感动，当然也是一种"知心"，但是这种"知心"至多是一种认同，既无法消除她身世的悲怨，更不能解决她悲怨的根源，她的人是寂寞的，青冢也荒芜了，恩深恩浅都成为历史，"乐在知心"这种人所共有的情理也永远地落空了。王安石两首诗都在写昭君的悲苦寂寞，但第二首把昭君的孤独写得更具有悲剧性。

三、从"引号的焦虑"谈对诗人用意的尊重

从上文对王安石诗作的读解来看,古今的学者因为种种原因,把"君不见咫尺长门闭阿娇,人生失意无南北""汉恩自浅胡自深,人生乐在相知心"等诗人表达自己态度的诗句,归到诗中某些人物的口吻之中,看似增加了诗中情节的曲折和生动,实际是减损了诗人诗思表达的力度,终究是没有看清诗人的态度。

我曾经写过一篇《"引号"的焦虑》(见 2024 年 1 月 5 日《天津日报》),其中就谈到我们今天一些读诗的人,看到诗里有他认为的属于诗中人物语言的语句,就喜欢加上引号,以提示读者这是叙事情节中的人物语言,并彰显他分析得精准细腻,但这种做法如果不恰当,常常引来读者的"焦虑"。

第一,对于诗歌中人物的语言,加上引号就是直接引用,表达效果直截而生动,而不加引号的间接引用,也另有一种表达效果,要么是与其他诗句及诗歌整体的表达口吻相一致,要么可以视为诗人对诗中人物语言加工的结果。所谓的直接引用,固然也是诗人有意的安排,而间接引用的方式,更融入了诗人的口吻,甚至态度。

第二,加上引号看上去是使言语的范围明确了,但这个范围未必就真的明确,因为有的语句很难说是诗中人物的语言还是诗人自己的表达。有的诗句本是诗人自身的表达,却特别容易因为上下文内容的影响,或古代诗歌语言跳跃、简练的表达形式等原因,被误认为是诗中人物的语言。

第三,有的语句归为诗中人物的语言,其表达效果远远逊色于将其视为诗人自己的直抒胸臆。因为人物的自述纵然真实直白,但同时固有其身份、年龄、处境等特殊性、局限性,而诗人是站在一个立意的总体高度来表达的,这种表达未必就不如人物的自述来得真实而富有感染力。

这看似是一个很小的问题,却是对诗歌文本的最基础的处理环节之一,也关乎读诗以意逆志的过程与效果。我们更可观察这是一类诗歌的读解问题,即诗歌中是否存在人物语言,人物语言究竟是直接引用还是间接转述的问题,也是如何把握作者的立意的问题。大部分诗歌纵然都不是长篇文

学，但是作者的立意搞不清楚，这个作品自身完整的世界就处于混乱，读者的任何解读都有可能偏差甚至无效。

本文主要是通过《明妃曲》的例证，说明把作者议论的语句误认为是诗中人物语言的情况，其实属于上述三点问题的后两点。揣摩今天读诗的人之所以喜欢乱加引号，应该至少有两方面的原因。

首先，这类诗往往都有整体的或者是小的情节，即便没有系统的叙事，至少也有人物。在很多人看来，仿佛人物说了话，才有声有色，才有情节的吸引力。事实上很多诗中的确会有人物的表白，要么是诗人安排人物说话，要么是诗人转述人物的语言，但我们讨论的是读者把本不是人物语言的语句划归为人物语言，这样做往往模糊了诗人的态度，拉低了诗句立意的高度，减损了这些诗句的表现力。以上述王安石诗为例，两首诗其实都有卒章显志的特点，都以诗人态度的表达收束全篇。卒章显志当然不必须是作者直接的抒怀，而可以是通过间接的手法加以表达，但是正如上文的分析，把这些诗句看作人物语言就会使得这些诗句的内涵和在诗歌表达上所起到的作用大为改变。诗歌毕竟不是话剧、小说，不是以人物的语言见重见长，而是以在有限的篇幅中彰显作者的立意为重。即便是叙事诗，也未必见得就必须要有人物的语言。这要看诗歌整体的内容安排和表达需要，不能一概而论。在很多类似的诗歌中，都存在这样的现象，即把某些特定的语句视为作者的表达，其效果会强于视为人物的语言，把某些人物的语言视为间接引用，其效果会强于视为直接引用。这不是诗歌风格上含蓄与否的问题，而是立意本质上的问题。是否可以准确地把握立意的内容及其高度、深度，都与此有关。当然也有必须加引号的情况，但是我们看到的更多是引号的误用，而这种误用总是一个读诗方法和眼光的问题。

其次，一些读者有时是出于读解诗歌文本之外的目的而产生了某些多余的评析。正如上文所说，很多人是为了帮助王安石摆脱"无父无君"的罪名，不愿承认"汉恩自浅胡自深"出于诗人之口，于是善意地把诗句归到诗中人物的口中，因为在他们看来，那是胡人说的，诗人不负责任。这固然比说王安石"无父无君"要好一些，但也是另外一种迂腐，替诗人辩解却改变诗人的原意，如果达不到情急之下救诗人一命的效果，也就有可能反过来被诗人嘲笑。读者对自己的信心胜过了对诗人的信心，我们设想，很多珍惜自己诗作的诗人是不会买这些善良的读者的账的。这终归也是读诗时是否尊重诗人态度和对诗人的高明是否有足够信心的问题。

"哀乐诗论"的误差

——谈王夫之《采薇》诗论的动机与得失

一

我们在读诗时，除了直取心源、以意逆志，用自己的理解和感悟直接赏析诗作的美恶，也少不了参看他人的诗论，借鉴其中的理智与情感。然而，今人在引用古人诗论时，往往"断章取义"、浅"引"辄止，落入类似鲁迅先生所谓"摘句"的迷途。

常见某些古诗欣赏一类的文章，在不甚充分的赏析过程中引用一两句前人的诗论，来对自己的论述加以点染，但这点到而已的引用，既没有结合诗论原本的语境和原初的深意，也来不及与眼前的诗作进行充分的联系，展开翔实的论述。所以，那引用及其论述，则常常是浮泛的、未加深入思索的，也就很难鞭辟入里。一些常见的诗论也就在这样的引用过程中成了万能药，时时供赏析者顺手拈来，以为装点，却很难引起读者太深入的感发。以至于很多诗论已经广为读者熟知，却尚未得到清晰而全面的认知与领会。

引用前人的诗论，本不怕断章取义，却怕在断章中损失了诗论的原意，而引用者的浅"引"辄止势必导致读者的浅尝辄止，这对诗歌艺术的普及和发展没有什么太多的好处。难怪越来越多迎合快餐化和娱乐化的诗学文章越来越多，人们已经不太习惯于深读历代诗论的原文，进而辨别其真伪正悖了。

鲁迅先生在《"题未定"草（七）》中说："还有一样最能引读者入于迷途的，是'摘句'。它往往是衣裳上撕下来的一块绣花，经摘取者一吹嘘或附会，说是怎样超然物外，与尘浊无干，读者没有见过全体，便也被他弄得迷离惝恍。最显著的便是上文说过的'悠然见南山'的例子，忘记了陶潜的《述酒》和《读山海经》等诗，捏成他单是一个飘飘然，就是这摘句作怪……"这里的"摘句"固然是针对诗句原文而言，但摘取诗论中的成句，其道理也正可以与之相通。以下举一个常见的诗论之例。

清代王夫之《姜斋诗话》中说："以乐景写哀，以哀景写乐，一倍增其哀乐。"这句话常被借以证明诗歌中情景之间的反衬能使抒情效果加倍强烈。但这则诗论引用既多，人们就容易忽略它原是用来评价《采薇》"昔我往矣，杨柳依依。今我来思，雨雪霏霏"这几句的，也就更不会反思它与原诗之间是否存在着理解上的距离。精炼的诗论单看起来也许至善至美，但它与它所评价的诗作之间，却未必切合得天衣无缝。诗论的精美不妨碍它与原诗之间存在理解的距离，但假如这距离真的存在，甚至会有造成误解的风险。那么，这诗论越是精美，这距离越容易被人们忽视，精美的内容与形式，成为它保护自己和迷惑读者的外衣，而理解的误差使人们距离原诗越来越远，对诗论的把握也容易停留于片面。

读《采薇》原诗，前三章借薇菜之生长写时间之推移，但戍边战士在这时光的推移中却因不能归家而心生悲哀。四五两章写疆场战事，虽不乏劳苦，但语气间颇存豪迈，这看上去与前三章的悲哀似乎有些矛盾，其实却在曲折中体现着一种人之常情，因为彼时彼地之人，即便以远戍为苦，但身处酣战之境，投入捷战之中，也必然不乏成功的感怀。乡愁与战酣之间未必存在必然的排斥，而不恋战的人在战场上不妨因胜利而振奋。但边疆毕竟不是家乡，短暂的充实无法驱散悲苦的情愫，诗歌到了末章则描写归途中忆往抚今，表达的是无人能解的内心伤悲。大概常人没有类似经历，仅以旁观视角去体会，永远无法真切感受战争归来之人的悲辛。

王夫之《姜斋诗话·诗绎》的原文是："'昔我往矣，杨柳依依；今我来思，雨雪霏霏。'以乐景写哀，以哀景写乐，一倍增其哀乐。知此，则'影静千官里，心苏七校前'，与'唯有终南山色在，晴明依旧满长安'，情之深浅宏隘见矣。况孟郊之乍笑而心迷，乍啼而魂丧者乎？"依他所说，"杨柳依依"是美景，反衬出征之时的悲苦，"雨雪霏霏"是哀景，反衬归来之时的欣慰。人们似乎对这种说法从来不曾怀疑，但仔细想来，他的后半句最起码与原诗不合，因为从"行道迟迟，载渴载饥。我心伤悲，莫知我哀"几句看，实在未见欢喜之情。周振甫先生《诗词例话》解释说："士兵为了急于回家而不顾雨雪忙着赶路，加倍显出心情的愉快。"但士兵此时是悲是喜，与他当时是加紧赶路或暂停歇脚本来没有必然关系，难道一定要健步如飞才算高兴，否则因躲避雨雪而暂停赶路就不算愉快吗？

我们把握诗作原来的文本，不妨从"杨柳依依"联系到士兵出征时美好的年华，从"雨雪霏霏"联系到他归来时生命状态的惨淡凄凉。这样，美好的杨柳之景就不仅是回忆中实在的场景，也可以是美好青春的见证，阴霾的雨雪不仅是现实中真切的环境，也可以是人生惨淡的象喻。如此，这几句诗不但是追昔抚今时对真实经历做了"赋"的陈述，也有寄情于景的"比"的成分。这样的比兴寄托显得自然而然，与所谓"一倍增其哀乐"的表达效果相比，并不减色。如果是这样，"杨柳"对情感是反衬，"雨雪"就不是反衬，二者是一贯的悲伤，单看"雨雪霏霏"，即便不用"反衬"来解释，也没有"少一倍哀乐"的遗憾。

查前人笺注，持论也的确与王夫之多有不同。如清代方玉润《诗经原始》："言归途景物，并回忆来时风光，不禁黯然神伤。"这是说回忆增强了归途的悲伤，没有言及欣慰之情。清代钱澄之《田间诗学》："二章言饥渴，谓甫出门便有此苦。此章之言饥渴，谓一日未到家，犹有此苦也。"这是说第二章曾明言"曰归曰归，心亦忧止。忧心烈烈，载饥载渴"，至末章又强调"饥渴"，可见一日不归家则一日凄苦，诗人一直在强调的情感是侧重于苦楚，而未见喜乐。而汉代郑玄已早发此论："此章重序其往反之时，极言其苦以说之，行反在于道路，犹饥渴，言至苦也。"（见王先谦《诗三家义集疏》引）所谓"至苦"，既是"极端的苦"，也是"彻底的苦"，在诗中是贯穿始终的苦，总之其中并无欢乐之情。

可见，王夫之的"哀乐互衬"说，单看其诗论，无疑是至理明言，但与《采薇》原诗对证，则有失偏差。王夫之和盲从他的人似乎都有一个未加思索的定论，就是在外漂泊的人只要回家就一定快乐，这种想法恐怕不能完全成立。人的生活来源是否有所依靠，家人和家园是否还如以前一样安然无恙，这些都影响其情感的状态，在历代诗歌中也可以找到一些例子，这里就不烦多举了。

二

那么，王夫之为何创造性地提出"哀乐互衬"说呢？他在《诗广传》中指出："往戍，悲也；来归，愉也。往而咏杨柳之依依，来而叹雨雪之霏霏。善用其情者，不敛天物之荣凋，以益己之悲愉而已矣。"是说诗人不应因自身悲喜，强改事物本来的"荣凋"，不能像王国维说的"以我观物，故物皆着我之色彩"，而要善用事物原本色彩，若是物荣人喜、物凋人悲，当然可以烘托，但若情况相反，则反衬效果更佳。如果在抒情时，硬要把喜乐之景附会成悲伤之境，把凄苦之景改写成愉悦之境，这就叫"敛"了天然物象自身原本的光荣或凋零，借以增强人自己的悲哀与愉快。总之，不必凡事都按照自己的意图把事物强扭成"正"的，让事物和自己的情感"反"着来，效果更佳，回到《姜斋诗话》的说法，就是"一倍增其哀乐"。

这是一种非常高明的诗论，从某种意义上讲，在无形中做到了对物象的尊重，促进了人情表达的自然，而不是把人情强加到物象之上，一味地去宣泄自我的情感。但它也不是完全没有问题，一方面，就《采薇》来讲，末四句明明是以哀景写哀情，王夫之却硬说是以哀景写乐情，这是站在读者的角度，强揣作者的用心，虽然未"敛"事物的"荣凋"，却强改了人情的"悲愉"；另一方面，从诗人作诗的角度讲，如果眼前没有与自己情感形成反衬的景象，是不是就不能加倍表现自己的哀乐了呢？

事实上，反衬未必高于正衬，但的确更曲折含蓄。戴鸿森先生《姜斋诗话笺注》指出："此则议论为船山特见，其得失亦参互俱有。欲写己情之悲，非必强言自然景物为凄风苦雨；欲写己情之愉，非必强言自然景物为风和日丽。情与景有相辅相成，亦有相反相成，本无陈规可拘守。船山之意非仅如此。其所指责之'乍笑而心迷''乍啼而魂丧''悴以激''华以愔''褊促'，主要固然是对从一己之穷通出发的怨贫嗟卑、贡谀干求之类作品，有很大的反感；然亦有激于明末士风浮嚣虚喧和明廷之瓦解崩溃，遂迁延而致不满于放情悲歌、揭露宣泄不留余地的其他作品。因而对孟郊、元稹、白居易等的批评，均不免偏颇。"也就是说，王夫之之所以有此出人意表之论，缘于他反感"正"着来的穷途哭嚎、反感"正"着来的呼喊喧嚣、反对"正"着来的直白浅露。于是，对以善于正衬、直言坦露为风格的诗人，也就产生了偏激的误解，以主观持论的立场，有针对性地加以纠正，遂故意强调"反衬"的重要。戴氏的分析，就触碰到了王夫之诗论的动机，从诗论原意的出发点来评价其得失，是很有见地的。可见，王夫之的诗论虽有进步意义，但也有主观臆断的短板。

宇文所安先生在《中国文学思想读本》中指出："王夫之之所以对这种反衬的张力感兴趣，与他关于'群'和'怨'的理论有密切关系。"这就看到了王夫之诗论动机的又一个底色。那么，看似无甚关联的"反衬"与"群""怨"之间，在王夫之这里，有什么内在的相通之处呢？

原来，孔子说《诗经》有"兴观群怨"。其中"群""怨"二者看似对立，但王夫之则认为它们之间能转换共生，足见王夫之诗学思想对情感表达的矛盾因素持融通的包容态度和辩证的灵活理解。他在《姜斋诗话·诗绎》中说："'诗可以兴，可以观，可以群，可以怨。'尽矣。辨汉、魏、唐、宋之雅俗得失以此，读《三百篇》者必此也。'可以'云者，随所以而皆可也。于所兴而可观，其兴也深；于所观而可兴，其观也审。以其群者而怨，怨愈不忘；以其怨者而群，群乃益挚。出于四情之外，以生起四情；游于四情之中，情无所窒。作者用一致之思，读者各以其情而自得。故《关雎》，兴也；康王晏朝，而即为冰鉴。'讦谟定命，远猷辰告。'观也；谢安欣赏，而增其遐心。人情之游也无涯，而各以其情遇，斯所贵于有诗。是故延年不如康乐，而宋、唐之所繇升降也。谢叠山、虞道园之说诗，并画而根掘之，恶足知此？"又在《姜斋诗话·夕堂永日绪论》中说："兴、观、群、怨，诗尽于是矣。经生家析《鹿鸣》《嘉鱼》为群，《柏舟》《小弁》为怨，小人一往之喜怒耳，何足以言诗？'可以'云者，随所以而皆可也。《诗三百篇》而下，唯《十九首》能然。李杜亦仿佛遇之，然其能俾人随触而皆可，亦不数数也。又下或一可焉，或无一可者。故许浑允为恶诗，王僧孺、庾肩吾及宋人皆尔。"

综合来看，王夫之不但非常重视"兴观群怨"的作用，还强调"四情"之间其实是两组互补互助的辩证组合，于是把"兴"和"观"联系在一起，形成一对相辅相成的作用关系，把"群"和"怨"联系在一起，形成一对相反相成的作用关系。尤其是"群"和"怨"，二者之间相反相成的关系比较明显，"群"侧重"人之同"，"怨"侧重"人之异"，王夫之却尝试加以调和。所以，在王夫之的诗论中，反衬是建立在排除了"敛天物荣凋"的基础之上的，是对相反相成的关系的一种包容和调和，更是一种刻意的强调，进而达成艺术效果的增值。这是对孔子"兴观群怨"诗论的细化改造和实用发展。

宇文所安正是捕捉到这一契机，从更为抽象宏观的角度，看到了王夫之诗论善于辩证调和的属性，将"群""怨"二者的相反相成与反衬手法在艺术效果上的增值作用联系起来。也就是说，二者都体现了王夫之诗论的一贯特点，是有共同思想基础的不同诗论表现。

所以，"哀乐互衬"说，不压抑情景间的矛盾冲突，强调反衬的张力，这看似简单，但在诗学上确有可贵之处。但是，如果我们单纯地用它去解释反衬的手法，是非常精炼有力的，一旦超出简单的艺术手法的范畴，它的误差一下子就显现出来——一个误差就是诗论与所论原诗之间在内容上的误差，这已经容易被人们忽视；更重要的是另一个误差，就是诗论自身的不圆满，我们看到，"哀乐互衬"说，从王夫之的原意来看，明显是存在偏颇的，就理论高度上讲，似乎也不如"群怨互衬"说，因为我们一旦还原到他诗论原初的语境，就不再是写景的手法这么简单。

我们进行这样的分析，断然不是为了批评"哀乐互衬"说既存在与《采薇》原诗的误差，又存在自身指向性偏颇的误差。要刻意贬低这则诗论的价值，也不是本文所能做到的。因为一则诗论，即便与它所评论的原作存在一定的误差，但只要它本身具有一定的理论价值和启发意义，那么脱离开被评论的原作而独立存在，也是完全可以的，而任何一种理论，其自身存在一定的不圆满，也是十分正常的。我们的目的，是希望以此为例，引起人们更加关注诗论原初的语境和主旨，获得更加真切可信的思考，而不是在赏析的过程中浅显地引用摘句，人云亦云地因袭似是而非的成说。我们要还原诗论的真实，更要借此走向诗歌文学世界的真实，这样，诗论才真正地有价值，诗的文学才真正地被我们恰切地感知。

例谈对诗词欣赏中"套板反应"的辩驳

朱光潜先生在《咬文嚼字》一文中论"套板反应"时说："一个人的心理习惯如果老是倾向'套板反应'，他就根本与文艺无缘。因为就作者说，'套板反应'和创造的动机是仇敌；就读者说，它引不起新鲜而真切的情趣。一个作者在用字用词上面离不掉'套板反应'，在运思布局上面，甚至于在整个人生态度方面也就难免如此。不过习惯力量的深广非我们意料所及，沿着习惯的去做，总比新创较省力，人生来有惰性，常使我们不知不觉地一滑就滑到'套板反应'里去。你如果随便在报章杂志或是尺牍宣言里面挑一段文章来分析，你就会发现那里面的思想情感和语言大半都由'套板反应'起来的。韩愈谈他自己做古文，'唯陈言之务去'。这是一句最紧要的教训。语言跟着思想情感走，你不肯用俗滥的语言，自然也就不肯用俗滥的思想情感，你遇事就会朝深一层去想，你的文章也就真正是'作'出来的，不致落入下乘。"这里虽然也谈及读者，但仍主要是从作者创作的角度进行审视、展开议论，指出了那些人云亦云的陈词滥调是如何产生的。而我们又发现，很多读者在阅读的过程中，即便面对那些并非用"套板"创作出来的作品，也难免持有一种带有"套板"惯性的阅读方式，以至于作品本身也许很新，是真正"作"出来的，没有落入"套板"的窠臼，但到了这类读者的视野中，竟被另一种"套板"的理解束缚住歪曲掉了。这样的读者，如果撰写文学批评的理论文章，就由读者转变成作者，他原本作为读者的"套板"就转变为作者的"套板"，他的文章也就成为"套板"的作品，反而造成了理解和审美的麻烦。

熟悉中国传统诗论的人，一定会因"诗无达诂"而宽博，也会因为"解人难得"而苦恼。因为"诗无达诂"有时体现着作品意蕴的丰美，有时却恰恰缘于不同的解读者对其主观偏见的执着。其实，古往今来很多诗论都非常混乱，有的甚至主观得可怜。我们今天学着读诗、教人读诗，首要的目的不是发现作品的"套板"，而是提防研究者的"套板"，这当然包括我们自己在内。这样才有望去伪存真、去粗取精，在"祛魅"的过程中获得真知，而不是顽固不化、自鸣得意地守着似是而非或明显错误的伪智识，也就不会人云亦云、师心自用。大体说来，想要做到也不是很难，一方面是要注重史料更新，做到尊重史料；一方面是要尊重人之常情，把诗学还原到生活，尊重正确的常识；一方面是要综合审视古今理论，看到各自的长处和不足；一方面是要打破门户之见和因循思维，勇于挑战错误的、具有"套板"性质的"常识"。

这里举两个常见的例子，从中不但可以看出"套板"的真实存在，也可以看出打破"套板"实属不易。

一、"黄河远上"与"黄沙直上"的破与立——王之涣《凉州词》的真相何以广受排斥

唐人王之涣有两首《凉州词》，其一便是传颂已久的"黄河远上白云间，一片孤城万仞山。羌笛何须怨杨柳，春风不度玉门关。"这看似简明的绝句，却因"黄河"与"黄沙"，"远上"与"直上"，"春风"与"春光"等异文引起过繁多争论。无论支持哪个版本，且其中有些议论即便来自于诗学大家，竟也颇可发人一笑。所以，我们读该诗，不仅要有兴趣探索其

文本的原貌，还应思考那些纷纭的议论所产生的原因。

很多人认为该诗文本的原貌无法考据，但仍有学人不懈为之，较早的有王辉斌先生《唐代诗人探赜》考证《国秀集》所录该诗"一片孤城万仞山，黄河直上白云间。羌笛何须怨杨柳，春光不度玉门关"为正宗，但在分析诗旨时却又说"滚滚黄沙"如何如何，足见他虽然以"黄河直上"为"正宗"，却又在对这"正宗"的理解之外，对"黄沙"意象别有体会。

直到杨琳先生的《"黄河远上"与"黄沙直上"的是非——兼谈李白〈静夜思〉的原始文本》（载《古典文学知识》2010 年第 6 期），考定该诗真容应为"一片孤城万仞山，黄沙直上白云间。羌笛何须怨杨柳，春光不度玉门关"，此一公案方可谓告破，而盛大林先生的《王之涣〈凉州词〉异文全面考辨》（载《商丘师范学院学报》2020 年第 7 期）通过对 37 种文献、50 个版本的查证更足以作为杨文的有力佐证。

这一结论与世人习见的文本相差甚远，接受起来还需要切中肯綮的说理和审美认知的过程。

首先，有人认为原始文本不合绝句平仄格律，杨琳指出这种想法也正体现了前人妄改一二句顺序的原因，并举王维《渭城曲》（渭城朝雨浥轻尘）为旁证，认为不讲究二三两句平仄的"粘"的格律正是这种"古绝"的原始面貌。其实，更直接的证据是王之涣《凉州词》其二："单于北望拂云堆，杀马登坛祭几回。汉家天子今神武，不肯和亲归去来。"以及高适为王之涣《凉州词》其一所作的和诗"雪净胡天牧马还，月明羌笛戍楼间。借问落梅凡几曲，从风一夜满关山。"其平仄都是句间相"对"，并无相"粘"的情况，这其实就是前人所谓绝句的"折腰体"。但如果说唐时《凉州词》古绝都属此类却又不合事实，孟浩然、王翰等人所作，其平仄则为对、粘交错。大概"凉州词"音乐形式不拘一格，显现的诗句平仄格式也就未必单一。前人可以妄改，但不妨碍今人考证其真容。这也从另一个角度说明，对待古人的音乐文学，不能把格律看得太死。

再有，包括杨琳、盛大林在内的部分学者都认定今本"河"字是"沙"字形近之误，这属于"理校"之法，需结合文本仔细"以意逆志"。就该诗真本而言，首句言无边土石之山环绕孤城，写总体环境之苦，次句写黄沙随风直上，为边塞特有之景，三四两句跌宕笔法，抒发守边怨情，可谓章法得宜，浑然一体。若依今本，"黄河"一句便无着落，纵然单句再好，却无法协调全诗。

以前坚持"黄河远上"更佳的学者，多是单论这一句，忽略了全诗的脉络。周啸天先生《中国绝句诗史》说："'黄河远上'这一文本久为读者所接受、所喜爱，感情上已容不得'黄沙直上'。诗中的几个主要意象'孤城''玉门关''羌笛''杨柳'均通向一个现成思路，就是征人强烈的乡思和哀怨。"显然，这种论调恰恰体现了情感上的"套板反应"，而如果仔细体会诗理，他所谓的"现成思路"，与黄河是连不上的，却唯独正缺了一个"黄沙"。刘逸生先生《唐诗小札》倒是强调首二句"有不可分割的关系"，却遗憾地停留在感受"黄河远上"与"孤城万仞山"在气象壮阔这方面的"铢两悉称""双峰并峙"，可谓骛意境之远而失内容之诚了。

有趣的是，与刘逸生恰恰相似，又恰恰相反，胡大浚先生《关于王之涣两首绝句的解说》同样用"铢两悉称""双峰并峙"加以形容，但他形容的却是"黄沙直上"的笔力千钧与"孤城万仞山"之间的协调，正如他所说："'黄河远上'，美则美矣，与诗要表达的塞上的荒凉苦寒，征人的怨愤，毕竟无关。拿它同'一片孤城万仞山'比衬，也实在太不融洽了！"足见，"黄河远上"一句在全诗中好不好，与程千帆先生等人反复强调的夸张手法，以及这句话和李白"黄河之水天上来"之相似，是没有直接关系的（程先生在多处诗论中持这类看法，直至近年张伯伟先生主编的《程千帆古诗讲录》中仍存录当年其讲课时这类议论的痕迹），和白化文先生等人所论述的讲不讲地理方位、科学知识等也不必相关（参见白著《退士闲篇》）。至于林庚先生等人所持"黄沙"上天之后云就是"黄云"而不是"白云"等说法，则不但不免"以辞害意"，也不能全然符合生活的实际了（参见林著《唐诗综论》）。

谈到生活，陈绶祥先生《国画讲义》中曾说："从我们现在的认识来看，也许这个科学家说得有道理，但是在唐代的认识上来讲，这首诗可能就是如王之涣所写的一样，而且就诗的韵味、意境、创作规律和接受来讲，'黄河远上白云间'肯定更高更好。这就是不同的人他通过不同的生活、不同的实践对诗有不同的理解、不同的认同。"其实，以"诗无达诂"为幌子宽容地对待各种似是而非的诗论的情况自古以来早已是不胜枚举，但如陈先生这样举"生活"的大旗以庇护他对诗与生活的关系所作的轻率评论，甚至替古人的生活做定位的，可能还是不多见的。实际上，"生活"往往在审美上带给常人以错觉，人们的"直觉"充满了"套板"，面对经典、面对学术，我们与其盲从于"生活"，不如谨慎地辨析我们的"生活"，更要谨慎地论断他人的、尤其是不同时代人的"生活"。

更有意思的是，俞兆平先生《误导与创新》（见《苔痕履印：俞兆平人文随笔选集》）一文认为"误导"足以引发"创新"，他认为，正如郭沫若误译了《鲁拜集》中某句，效果却比原文更佳，而王之涣的这首诗，"黄河远上"虽然"偏误"，却"摆脱了客观对象真实性的拘囿，追求的是诗人一刹那间的直觉，它创造出更为浩瀚壮阔的美的境界。所以，此误，误得有理，误得恰到好处。"他说的"错而更优"的现象在文艺作品中诚然有之，诗人刹那之间的直觉也可能会格外浪漫，但具体情况如何，还是得结合具体文本实实在在地分析。具体到像《凉州词》这样的文本，类似于"错得有理"这样的思路还是得慎用。

这就像葛兆光先生《唐诗选注》中说的：也许有版本校勘学上的理由与依据，但却不合符诗歌创作的想象。也就是说：即便考证出作者真的那么写了，他也是错的。此时，不但考据的学者说得不算，作者自己也做不了主了，这种强迫式的论调不显得很独断，很可笑吗？这种凭着自己的"想象"揣度和判定古人情志的做法，实在值得反思。葛先生自己论诗时常常反对读者的"套板反应"，但是他以自己的"板"去硬"套"古人，不管全诗意脉与风格的整体调和，连版本校勘都可全然不顾，也足见他自身的"套板反应"是多么地感情用事了。其实，对似是而非的论断盲目自信，最终套住的还是自己。

二、李清照的"卷帘人"——《如梦令》的对话究竟应该相信谁？

李清照的《如梦令》（昨夜雨疏风骤）造语精新，立意别致，久已为人称道。但鉴赏者在赞美李清照词心要眇、笔法高超的同时，常少不了捎带着批评"卷帘人"，认为她在作答时没有观察窗外实景，给出了错误答案，被明察秋毫的词人抓了个正着。但有两个问题尚待解决：一、卷帘人就在窗前，听到提问，放眼看去，是下意识的动作，看清窗外实景并非难事，我们怎么就能断定她的话不值得相信呢？况且她有什么理由要扯谎呢？二、词人既然已知海棠必然"绿肥红瘦"，为何还要刻意发问呢？常见的一些解读显然无法很好地回答这两个问题。

仔细体会词意的脉络和词人的内心，我认为词人本已有了"绿肥红瘦"的既定答案，甚至可以说是先决的心理期待，不管海棠的实景究竟怎样，也不管卷帘人的作答是否属实，她要表达的其实只是自己内心的一种执念。这在"试问""却道""应是"这三个表达词人语气和内心世界曲折感受的词语中其实已经有所透露。

首先，如果是想知道，直接问即可，为何要"试问"？一个人多半是当想要知道外界的反馈是否符合自己预期的判断之时才会这样"试问"，或者是害怕自己的预想与实际答案不相符合的时候才会这样"试问"，否则如此普通的问题，是没必要用如此小心翼翼的口吻提出的。或许有人认为这口吻体现着词人对海棠命运的关切，害怕其凋零，果真如此，当她得到"海棠依旧"的答案，本应该是马上放下心来，替海棠的无恙感到欣慰，那么，这首词也就没有下文了。

其次，卷帘人站在窗前，距离窗外的花树最近，给出真实答案并不难，也正因此，词人才会对她发问。词人本已经有了心理的判断，真的是认为"绿肥红瘦"必然存在，但是很明显，卷帘人如实的作答没有符合词人内心的预想，于是词人自言自语地嘟囔着"知否知否，应是绿肥红瘦"，好像有一些无奈、一些焦急、一些失落。

这个"知否知否"只能是词人的独白，不会是对卷帘人的批评，否则卷帘人会莫名其妙而直率地告诉她，甚至是埋怨道："事实如此，不信您自己过来看看！"钟振振先生《唐宋词举要》说，本词是"细腻的女主人公与粗心大意的小丫环之间饶有生活气息的一场对白"，而"知否"二句则"表现了女主人公纠正小丫环之错误观察时的急切语气"。这样的论述，简单地把本词的曲折情致定位在词人和卷帘人表面上的细腻与粗心的对比，是比较肤浅的；且把"知否知否"视为急切的批评，也不符合人之常情，就算卷帘人真的犯了粗心失察之错，对于这般小事儿，值得词人如此急切吗？即便纠正，大概也不会这样措辞，因为错在真与伪，不在"知"不"知"。显然，"应是"二字所表达的，是"应然"，未必是"实然"，其语气和内容，乃是在词人想来应该如此，而实际上未必如此的意思。那么，为何词人会有这样红销香损的心理预期呢？如果熟知她作为女性词人的多愁善感，这也许不难体会，对她来说，惜花是次要的，怜己伤怀才是表达的主旨。

清人黄苏《蓼园词选》说此词："一问极有情，答以'依旧'，答得极淡，跌出'知否'二句来，而'绿肥红瘦'无限凄婉，却又妙在含蓄。短幅中藏无数曲折"。"极淡"二字评得很好，因为卷帘人不知道词人内心的深曲，回答如此简单的问题也不得不"淡"，这是生活的真实。黄苏这评语虽好，但很多人恐怕没有读懂，甚至有所误解，如杨敏如女士说："问答显然不相称，问得多情，答得淡漠。因答语的漫不经心，逼出一句更加多情的'知否？知否'来。"（见唐圭璋主编《唐宋词鉴赏辞典》）这倒是看出了词人与卷帘人之间的"不相称"，但仍停留在问与答的不合拍，而没有深究二人心理世界的不贴合，于是只看出卷帘人的作答对词人表达内心世界的引逗作用，却没有使卷帘人在读者的指责中解脱出来。卷帘人如实作答，别无他意，也别无选择，于是才产生了她的答案与词人心理预期之间的冲突，这才是本词曲折意趣之关键所在。

笔者多年前读此词时即为卷帘人打抱不平，后来读到黄岳洲先生的《古诗文名篇难句解析辞典》，似乎认为卷帘人的话是可信的，颇觉惊喜，但遗憾书中又没有展开翔实的论述。直至有一年谷雨前某日下午，刚刚欣赏过满园盛放的海棠，不料当晚就迎来"风雨俱骤"的天气，我很惦念那脆弱的花树，想必一夜之间，其盛美是要被雨打风吹去了。但次日清晨，当我看到她依然烂若云霞，甚至繁茂竟然有过于昨日，则简直被她那不可低估的生命力惊住了。我想，如果我这时恰是"卷帘人"，也无法给出"绿肥红瘦"的答案来——当然，为卷帘人开脱，细读文本已经足以，而生活的实证却也如此有力——至于女词人内心另有一番机杼，则大概属于"词别是一家"（李清照语）的花外传奇了。

在解读李清照这首《如梦令》时，虽然更多人把注意力放在"知否知否""绿肥红瘦"这两句的语言魅力上，但也有一些学者关注到卷帘人的作用，而明确批评卷帘人粗心大意的，好像都是当代学者，古人论述中似乎尚所未见。而当代对卷帘人最为独特的解读，大概当属吴小如先生了。

吴先生《古典诗词札丛》中说："总觉得前两句有矛盾。既然酒醉酣眠，怎么会听得那么仔细，知道雨点稀疏而风势狂骤？如果风雨之声历历在耳，则显然入睡未沉，神智清醒，又岂能说'浓睡'？"直到领悟了卷帘人其实是李清照的丈夫赵明诚，"才恍然大悟，原来此词乃作者以清新之笔写秾丽艳冶之情，词中所写悉为闺房昵语……答语是海棠依旧盛开，并非被风雨摧残……实则惜花之意正是怜人之心，丈夫对妻子说'海棠依旧'者，正隐喻妻子容颜依旧娇好，是温存体贴之辞，但妻子却说，不见得吧，她该是'绿肥红瘦'，叶茂花残，只怕青春即将消逝了……如果是一位阔小姐或少奶奶同丫环对话，那真未免大杀风景，索然寡味了。"

其实，本词的首二句并无矛盾之感。难道不能是先有雨疏风骤的天气，词人百无聊赖才痛饮沉睡吗？何况，这其间是否有矛盾，和本词是否彰显夫妻恩爱主题不存在必然的因果关系。

更关键的是，吴先生的解读虽然把本词的主旨从简单的惜花之情上超脱出来，似乎新颖，却失之太远，不免"深文罗织"之弊，看上去是导演了一场好戏，指出了一种言外之意，但其实是把本词浪漫深刻的内涵锁定在一个具体实际的世俗化场景中，局限住了。这首词本身是单纯而不简单，所以意蕴才丰富；硬要搞得复杂，反而显得局促。

　　所以，吴先生的解读没有带来什么惊喜，却损失了原词清新明丽的风度，增添了许多男女琐碎日常之中打情骂俏时矫情的"浊气"。我每读到这首词，原本总能想起《牡丹亭·游园》中那"晓来望断梅关，宿妆残""吩咐催花莺燕借春看"的场景，在清新与秾丽之间，大有一番风雅情致在。不知道小姐和丫环的对话怎么就一定是大煞风景了呢？换做是男女洞房私语就不煞风景了吗？读之已浅，而结论不深，那样的诗论多使人乏味；而渐读渐细，却渐行渐远，这样的解读更不免让人遗憾。

　　徐培均先生《李清照集笺注》不同于吴先生这类说法，认为卷帘人就是婢女，却是通过引用卢仝"指挥婢子挂帘钩"等诗句来加以证明，这种寻章摘句以求旁证的方法又不免书生气了些，难道没有文献的支持，闺房里就不能出现婢女了吗？其实，准确把握这首词自身的文本已经足以说明其独特的内涵了。

　　退一步讲，卷帘人是谁本不重要，重要的是这首词的曲折之美在体会的过程中究竟应该把握怎样的分寸，而这分寸则主要维系在对词人内心世界的感知和对这首词真实性的尊重之上。这首词的妙处，就是格外的真实，又在单纯的真实之中格外地曲折细腻。它的真实是一种不可模仿，也无须模仿别人的独特。历来很多词论，如明人张綖《草堂诗余别录》都指出本词脱胎于韩偓的"昨夜三更雨，今朝一阵寒。海棠花在否，侧卧卷帘看。"还有一些人把它和孟浩然《春晓》联系起来，这都是只求"形似"的做法，仍然是受着"无一字无来历"的传统的牵绊。如果这首词真的脱胎于其他人的什么诗句，那么李清照很可能就是在玩儿文字游戏，编一个故事给读者看，甚至是虚构一个卷帘人与她问答的情节，来引出她"绿肥红瘦"的喟叹，这样的揣测恐怕是无法让人接受的。

　　因此，我们必须承认这首词反映了词人生活的独特真实，只有这样，李清照和她的卷帘人，才是独特的、活泼的、清新的。而也正因为它的真实，我们看不出这里有什么矛盾的存在，什么闺房的艳语，以及用典的痕迹，同时，也就必须感谢这个卷帘人带给词人生活的曲折多致，以及造成了这首词的趣味横生。

徐凝的庐山瀑布诗

唐人徐凝有咏庐山瀑布的名作："虚空落泉千仞直，雷奔入江不暂息。今古长如白练飞，一条界破青山色。"相传曾被白居易所激赏，但程千帆先生在《古诗考索》中对这个传说早已提出了质疑；而苏轼对徐诗"至为尘陋"的评价，却向来清晰地收在东坡集中。很多人说东坡在这个问题上显得偏激，却没有深思东坡的用意。徐凝这颇似宋诗风格的诗句，却被宋代大诗人所鄙夷，必有其原因在。

苏轼瞧不上"一条界破青山色"一句，大概是因为"一条"二字的笨拙和"界破"二字的粗率。宋人释惠洪《冷斋夜话》记录米芾曾戏谑地唱道："吾有瀑布诗，古今'赛不得'。最好是'一条'，'界破青山色'。""赛不得"是指传说中白居易对徐诗的盛赞，米芾明显不以为然，而他把"一条"二字单独隔出来，更令人觉得"界破青山色"五字的费力不讨好。

宋人吴聿《观林诗话》指出，孙兴公《天台山赋》有"瀑布飞流而界道"之句，徐凝借用，却用错了地方，这是嫌他把赋文的词句写在了诗中。赵其钧先生认为徐诗"场景虽也不小，但还是给人局促之感，原因大概是它转来转去都是瀑布……显得很实，很板，虽是小诗，却颇有点大赋的气味。"

（《唐诗鉴赏辞典》）这是嫌他把大赋一味铺陈的写法用在了诗里。所以，霍松林先生《唐诗精选》说徐诗"写得有气势，却很费力，无雄浑超迈之美。"这可能都是徐诗费力不讨好的原因所在。

除此之外，徐诗的"费力"，显然也与它的声音有关，那几个仄声字的韵脚，加上"破""色"的连读，简直让人张不开嘴，即便想要超迈，也放不开音响。假设这诗改成"一条界破青山色，今古长如白练飞。虚空落泉千仞直，雷奔入江不暂归。"读起来是不是就不那么费力了呢？

话说回来，徐诗的内容毕竟的确是很"实"的，"实"到只是在写景，一味地勾勒，程千帆先生说得好："徐诗四句纯属客观描写的单调，显出其诗中无我的缺点。"但是，"无我"的诗，也有很多高妙超拔的作品，四句全写景的诗句也未必就肯定流于单调。徐诗的失败，说到底还是修辞的失败。即如这个"白练飞"的比喻，就很笨拙，把澎湃的瀑布写"死"了，一条白练，终古在飞，再怎么飞也达不到瀑布水势那雄壮而空灵的美。谢朓的名句"澄江静如练"之所以好，正因是静景，"练"字是难以真切地描摹流水的动景的，尤其是瀑布。

但清人翁方纲《石洲诗话》却说这"白练飞"有奔腾之势，不知是产生了怎样的联想才做出的评价。程千帆先生同意翁氏的见解，认为"飞练"之喻，"使人有生气蓬勃之感"，实在更令人难生同感。"白练"写流水的比喻在古诗中固然多见，但高明的实在不多。综合"白练飞""一条""界破"等修辞上存在的种种不足，苏轼评价说它是"尘陋"，又有什么偏激的呢？这首诗也许在当时很有名，但是正如程千帆先生考证的，其美誉也许与那个时代的诗风流行有某种内在的关系，未必就说明这首诗本身有多么高超的水平。

李白的庐山瀑布诗

李白《望庐山瀑布》诗有两首，其二即家喻户晓的"日照香炉生紫烟"七绝。对该诗的欣赏，有两个问题。

首先，人们向来很看重次句中的"挂"字，赵其钧先生指出："'挂'字很妙，它化动为静，惟妙惟肖地表现出倾泻的瀑布在'遥看'中的形象。"（《唐诗鉴赏辞典》）但仔细想来，这仍是似是而非之论。瀑布的美，即便远观，也美在动景，诗人有什么必要"化动为静"，硬把瀑布写成静景才能达到"惟妙惟肖"的效果呢？"挂"字固然常用在静物上，如衣服、钟表等在垂直的面上方能称为"挂"，而瀑布被称为"挂"却与动静无关，只与垂直有关，周景式《庐山记》说瀑布水"挂流三四百丈"，与动静就没什么关系。李白庐山瀑布诗的第一首也有"挂流三百丈"之句，他反复用"挂"字，也许只是一种习惯性的说法而已。霍松林先生《唐诗精选》中说："一个'挂'字，大家都说很生动，但未注意'挂'于何处。联系首句，便知那瀑布从香炉紫烟间直'挂'下来，落入'前川'。"试问，哪个读者会不知道瀑布"挂于何处"呢？何况，它无论挂在哪儿也是垂直的，不垂直就谈不上"挂"，这道理是很简单的。

再有，人们更为欣赏的是该诗的"银河"之喻。程千帆先生曾将其与唐人徐凝瀑布诗中的"白练"之喻加以对比，认为李诗更佳。原因之一是从地面望向银河，它永远是弧形，像是要落下来，于是银河欲落的假象可以非常贴切地比拟瀑布下泻的真象，但徐诗说"今古长如白练飞"，在自然界和人类生活中没有根据，拼凑而来，没有意义；原因之二是银河之喻新奇独创，是对自然界深入体察之后产生的，而飞练之喻，沿袭前人，不足为奇。

说自己独创就一定是好，而袭用前人就一定不好，这说法未免略显武断。而且，《唐诗品汇》引宋人刘辰翁的评论，恰恰说李诗"以为银河，犹未免俗。"在某些古人看来，"银河"之喻输就输在它恰恰不是独创。也许银河之喻的确由李白首次写入诗中，但未必就意味着世俗中不曾有过这样的想象，如果很多人都这样想，只有一个人这样写了，众人会因为他写了就感觉他可贵吗？除非他写的手段格外高明。平心而论，把瀑布联想为星河，对常人来讲大概并非难事。这就像人们提到悲秋，总要标举宋玉的"悲哉秋之为气"，但悲秋之情在此之前必然早已存在。"首创"与"优选"之间毕竟不是必然关系。

也许正是因为"银河"之喻对世人来说没有什么陌生的神秘感，所以很多古人反而都认为"银河"二句比不上李白瀑布诗另一首中的"海风吹不断，江月照还空"二句，因为这两句内容更丰满、联想更遥远。相对地，古人或许又因为"银河"之喻来得容易，理解没有障碍，也就没有让思维停留下来，去曲折地深思一下银河之喻的光芒和音响。

我们体会李白当初将澎湃下泻的瀑布比作落天的银河，恐怕未必是因为想到了银河因为自身的弧度而产生了"欲落"的假象。即便没有这个假象，也毫不妨碍用银河去描摹那喷壑而出的瀑布水。银河相对是静态的、无声的，但它何其广大，瀑布虽然相对是渺小的，但它一泻千里、音响宏阔，二者之间那不多的、但至为关键的浪漫的恰似之处，正在于二者共同的璀璨晶莹；银河的光洁只能在暗夜中欣赏，而瀑布的亮丽却能在白日下观瞻，这不同之中的相似处，也正是二者的璀璨晶莹。古人的画笔画不出瀑布这耀眼美妙的光彩,只能通过浪漫的文字加以描摹。所以,"银河"之喻,不但有广大的力量,更有光芒的亮泽,不但把瀑布写得浪漫,也延展了银河的美,本体和喻体都因为这浪漫的联想而获得了成长,变得更丰富,这才是其"妙而可言"之所在。

从这个角度去理解"挂"字,也可以印证它最好不要是静态的,而妙在动态,因为挂着的是一派星辰,它流动而璀璨。谁能想象星星之美,竟然可以如此倾泻而下呢?当然,这挂着的星河,也绝不是挂着的"白练"能够媲美的。

李白《蜀道难》的句读

　　《蜀道难》是李白传颂已久的名作，其中"但见悲鸟号古木，雄飞雌从绕林间。又闻子规啼夜月，愁空山"亦称篇中名句。早年曾读某版本作"又闻子规啼，夜月愁空山"，觉得意外而新奇，好像"夜月"受到感染，在空山中愁怨起来。于是常以此为例，与同道或学生谈诗时，说明句读的不同，关系着诗意的理解。而后来我又逐渐思考，"夜月愁空山"的意蕴固然似乎更加丰富，但在整篇诗里，局部的丰富就真的是最佳答案吗？

　　施蛰存先生《唐诗百话》支持五五句读，但他举出的理由似乎都值得商榷。

　　首先，施先生指出吴昌祺《删定唐诗解》、钱良择《唐音审体》等清初刻本都将此处圈断为两个五言句。但吴、钱等人的句读也都是当时人自己的读法，既不能替李白负责，也无法向施先生负责。

　　施先生还指出，"愁空山"三字不成句，歌行中三字句常两句连用，很少单用，这在李白诗中不乏其例。但实际情况是，李白的乐府诗却也有一些单独的三字句；就算没有，也不能就断定此处三字句不能成立，何况"愁空山"三字成句，意思非常明白，究竟为什么不成句，施先生也没有讲清楚。其实，吴、钱等古人也许正是因为习惯了五言句的稳妥，不乐见三言句的跳脱，才选择了五言句读，未必是经过了深思。

其次，施先生举出李白绝句有"杨花落尽子规啼""我寄愁心与明月"二句，证明"子规啼""夜月愁"是可以出现在两句中的，不要不敢把它们断开。这样举例说明问题，不像出自大家手笔，看似切合，其实有些生搬硬套，也不必多辩了。

第三，施先生举唐写本诗选残卷"又闻子规啼月愁空山"，乃是二七句法，与上文"然后天梯石栈相钩连"句式相同。这一点问题最大。虽然不能断定唐写本究竟是否可靠，但它提供的思路，恰恰与施先生的结论相反，因为"子规啼月愁空山"这个七言句其实就是"子规啼月"和"愁空山"的组合，而"子规啼月"和"子规啼夜月"在内容上差无二致，反而证明了五五断句的不可能。"子规啼月""愁空山"之间读起来得停顿一下，和"子规啼夜月""愁空山"之间句读一下，二者之间有什么巨大的隔阂呢？

何况"又闻子规啼月愁空山""然后天梯石栈相钩连"两句的句式本就有很大差异，反而是"但见悲鸟号古木""又闻子规啼夜月"这两句呼应得宜，仿佛是"隔句对"，不知施先生为何反而未加注意。而"雄飞雌从绕林间"中的"绕林间"和"愁空山"也有隔句呼应之妙，这两句长短错落，颇有音节顿挫之美，足见乐府体的句法，正因不像近体诗格律那么紧迫，才更富韵致。

我因为读了施先生的文章，反而解除了疑惑，回归到对七三句读的认可。

近又见有文章说"嗟尔远道之人胡为乎来哉"大可读作"嗟！尔远道之人胡为乎来哉"，把"嗟"这个语气词单提出来，读着更富顿挫，且近散文之美。这又是一个看似新奇的立论。但是持论者不但没有考虑到这个局部的新奇是否符合原作整体的格调，也没有考虑到"嗟尔"这个词在古代基本就是一个固定的词组，从《诗三百》"嗟尔君子"、《九章》"嗟尔幼志"到汉唐诗作一直如此。当然，我们可以假设李白就是要独创性地使用"散文句法"，但是再三涵咏原作，我们就能体会到，这样顿挫的语气是没有必要且不能成立的。

　　诗学的问题常常以小见大，且辨误祛疑更无论古今。今人读诗，不能徒有猎奇的心态，阐释持平贵在尊重作品的肌理。

精进的杜甫诗艺

　　杜甫曾在诗中自诩"诗是吾家事"，这并非夸大其词，他的祖父杜审言就是初唐时杰出的诗人。《蜀相》中的名句"映阶碧草自春色，隔叶黄鹂空好音"，看上去和杜审言《春日京中有怀》的"上林苑里花徒发，细柳营前叶漫新"相近，而仔细品味，就能见出杜甫在诗艺上的进步。

　　一般人欣赏杜甫的这两句，都着眼在"自""空"两字用得如何好，经与杜审言的诗句相比，才发现更值得我们关注的是，"映阶""隔叶"使得画面具有了景深，视听具有了层次。

　　其实，无论"映阶"与否，碧草都可以"自春色"，而从人的视觉角度来说，看碧草本来也不必管它是否映阶；无论"隔叶"与否，黄鹂都可以"空好音"，而从人的听觉角度来说，听鸟啼本来也不必管它是否隔叶。然而，"映阶""隔叶"却显得事物格外有情态，诗人观察得也就格外贴近而细腻。所以，马茂元先生《唐诗选》中着重指出："草从映阶看出，鹂由隔叶听闻，更有无穷空幻怅惘之感。"

　　杜甫的两句诗，不但在写景上发展了杜审言笔致的立体和细腻，更在情致上发展了杜审言表达的深度和韵味。正如杜审言诗中的前一句，即"愁思看春不当春"，春越是有情致，看起来本就越应该"当春"，诗人反而越是"不当春"；这情感与景致的距离拉得越大，越能见得诗人的心不在焉其实是大有深意。杜甫的功力正体现在他能够在一句话中先写出景的美，再写出美的无人赏会，在本应该有的"当"与实际上的"不当"之间，把落差拉得更大，使情感的表达更突出。这样，就因为写景的更胜一筹，使得景致与情感的反差愈加明显，也就更能显出诗艺的精进。

杜审言写景的本领是公认的，而这小小的一例，就更足以证明杜甫的诗笔是何等的高超。

杜甫的诗艺较前人的精进当然不止体现在其自家诗风遗传的递进之上，他作为集大成的诗人，自然处处彰显艺术的不同凡响。

例如他《绝句》的名句"江碧鸟逾白，山青花欲燃"，可称是写景的佳构。葛兆光先生《唐诗选注》用心地搜集了另外五首来与这首诗加以对比。

在杜甫之前，庾信的《奉和赵王隐士》有"山花焰火燃"一句，虞世南的《发营逢雨应诏》有"山花湿更燃"一句，都是说花红似火。庾信句比杜甫句更显得热烈，因为那里的花已经燃成了焰火，虞世南句比杜甫句更显得奇丽，因为那花火是在潮湿的状态中燃烧的。但对比起来，杜甫的诗句显然更精进了，其原因何在呢？

与杜甫同时代的王维有《辋川别业》诗句"水上桃花红欲燃"，李白有《寄韦南陵冰余江上乘兴访之遇寻颜尚书笑有此赠》诗句"山花开欲燃"，相比庾信和虞世南的诗句，都与杜甫句更为接近，都说"欲燃"，尤其李白句，与杜甫句在字面上简直是毫厘之差。综合这四位诗人的诗句，我们发现他们共同的不如杜甫的地方，在于杜甫诗句中有颜色的衬托。

所谓"江碧鸟逾白"，鸟羽的白色在江水碧绿的衬托中乃显得格外夺目，"山青花欲燃"，花火的红色在山峦青翠的衬托中乃显得格外跳跃。所以，朱宝莹先生《诗式》中说："因江碧而觉鸟之逾白，因山青而显花之色红，此十字中有多少层次，可悟炼句之法。"我们也有类似观感的经验，单看火红的花色，再红也未必灼眼，必在绿色的衬托下，红色才显得特别火辣。而我们在写诗时即便有意识采取这样的炼句之法，却很难做到这样精炼自然。可见，杜甫不仅善于精进于前人，在同时代人中也是佼佼者。

杜甫不但精进于前人，也成为后人难以逾越的典型。就拿宋人丁元珍《和永叔新晴独过东山》中的"万树绿堪染，群花红未燃"来作对比，虽然也有颜色的反差和衬托，但仍赶不上杜诗的浑成洗练。

葛兆光先生评价前述四位诗人：都不如杜甫写得经济凝练，而丁元珍的诗句"似乎勉强逃脱了杜句的笼罩"。这前半句是对的，后半句容有推敲之处。所谓"群花红未燃"的"未燃"，表面上说"未"，其实是说花色的红已经达到一定的燃点，只是在措辞上显得含蓄，否则根本不用提到"燃"。但要知道，杜甫的"花欲燃"其实也是"未燃"，正显得是"未燃"而"将燃"。一字之差，"未"字只是陈述状态，显得生硬笨拙，而"欲"字好像蕴含着能动性，显得活络有力。丁元珍也许正因想要跳出杜甫的"笼罩"，故意找一个"未"字来别出心裁，但反落了个下乘而已。

画图"省识"春风面

　　杜甫《咏怀古迹》组诗有一首咏叹王昭君，有"一去紫台连朔漠，独留青冢向黄昏。画图省识春风面，环佩空归夜月魂"等句。其中"省识"一词，古今注解莫衷一是，但该词的理解实在关系到整句的意义及全诗的脉络，不可不辨。

　　诸家注释多将"省"释为"约略""曾经"，可谓小异而大同，大致都是说汉帝通过画图识别了昭君的春风面，只是识别的程度不同。尤其是把"省"释为"曾"，古今学者举出不少旁证。但依《西京杂记》记载，毛延寿故意画丑昭君，汉帝正因未能通过画图的方式了解昭君真容，才误使昭君远嫁。明明是"未曾识"，却偏要解释成"约略识""曾经识"，实在理解不通。

　　于是有一些折中的说法。

　　有人说本句是以反语的方式达到讽喻的效果。清人朱鹤龄说："画图之面，本非真容，不曰不识，而曰省识，盖婉词。"就是这一类中比较典型的说法。但本诗逐句读来，都是正面着笔，到这一句，很难顺畅地理解为反语。诗人在这里直言昭君怨恨，似乎也没有必要委婉到这种地步。

又有人说本句是反诘语气。这种可能倒是存在，意思也通顺了很多，只是本句不易读出反问的语气，且这样读来，与下句在语气和意思上离得较远，似乎也难以成立。何况，以画图的方式识别美人之面容的失误，可谓人尽皆知，又有什么反问的必要呢？

于是又有人把这句模拟为假设语气，如清人吴瞻泰说："假使画图省识春风面，何至空归夜月魂乎？"说得倒是合情合理，但只恐这"设言之"的语气，更难从原诗字面上看出来；况且变七言句为九言句，老杜若有知，能颔首乎？

更有人另辟蹊径，如宋人赵次公就曾说这句话不是回顾历史，而是说包括杜甫在内的后人，只能在画图中欣赏昭君美貌。这样的理解，没有考虑诗句上下文之间的脉络，非常突兀，也不能很好地彰显昭君的悲哀，离题更远了。

我曾想，为什么不能将"省识"直接理解成"未识"呢？这当然可能引起训诂学家谨慎的反对。但"省"本就有"减""少""废"这类意思，引申到"省识"上，理解为"未识"似乎不太过分。虽然这在杜诗中找不到旁证，但文艺作品常常是未必有二却不妨有一的。无论如何，把本句理解为"画图未识春风面"，合乎历史传说，直揭昭君悲剧的前因，非常通顺。我们发现，本诗中间四句，其实是隔句呼应的格局，"一去紫台连朔漠""画图省识春风面"二句回顾昭君生时的悲哀，由果及因，而"独留青冢向黄昏""环佩空归夜月魂"二句彰显昭君身后的余情，由实转虚，再连接尾联千载琵琶的余音恨韵，意脉清晰完整。

后来，惊喜地看到徐仁甫先生《杜诗注解商榷》一书中说："'省识'与'空归'对文，'空归'有'枉归'之意，则'省识'亦'未识'也。"与我持论相同。但他虽然也注意到"省"有"减"的意思，却说"画图"一句"是说画图上的春风面减了色，使人'未识'或'误识'。言'省识'，不过是委婉其词罢了"，反而在解释上显得比较纠绕，大概仍是对将"省识"直释为"未识"有一定的顾虑。

曾读宋人虞俦的一首咏梅诗，恰恰兼用了明妃典故和"省识"一词。

其颔联云"消息向来空驿使，画图老去惜明妃"，后一句大概是说昭君的美貌当年没有画成，老去之时再想画也画不成了，恰如赏花，一旦错过时节，则香魂难觅。其尾联云"蜂蝶卑凡浑省识，良迷桃李趁狂飞"，显然是说蜂蝶卑下凡俗，全然"未识"梅花冷艳，只知迷着桃李，趁狂而飞。这里面的"省识"，理解成"未识"，不也正是通顺的吗？

也谈"青山郭外斜"

      孟浩然的《过故人庄》向来因自然浑成、不假雕饰而广为传诵,林庚先生《唐诗综论》所录赏析文章,颇有见地,但对颔联"绿树村边合,青山郭外斜"的论述,却似乎仍有可商榷之处。

      一方面,林先生认为树与山心心相印,它们的心全在村子上,因而城郭也就被冷落。用我的话浅显地解释一下,就是诗句以"村"为中心,树和山既然想要紧密地与它融为一体,那个"郭"就成了多余的屏障,人们读起来,就情不自禁地想要忽视这个像门槛或栅栏一样的"郭"。林先生的议论可谓是新奇的创见。他还问道:"既然说'绿树村边合',已经是在城郭之外了,为什么还要说'青山郭外斜'呢?"这就等于又加强了对这"郭"出现得啰嗦的嫌弃。其实,这问题问得很好,本应顺着这思路体会诗人描写"城郭"的用意所在,不要急于否定它存在的价值,但林先生所作回答却是:"这诗句正在于陪衬出那城郭的不重要来;青山、绿树、村落,那么水乳交融地打成一片,那城郭就只好若有若无地默默靠站在一边,这真是再亲切也没有的一幅图画。"

      简而言之,林先生的意思是,要向往村落与村外大自然的统一,这种统一需要毫无隔阂，而城郭就是一个明显的隔阂；诗的表达需要洗练，而这里城郭的出现是一种不必要的重复。

这看似是一个无关紧要的问题，但实际关乎我们应如何把握诗的语言和结构。诗是精炼的艺术，诗人讲究炼字，不会是写一个字，其目的却是要摒弃它。

诗人的意图当然有可能是要写出那一派景致的交融，但在景致交融的大环境中，有必要刻意与城郭为难吗？若要冷落城郭，干脆不必提及。村和山固然都在郭外，但从人的视角看，山的距离比树远。先写绿树绕村，再写郭外青山，正是渐远渐高的景色层次，城郭正是这其中一层不可缺少的痕迹和界线，因它在，可见树不与山相连。从村边到城郭，是一层距离，再到郭外又是一个层次。这层次的线索固然可以不完全是连成直线的，但不妨是放眼望去的直观感受，因为村、郭、山，在视觉中也绝不是一个简单的点状的呈现，尤其是山之"斜"，显出其态势并非限于直向的高耸，而是有倾斜延伸的趋向。

凝神谛思，我们能感受到，"郭外"其实是一个层次、是一条视线。如果舍弃它，把山写成"村外斜"或"树外斜"可以吗？当然差很多。而"村外""树外"之所以不能成立，不仅是因为与"绿树村边合"有重字，更是在层次上与"郭外"有差异。没有"郭外"，青山就显得太近了。青山的"斜"应是在较远的位置才显露出它的从容安详，太近了就让人觉得压迫逼仄。所以，山、村都在郭外，城郭与树的界线产生错落的视觉效果，使山与村拉开了审美的距离。

足见，树不仅与山、村交融，与城郭的关系也是"心照且宣"。请对比明人陈文纬的"郭外青山斜抱村"一句就显而易见，陈诗的山、村也都在郭外，却抱得这么紧，于是"斜"也更多地呈现为俯身之姿，而少有远阔之致。这里的"郭外"失去了"树"的配合，也就缺少了景致的层次和距离的叠加，这个"郭"就真的是在总体景致的一个边缘，成为"边缘化"的角色了。这里的城郭没有参与到山、村的关系中，没有它，山、村依然紧抱着，而它仅仅是从高处起到俯瞰作用的一个坐标罢了。

看来，孟浩然笔下这景的交融，正因为两句之间的巧妙结构，使得各种因素各负其责。不会因多了一个城郭就减损了亲切，这城郭反而堪称必要的有机因子。"平芜尽处是春山，行人更在春山外"，视线的"终点"是山，山挡住了更远的行人，行人在联想中；而本诗，视线的"中点"是城郭，它连接着那不远不近的山，山悠然在眼前。

林先生不但因为过分看重山、树、村的交融而看轻了城郭，另一方面，他因太爱这两句诗的浑成，竟评价这两句是全诗的灵魂，是思想情感与艺术形象交融的顶峰。但是，从该诗的主旨来看，很难说这写景两句是全诗的灵魂，因为它再精彩，也只是内容的点缀，不是诗情的主导。至于说这两句达到了情思和形象交融的顶峰，固然可以见仁见智，却仍不免过誉之嫌——但无论如何，这交融的景致中，不可轻视了那"城郭"的存在。

白居易《长相思》词的误读

　　白居易著名词作《长相思》的上片："汴水流，泗水流，流到瓜洲古渡头。吴山点点愁。"我多年前在灯下涵咏，竟将"头""愁"二字换了位置，却好像顿时得了一种新境界——原本的"古渡头"只是地名，现在着一"愁"字而富有人情。同时也正因为"愁"字直接参与到前三个分句中，或者说因为它离前面三个"流"字更近了，便使得这水的"流"也不再是那么自然而然，荡荡悠悠，反而是汩汩滔滔，仿佛有意地要把连绵的愁绪推送到古渡口，让这流水般不绝的愁情获得一处抵达的岸，让古渡也愁起来了。陆永品先生鉴赏原词时说："山是愁山，则上文之水也是恨水了"。（见《唐宋词鉴赏辞典》）现在则免去这一推导的过程，直接让流水与古渡一起分享愁情；而吴山虽然与"愁"字远了，但它额首示意，便是与流水、古渡产生了同情。这居高临下的点头，似乎很有故事，又颇有博大的感受——但这一番煞有介事的分析，毕竟是杜撰，只能"自得其趣"罢了。

　　后来偶然读到王朝闻先生所著《吐纳英华》一书，竟谈到他年少时也曾有"吴山点点头"的误读，并引申说："联系敦煌曲子词《浣溪沙》那句'满眼风波多闪烁，青山恰似走来迎'，理解我那唱错了的'吴山点点头'，未必不可称为对自然的人化……当他不自觉地以流水自况，想象中的山头向他点头，岂不与舟上人那'青山恰似走来迎'的错觉相似。"我宛如遇上难得的知音，获得"误读"可行的旁证。虽然王先生只说到"点头"的别趣，没说把"头""愁"二字互换位置，但他从美感上谈到自然的"人化"，与我的"误读"颇为相似。另有不同之处在于，他说山对人"点头"，是人面对山时的想象，而我觉得没有人在，山也可以朝着流水和渡口点头，这万古的愁情仿佛已渗透在山水中——至少山的倒影的确是随波起伏的。

于是想找到更多类似的例子，但古诗词留给这类"误读"的机会实在不多。若不是"渡头""点头"都可以带个"头"字，这首词也不会有如我这般误读的机缘。况且古人口中的"点点"，至少在诗词中都是用作形容词，似乎并未像今人一样用作动词"点"的复合词。但是"头""愁"换了位置却颇能自成一说，至少也体现了汉字独立性所导致的组合的丰富性。

几年前在国外朋友家小住，一天突然断了网络信号，我便找朋友寻求帮助，却把 signal（信号）说成了 singal（听起来像 single），让他费解良久，虽然我觉得把 g 和 n 两个字母互换位置的错误无足轻重，但他恍然大悟时却啧啧称奇，说他们自己绝不会有此类互换字母位置的口误，因为词根组合、整体音节都不同。我想，如果把对《长相思》的误读讲给他听，他更会觉得是天方夜谭了。看来，汉字不是拼音文字的好处，在诗的误读中竟也起到了妙用。

从"姥爷的屁"到"无边丝雨"

　　记得童年时曾听过一段歌谣唱道:"姥爷的屁,青面虎。屁从山上过,青石变成土。派了三千人马来打仗,一屁震死两千五。还有五百没震死,个个儿嘴里掭着土。"觉得非常好笑,这段歌谣虽然俚俗,但容易记诵,颇有奇思。直到多年后才知道这是一则在很多省市均有流传的民谣,只是文本略有不同。

　　如《中国民间文学集成(辽宁卷)》"民谣"部分收录《屁是一只虎》:"屁是一只虎,出来没法堵。打倒五盘山,压死五只虎。三千人马来抓屁,一屁崩死两千五。剩下这五百,个个打断肋巴骨。"又如《林县民间歌谣、谚语集成》收录《笑谣》:"屁是一只虎,出来没人堵。崩塌太行山,砸倒怀庆府。怀庆府有五千老日本,一屁压死二千五。剩下一半没断气儿,也崩的鼻子眼里都是土。有的哭了一清早,有的抠了一晌午。"这些版本与我记忆中的有相似之处,但在音节、修辞、情节上都要逊色些。尤其是"青面虎"这个比喻,将世人习闻的臭屁写成青面獠牙的猛虎,本体和喻体间差距之大,引发强烈的笑感。

　　但这则民谣即便再生动形象、夸张戏谑,却毕竟不是雅正的文学;青面虎的比喻再好，也只能发人一笑，难以称为雅正的词句。足见，修辞方法的运用不是语言之成为文学的"充分条件"，而比喻的水平和品位也是有高低之分的。

在高雅文学中，却有很多相对笨拙的比喻。如朱自清先生《春》中形容春雨"像牛毛，像花针，像细丝，密密地斜织着"，其喻体在美感上远远低于雨的灵动与活泼、春雨的细密与轻盈。即便那喻体诚然在视觉上与春雨有近似之处，却仍然显得粗糙，姑且算是可以看，却无法设身处地去感受。尤其是当花针的芒刺从天而落时，真让人无法想象如何置身于"沾衣欲湿"的蒙蒙细雨中，而"沾衣"之后恐怕也不仅仅是"湿"的结局了。至于"织"字，纵然有交织的形象感，却仍然不合乎雨那幻形的精灵所特有的趣味。总之，如果喻体在审美感受上低于本体，那还不如不用比喻。假设以《荷塘月色》中那些高妙的比喻和通感作对照，《春》简直就不像出自同一作家之手了。

本体与喻体的高度"恰似"其实很难实现，喻体高于本体也很难达到，但也不乏佳例。同样是写雨的"细"，宋人秦观《浣溪沙》中却说"无边丝雨细如愁"，这个"愁"不知比牛毛、花针、细丝高明多少倍，因为世界上再也找不到比人的愁思更"细"的对象了，配上"无边"二字又是何等适宜。这就像词的上句"自在飞花轻似梦"一样，有什么东西的轻盈抵得过那飘渺虚无、自在其在、欲触不能的梦呢？因为喻体的恰切和高妙，本体的美感层次提升了，诗句的美学内涵丰富了，雨与花不但可观，更加可感起来，甚至我们错觉般地感到，那作为喻体的愁和梦似乎才是词人想要描摹的真正对象，更像是本体了。

我曾把"姥爷的屁"那歌谣背给一个四五岁的孩子听，他似乎无法感受到其中的笑点，事情也就无趣的过去了。但是一段时间后，他的外曾祖母去世了，我问他：老太太去哪儿了？这其实是很多家大人都会逗小孩子的一种无聊的问题，因为小孩子们似乎不太懂得什么是死亡。但让我惊奇的是，他的回答不是"死了""走了"，却竟然是"青石变成土"了，他居然引用了一句前几天我背过的一句本来让他感觉不明所以的无聊的歌谣。这和古人"山陵崩"之类的讳称何其相似。我惊讶这么小的孩子却有如此敏锐的语言借用的意识,纵然这也许很偶然;而在这偶然的巧妙的比喻的背后,我仿佛同时感到了一种"化俗为雅"的能力。我想,像这样的孩子,将来会不会也能写出类似"无边丝雨"的佳句呢?

宫怨诗中的"自恨"之情

    唐人孟迟《长信宫》诗:"君恩已尽欲何归,犹有残香在舞衣。自恨身轻不如燕,春来还绕御帘飞。"沈祖棻先生《唐人七绝诗浅释》将它和王昌龄《长信秋词》"奉帚平明金殿开,且将团扇共徘徊。玉颜不及寒鸦色,犹带昭阳日影来"相比,认为"都用深入一层的写法,不说己不如人,而叹人不如物……但燕子轻盈美丽,与美人相近,而寒鸦则丑陋粗俗,与玉颜相反,因而王诗的比喻,显得更为深刻和富于创造性",且"明说自恨不如燕子之能飞绕御帘,含义一览无余;而写寒鸦犹带日影,既是实写景色,又以日影暗喻君恩,多一层曲折,含义就更为丰富。前者是比喻本身的因袭和创造的问题,后者是比喻的含义深浅或厚薄的问题。"

    沈先生的评论尚有值得思考的余地。

    第一,沈先生似只看到燕子与美人相近,寒鸦与美人相反,正如她说:一般地,"拟人必于其伦",即以美比美,以丑比丑,但玉颜之白与鸦羽之黑极不相类,甚且相反,增强了读者的感受。这解读本不错,但只停留在意象本身,若从全诗整体来看,王诗前后两部分内容无必然联系,而孟诗从舞衣写到身轻不如燕,前后内容更为紧凑。

第二，孟诗写燕子飞绕御帘，用意固然直露，但王诗"日影"一词的言外之意也过于常见，虽然是用典，是言外之意的影射，但过于司空见惯，所谓"暗喻"也就不够"暗"，曲折的效果也就不突显。

第三，两诗的怨情，王诗只是怨君恩不及己身，而孟诗从"自恨"写来，虽然将自身去与寒鸦比、与飞燕比都是"无理"的，但孟诗更说得通。且明着是"自恨"，其实是埋怨君王，并隐含着用了赵飞燕的典故，不是反而更具有曲折的效果吗？

第四，寒鸦之带日影是偶然所见，而飞燕春来则是年年常态，时间跨度也更大，则孟诗给人情感上的联想似更为长远，表意也就更为深厚。

第五，孟诗的"自恨"一词，颇值得玩味，能体现情感深挚的女性所具有的某种独有的情思。一般地，"自恨"总是切实地针对自身的不足而引起的憾恨之情，如唐人《洛下女郎歌》："自恨红颜留不住，莫怨春风道薄情。"这是"自恨"最基本的层次，就是"怨己"。所以宋人程垓《闺怨无闷》叹道："也怨天，也自恨，怎免千般思忖。"就是把"怨己"与"怨天尤人"分开来说的。

"自恨"的第二个层次，就是由"怨己"引申到"怨天尤人"，如明人张凤翔《宫词》："自恨不如花片落，能随流水到人间。"其怨情就不是针对自身的缺憾，而是针对那让人感到无可奈何的外在境遇。把自身和落花相比，显得"无理"，其实不是在怨己，而是在怨"天"。

"自恨"的第三个层次，就是由怨己到怨天尤人，却又复归于怨己。

明人薛采《长门怨》："自恨此身不如燕，寻常飞到御床前。"意在"尤人"，埋怨薄幸的君王，而君王也是"天"。薛诗与孟诗看上去极为相似，但仍有细微不同，诗歌内涵的区别和感人程度的强弱往往就在于精微之处。薛诗只说自己不能像燕子一样飞翔，是"无理"的、泛泛的比较，而孟诗抓住自己的舞姿不能轻捷如燕，二者间有了更为实际的联系，则不再"无理"，显得格外真切，有生活依据作为基础。

当一个人停留在泛泛地宣泄自身苦闷时，只能是一种单一的释放、一种针对不满对象的埋怨，这时的"自恨"也许只是一种说法、一种托词，纵使再咬牙切齿，却未必销魂憔悴，因为内心不服气，故而总是纠结于对方亏待过自己，说不定还会有逃离的志向，或报复的心理。

但一个人如果在自身找到了不令人满意的原因，她大概真的会很自责。这时"自恨"就不再仅是一种表达的口吻，而是真实地心如刀绞，因为找到了充分的理由和证据足以看轻自己、埋怨自己，到了这一步，必然枯槁凋零、再难振作。不论她自恨的理由是否真的成立，也终于成为一个彻底的怨妇，灵魂再也难以逃离。

这样的"自恨"看上去更符合"温柔敦厚"的诗教，但其实更能体现善良人在不公平的命运面前是多么的无助与可悲，而她的痛苦也就更加可感可怜。从这个意义上说，孟迟的这首宫怨诗，至少在艺术的意蕴上，自有其不可取代的深厚之处。

"罗袜"的真实

谈起古诗文中的"袜"，最能引发美好遐思的，无如曹植《洛神赋》中所谓"凌波微步，罗袜生尘"了。

一般形容仙子行于水上，必想象其一尘不染，但这里轻盈的罗袜怎竟然会"生尘"呢？有人说是比喻，《文选》五臣注吕向曰："步于水波之上，如尘生也。"但如此平凡尘俗的喻体，似远不能与想象中那清澈的水波相媲美。又有人说这是一种特异的真实，《文选》李善注："言神人异也。"即洛神遵循神的原理，她走在水上本就能生尘，但这水上之"尘"的神异，多少有些令人失望。

废名先生《罗袜生尘》一文认为这恰体现了诗的真实性，并引李商隐《袜》"好借嫦娥著，清秋踏月轮"为例，指出嫦娥脚着洛神袜的趣味，就是基于"渡水欲生尘"这一意象的真实。

循此思路，即便说"生尘"是比喻，最后也是指向生活的真实，因为本体玄幻而喻体常见。这种真实，就是想把"飘忽若神"的仙子说得离我们很近。嫦娥也是仙子，且就在月轮之上，何必要脚着洛神之袜才能踏月轮？还不是因为这罗袜能如履平地，接近常人？所谓"踏月轮"其实就是

"踏月轮渡水前来相会"之意（参见刘学锴、余恕诚先生《李商隐诗歌集解》）——想象的是仙境，最终仍要回到凡尘。

当然，"罗袜生尘"的妙处，还在于它虽然凌波却依然干燥，否则"尘"就成了泥——除非仙界的"尘"本就晶莹剔透，如霰晶莹——但不被沾湿则是可想而知的，这大概也是"神人异"的一个体现。

凡间的袜子则是遇水而湿，李白《玉阶怨》："玉阶生白露，夜久侵罗袜。却下水晶帘，玲珑望秋月。"说班婕妤深夜凝思，伫立良久，罗袜为潮气所湿，阴凉生于足底，痴情见于无言，可怜可叹。

吴小如先生认为"玉阶生白露"暗用《诗·行露》之意，表面说女子不敢宵夜独出，恐湿其衣，实际暗指人言可畏，如夜露之侵人，于是即便庭阶无人，也顾虑罗袜浸湿，被闲言碎语所讥诮，只有转入户中，以示摒弃尘嚣。（参见《古典诗词札丛》）这种解说显得很深细，但把罗袜因人久立而沾湿所体现的痴情，说得仿佛是体现了人的顾虑重重。这就难免化纯粹为复杂，变痴情为世故，破坏了原作的天然清澈之美，"罗袜"的真实感大为削弱，再去仰望秋月，恐怕也会感觉它不再那么"玲珑"了。

"罗袜"因其材质精巧而容易入诗，日常的"袜子"却大概很难引发诗意。姚谦的歌词《味道》在形容相思时咏叹："想念你白色袜子，和你身上的味道。"句中"味道"虽在"身上"，但紧挨袜子，恐难以让人产生清新的联想，而是另外一番品味了。

天津天后宫附近曾有一条著名的袜子胡同，细长而潮湿的老街以袜为名，最起码称不上雅致。诗人王焕墉先生旧居于此，每于书翰之上钤一方"与可投绢名我巷"朱文印，是篆刻家张牧石先生所刻。这当然是用苏轼《文与可画筼筜谷偃竹记》的典故，与可善画竹，四方之人持缣素来求画，他看不上，扬言要拿它们作"袜材"。这方印章不但暗含"袜"字，也借用了与可的雅气和傲气。

只可惜王先生不会画竹，印文切中胡同之名，却未完全切中印主人自身的才能，"袜子"依然真实，而文人雅意则属于个人化的情志寄托；用一方印章增添了袜子胡同的高雅，不能不说是"袜子"的内涵在地名文化中的一次提升。

诗词中的"下楼"

吴小如先生《诗词中的"登楼"、"上楼"》一文，论述从《诗三百》的"登高"开始，诗中就有了念远怀人的传统，而屈原以《诗》为基础，开启了登高怀远中的家国忧思。至汉代王粲《登楼赋》虽写游子思乡之怀而明言忧国伤乱之情，曹植《七哀诗》借闺怨题材而隐寓贤人感时不遇之悲。再到盛唐王之涣的《登鹳雀楼》则给人以高瞻远瞩和人定胜天的启示。崔颢《黄鹤楼》诗一味以气势取胜、不脱游子思乡主题窠臼，李白的《登金陵凤凰台》之所以比崔颢诗高明，乃在于它吊古伤今、忧谗畏讥，通过"浮云蔽日"的登高所见，道出了盛唐即将一落千丈的症结所在——总之，诗词中"登楼""上楼"的内涵一直在发展。

那么，"下楼"的情况又如何呢？

点检历代诗词出现"下楼"情节的，诚然无法与"上楼"的游目骋怀、思接万里的状态相比拟，于是精彩的篇章便不很多。

上楼时，诗人的情思往往是饱满的，下楼时，大概更多是松弛的，故而情致显得闲散，如唐人韩翃诗云："下楼闲待月，行乐笑题诗。"（《送夏侯审》）也有的是登楼时本已情遂志得，又带着满足感走下楼的，如明人彭飞登黄鹤楼，饱览云物，追思先贤，乃有"冯虚一笑下楼去，九月洞庭湖水寒"（《黄鹤楼眺望》）之句，虽不乏苍凉之叹，但既发"一笑"，亦已足矣。

近人顾随先生词云："下楼扶杖到庭园，行去行来行遍。屈指几时开夜合，也算繁花经眼。古木西郊，清池旧邸，前事犹依恋。抛人岁月，自怜青鬓霜满。"（《念奴娇·和孙正刚韵》）不但下得楼来，而且往返"行遍"，喟叹连连，与他在上楼时那种"上得层楼穷远目，中原一发青山。当年信誓要贞坚。千秋明汉月，百二屹秦关。　梦里神游无不可，镜中改尽朱颜。安心未藉野狐禅。此身犹好在，争敢怨华颠"（《临江仙》）的情致相比，虽然在语调上有深沉和慷慨之区别，但主旨上，正可谓互为表里，相辅相成，也不再是"下楼闲待月，行乐笑题诗"的"乐闲"与"冯虚一笑下楼去"的"一笑"那么简单了。

当然，大部分诗人既已登楼，无论如何总不太愿意再下来，于是仍以"不下楼"来反着说"上楼"之意。要么是留恋其美景，高扬其境界，如唐人赵嘏诗："爱月怜山不下楼"（《寄淮南幕中刘员外》）；要么是愁情仍未解，兴致仍消沉，如宋人胡仲弓诗："镇日思君懒下楼"（《征人妇》）；要么是高隐而耽读，自富其春秋，如明人姚绶诗："终日摊书懒下楼，春来怀抱冷于秋"（《写怀》）；要么触景而融情，独享其平静，如元人凌云翰诗："春及岂无耕耨事，秋成还有稻粱谋。夕阳满地桑榆景，为看归鸦不下楼"（《林塘幽处乃会稽陈惟贤轩扁又号西畴因赠诗》）。此外，也有人是害怕自身的悲戚无法承担楼下的风景，反而居楼自锁，甘于落寞的，如清人程素绚诗："薄病无端恨久留，忆花心事上枝头。及今小愈花都老，怕触春光不下楼"（《病》）这种情况，已经不是上楼或下楼的问题，而是楼内和楼外的分界了。

其实，楼下不但有闲暇、有踌躇满志，也有无限的尘世扰攘；不下楼不但因为楼上大有乾坤，下楼时反而怕惹情浓，也因为楼下世界的况味往往更不能如己所愿。宋人吕陶诗云："曾向高楼赋晚晴，每看鱼鸟乐长生。下楼还是红尘道，不信机心胜野情。"（《过天彭怀昔游》）

　　以上这些都不出传统诗词的修辞和境界的范畴，其实，人的上楼和下楼也就这么一回事儿，没有多么复杂的原理。但突然想到另有一个特例，算是上楼和下楼的内涵在当代的一种延伸。沽上词人陈宗枢在十年浩劫中遭遇摧残，常与挚友寇梦碧、张牧石唱酬消忧，当时对所谓有"政治问题"的人办有学习班，学习合格则恢复自由，术语为"下楼过关"。陈宗枢"下楼"当天正逢三人作"楼、怪"二唱嵌字格诗钟，他脱口而出："不怪只因常见怪；下楼还怕再登楼。"可谓神来之笔，既体现了知识分子在特殊时期的无奈惶恐，也表现了一种反讽自嘲的幽默豁达。陈宗枢还算是幸运的，因为他还有机会"过关"，而历史上，像屈原等人，过不了的"关"何其之多；但仅就这从"登楼"到"下楼"之间的内涵而言，恐怕更非屈原、王粲等古人所能想见了。

旖旎的"香波"

　　上世纪，洗发水走进人们生活之初，更多人称之为香波。"香波"之于英文 shampoo，可谓翻译里音意兼容的佳例。我曾想，"香波"不但很好地体现了洗发水芬芳的气味和流动的形态，也暗合人们对"长发如波"的联想；但后来发现，这个词虽然看似古雅，但古人绝少用它来形容秀发。这倒未必是说秀发不香，而是大概因为古人虽留长发，却很少披散，故而形容秀发如云似雾的很多，然而不像水波。古人宁可用"波"去形容难以捉摸的眼神，如"秋波"，也联想不到秀发上来，主要还是生活习惯所限，李贺诗云"一编香丝云撒地"（《美人梳头歌》），顶多称之为"香丝"而已。直到清末民初，时风更替，女子留长发甚至烫发者很多，摩登些的则烫成"大波浪"，于是林庚白笔下出现了"秀发如波照眼明，高跟鞋子御风行"（《浣溪纱·沪滨竹枝词》）的现代女性形象。

　　古人用"香波"主要还是形容水流。水波怎会香呢？一种即女性卸妆时泼弃的胭脂水，虽是污水，却毕竟仍带香气，虽无甚美感，却也常出现在诗句里，如"千门竞洗燕脂面，流作香波入御沟"（宋白《宫词》）"金屋严妆罢，香波苑外收"（文彦博《御沟》），都雷同于杜牧《阿房宫赋》

的"渭流涨腻,弃脂水也"。虽然在古人看来,"腻"的含义未必引人生厌,但脂水着一"腻"字,足见其油污之状。有意思的是,古人虽绝少用水波形容秀发,却不妨用"腻"加以描摹,如"花鬓愁,钗股笼寒,彩燕沾云腻"(吴文英《解语花》)。当然,用"腻"字形容黑发光润,却相对恰切,至少比脂水的油腻美多了。

除了脂水,也有用"香波"形容温泉浴汤的,如"香波浅斗龙原润,炎液深涵雁鹜清。"(文彦博《和人留题华清宫温泉》)再如形容"酒波"的,所谓"酒蘸香波,妙艳相思句"(谭献《解语花》),以及"酒香波滟滟,诗思烛摇摇"(梁佩兰《小除吴山带、陈臣张、周大樽、曾秩长过宿》)。可是,酒在杯碗之内,哪里会有什么"波"呢?酒的"香波",更多的是阵阵挥发出来的香气带给人的嗅觉感受而已。

但这都是相对特殊的水,形容寻常流水的,如"四面水窗如染,香波酿春曲"(张矩《应天长·曲院荷风》)与"金水送香波共渺"(沈周《落花》),中的"香"其实都是近水的花草香气,不是水自身的香。至于"香波凝宿雾"(沈端节《菩萨蛮》)、"香波闪闪月痕生"(邹迪光《雨后上湖心亭待月》),都只说水是香波,而没说为什么香,大概只是对水的一种泛泛美称而已,正如兰舟未必真是香木制成,桂华未必带有桂花的香气一样。古人说:真水无香。对本来无香的水作如此泛泛的美称,只是一种修辞而已,还不如用来形容美人披肩的长发显得更切实际呢。

诗中鹤与鸡

鸡、鹤二禽在诗词中分别出现，褒贬抑扬，本不乏其例，但同置一篇，鸡则常处劣势。自从晋人嵇绍被赞为"昂昂然若野鹤之在鸡群"（见《晋书》），鸡与鹤在"群"中的对比就一直为人乐道，这不但取决于此二禽形象的不同，就是神姿也迥然有异。

唐人白乐天持鸡鹤对立的态度非常明显，曾有"已分云泥行异路，忽惊鸡鹤宿同枝"（《初除主客郎中知制诰与王十一李七元九三舍人中书同宿话旧感怀》）与"鸡鹤初虽杂，萧兰久乃彰"（《渭村退居寄礼部崔侍郎翰林钱舍人诗一百韵》）等诗句，对"鸡鹤同群"的反感溢于言表。此后，无论是"鸡鹤迥然分"（唐人李咸用《宿隐者居》）"从来鸡鹤不同群，泾渭何人与细分"（金人边元鼎《别友》）的决绝，"曾嗟混鸡鹤"（宋人徐铉《哭刑部侍郎乔公诗》）的慨叹，"鸡鹤偶同群"（宋人王十朋《大言独步郡圃即事有作次韵》）的妥协，"知君心事宽，一笑鸡鹤群"（宋人韩淲《次韵昌甫同酌宋知军家酿》）的豁达，"已教牛骥称同调，岂惟鸡鹤并居笯"（明人郭之奇《忆山行》）的愤懑，无不基于扬鹤抑鸡的前提。大概鹤之高冷与鸡之庸俗，已成诗家取象之定向了。近人郑国藩《鸡鹤叹》

诗云："孤羿林间鹤，群游屋下鸡。由来异饥饱，谁信隔云泥。汤火朝朝近，天路安可齐。祸福有倚伏，长叹过桥西。"该诗则是以"齐物论"的方式，喟叹虽禀赋不同、境遇不同，却同有祸福倚伏，其基础仍然是二禽的对比。

　　清人梅成栋所作律诗常有佳联妙句。其《即事》诗云："今年八月暖于春，一雨全消天外尘。花底双鸡闲似鹤，庭前小树立如人。心非绝俗难言冷，诗不求奇但写真。图佛图仙皆幻想，片云且住眼前身。"竟以鹤比鸡。联想二禽形象，不禁令人失笑。不知前人是否已有类似譬喻，若无，则梅氏此句堪称绝笔。想那鸡既矬且呆，即便再"闲"，又怎可与鹤同日而语？此一疑惑，存于我心良久。其后读梅诗渐多，翻悟此一异常之比喻实乃诗人处境心态的"遥感映射"。诗人安于清贫，随处闲暇，无鹤可玩，唯鸡在伴，但鸡之闲，触发其联想心中鹤。可谓以己之闲度鸡之闲，又神驰于鹤之闲，以己之闲寄托于鹤之闲，又移情于鸡之闲，所以能脱略形骸，泯没鸡鹤之差异，而成奇喻，取象虽远而其意犹可玩味。诗中自言"诗不求奇但写真"，从这一比喻上讲，未见写真，但见其奇也。

　　明人张琦《送朝用金宪山西》诗有句云："十年大道感亲闻，鸡鹤忘形日与群。"这般"忘形"虽与梅氏"闲似"的心态和处境未必全同，但跳出形似的诗思和超乎常见的境界，或有相通之处。

裁枝剪叶　截江取水

——古诗中的剪刀

　　剪刀作为生活中习见的工具，似乎很难引起人们的往古之思和咏诗之情。剪刀起源非常久远，最迟可以追溯到公元前 15 世纪的古埃及。中国人使用剪刀，考之古物，最晚已有洛阳西汉墓中出土的距今 2100 多年的古物作为实证。剪刀的形制决定它便于相对轻巧的操作，而不像刀劈斧砍那样雄健。南梁刘缓的《寒闺》云"箱中剪刀冷，台上面脂凝"，说明在很早的时代，剪刀已经进入闺房，用于女红了。

　　我们自幼熟诵的唐代贺知章《咏柳》名句"不知细叶谁裁出，二月春风似剪刀"，将无形的春风比作裁量得宜的剪刀，写出春意如同出自人工，表现春色的可爱可喜。明代黄周星《唐诗快》评价说："尖巧语，却非由雕琢而得。"他认为这个比喻虽尖新奇巧，却浑然天成。其中"尖巧"二字非常好，很符合剪刀锋利的特点。贺知章利用剪刀锋利的特征，展开尖巧的联想，针对和煦的春风，用人工的比喻，写成天然的诗句，这体现了唐人高处，也延展了剪刀的诗意。

　　但贺知章可能不是最早把剪刀和春意联系起来的诗人，或者说未必是早期这样做的唯一诗人。与他基本同时代却略早一些的宋之问有一首咏剪彩花（一种人工制作的花形饰品）的诗，后四句说："蝶绕香丝住，蜂怜艳粉回。今年春色早，应为剪刀催。"这诗是立春这一天创作的，写那人造花的香艳逼真，仿佛先于群芳吐露春意，而这早来的春意正是剪刀"催"来的。这个"催"字用得很妙，虽然不像"裁"那样具体，却正得含蓄多情之致。

此后很多诗人都延用贺知章的比喻，但终归显得笨拙，如宋代梅尧臣有句："春风骋巧如剪刀，先裁杨柳后杏桃。"一个"骋"字，显得太用力，太着意，而且杏桃的形态毕竟不像柳叶那样细长尖利，也就距离剪刀的形象和功能较为遥远了。

清代金农咏柳诗说："千丝万缕生便好，剪刀谁说胜春风。"是反其意而为之，用以赞叹春风固有的生命力，是放弃了所谓的尖新，而着重强调自然的原始。但从另一角度讲，就剪刀的功能来说，如果连裁枝剪叶都不承认，那么剪水裁波可能就更无法设想了。水虽可见，却无形，尤其不能剪裁，而杜甫的《戏题画山水图歌》赞美画工妙诣，在诗的最后竟然说："焉得并州快剪刀，剪取吴松半江水。"真是出奇之笔，"快"而且神了。

并州是古代生产剪刀的名区，故而有"并剪"之说。另有吴地也同样驰名，故称"吴刀"，古诗中也多见，但因为没遇上杜甫那样的好手，终于没有获得类似"并州快剪刀"那样的妙句，其剪刀的质量或许不差，在诗中的名气却逊色很多了。

谈《红楼梦》的"角色诗"

世人对《红楼梦》的态度，好恶各有不同，对书中的诗词，或重逾圭璧，或嚼如蜡纸，意见也常存分歧。叶嘉莹先生曾将其中诗词分为三类加以评论。第一类是以暗示方式预先介绍人物命运发展；第二类是模拟人物个性写出不同风格的作品；第三类是作者借书中情事写出自身悲慨，是真正表达内心深处感情的诗词，如《顽石偈》等。①

关于第一类，叶先生认为很工巧，但没有更多意义和价值。其实此类作品拆字谐音，混同谜语，基本算不上是诗。《红楼梦》书中大部分诗词联赋其实都暗示着人物命运和情节安排，但那些文学性较高，虽同是太虚幻境中的隐喻之作，却不同于诸判词之机械暗示，而是意蕴深雅，诸如十二支曲子之《引子》《枉凝眉》等作品，则被叶先生划分入第三类了。

第二类诗词占书中篇幅甚巨，叶先生认为此类虽不能和李杜苏辛相比，但作为小说中的诗词很了不起，有其成就。因为作者要设身处地为人物着想，依照人物的个性写出不同风格的作品。其实，诗词经宋元明清发展至

---

① 叶嘉莹：《漫谈〈红楼梦〉中的诗词》，《陕西师范大学学报》（哲学社会科学版），2004年第3期。

今日，恐早已不可能有诗人能与李杜苏辛相比拟了，但就这一类颇为人称道的"角色诗"，似犹可引发出一些相关的思考。

小说的作者为不同的角色安排富有个性化的人物语言，虽足以被读者赞美、仿效，但总像是业务范围之内所必需体现的功力，至若写出个性化的"角色诗"，则尤显可贵，非常人所能及。一方面，这似乎是基于我国古典小说总体不甚发达，与诗学席位有较大差距的历史事实，乍有佳作，则格外夺目。但另一方面，相对而言，诗从审美机制上讲又绝不同于人物的一般语言。个性化的台词可以从生活中不同人物原型身上照搬或改造而来，这取决于作者的社会经验和材料积存，而诗则需要"情动于衷""摇荡性情"。一般语言的"真"可以由"假扮"得来，而诗的"真"却往往难以脱离心性情志的忠诚。这并非对书中所有"角色诗"而论，因为观其全部，就前八十回而言，"角色诗"大致又可分为四类，有的也只能算是"韵语"，有的能称为是"诗"，而能称为是诗的，水平也并不一致。

第一类可称为"彻底的角色诗"，如第一回癞和尚嘲甄士隐诗、贾雨村中秋口占诗等，全然是为角色和情节而作，与雪芹本人之情志无关。

第二类可称为"为作者代言的角色诗"，如第一回跛道人《好了歌》、甄士隐《好了歌注》、廿五回癞和尚叹通灵宝玉二首等。此类直观是作者为人物所作，其实是人物替作者发表意见、吐露思想的代言诗，其警世之主题、伤时之寄托显然可见。

第三类是"为大观园众儿女所作的普通角色诗"，如迎春、香菱所作等诗皆是。

第四类是"为大观园中某些儿女，尤其是黛玉等作者倾注心血最多者所作的角色诗"，这一类颇可见作者诗心之寄托。古人讲"诗有别裁"，此类"角色诗"既是作者借小说而为的别裁之作，则读者赏析之时亦不可不别而裁之。而此类"角色诗"中作者之寄托，又不能与上述第二类代言体之"角色诗"的直白议论、明显讽喻等同而观，这是因为此类诗作富有兴感意味，更是诗的语言，切需再三品会。

值得指出的是，即便是宝、黛这样的主要角色，其"角色诗"也有"普通"

之作，如林黛玉为大观园题咏的诗，蔡义江先生曾指出其"颇有应付的味道"[①]，这种"应付"也正是人物塑造的需要。又如贾宝玉的《四时即事》，其中也有佳句，如《春夜即事》"枕上轻寒窗外雨，眼前春色梦中人"、《冬夜即事》"松影一庭惟见鹤，梨花满地不闻莺"等是，但总体难称上佳之选，蔡先生指出这组诗其实"是贾宝玉那样的人所经历的道路中必然会有的一个过程，用他自己作诗来加以概括，是情节结构上的省笔。"[②]则是服务于一种特殊的情节安排（当然，贾宝玉的这一组"四时诗"除了这种情节上的作用，还另有文学的特色，我在其他文章中有所论述）。

　　赞美书中"角色诗"的学者大多其实只停留于对"其诗肖其角色"加以肯定，但这似乎尚显不够，因为以其诗配合其人毕竟是作者的义务所在，只是《红楼梦》这部大书人物庞杂，非功力深厚者不能为之罢了。况且，必须明确的是，书中不是所有肖其角色的韵语都能称为诗。如薛蟠的"女儿令"，完全是薛蟠声口，但不是诗。王闿运《湘绮楼日记》中曾有"薛蟠体"之说，程千帆先生认为此一戏谑有"诗不成章"的意思在内，因为第一句荒谬、第二句奇特、第三句风韵、第四句褒鄙，很不同于贾宝玉、冯紫英、云儿所说的四句。因为这三人所吟出的语句，各自切合其身份、个性，且风格具有连贯性，与薛蟠的风格不同。[③]这足见雪芹的功力，竟能促成薛蟠那可笑的韵语成为一"体"，但即便成"体"，却不是诗。所以，一味地从"诗肖其人"的角度赞美雪芹笔力，难以最彻底真切地指出《红楼梦》诗词的全部成就。其实，对于《红楼梦》的"角色诗"，不结合人物、情节，则不能全然领会其诗作的妙处，但与此同时，我们也必须承认，很多"角色诗"，假如从原书脱离出来也仍是好诗。

　　真正可贵的在于某些"角色诗"中有作者之"我"，作者与角色相融而合。或问雪芹与书中哪一角色融合为一？答曰：非可将雪芹直接等驾于某一人物，且就诗而言，尤不能等同于宝玉，即便宝玉的经历或许与雪芹身世多

①　蔡义江：《红楼梦诗词曲赋评注》，团结出版社，1991年7月版，第129页。
②　蔡义江：《红楼梦诗词曲赋评注》，团结出版社，1991年7月版，第161页。
③　莫砺锋编：《程千帆选集》，辽宁古籍出版社，1996年6月版，第850-852页。

有映射，但雪芹诗心，实多系于几位女儿，一则黛，二则钗，此二女儿诗作水平足以当之，而书中诗论亦多出自此二人之口。海棠、菊花两次诗会上，此二女儿分别夺冠亦非偶然。或曰：雪芹于宝钗似颇有讥讽批评之意。答曰：书中对诸主要角色皆以"正邪两赋"加以塑造，褒贬兼而有之，但并不妨碍树立其正面价值。而且，雪芹明显是把出色的诗笔分派给黛、钗等重要的女儿，只是黛玉尤重罢了。

这类"角色诗"相对集中精彩地出现于大观园结社作诗。对此，蔡义江先生认为：与其说是为"闺阁昭传"，毋宁说是为文人写照，因为它曲折地摹写当时儒林风貌的某些方面。[1]但是，大观园结社纵然与当时文人唱酬活动颇相似，且雪芹在创作中必然反映其时代生活之风气，但如果说大力塑造大观园众儿女生活风貌的雪芹在这些章节反而是以塑造闺阁儒风为"宾"，却以摹写当时习见的诗社雅集为"主"，是否略显反客为主呢？进一步想，与其说是为文人写照，不如说是对雪芹本人诗学世界的写照，或者说，这就是雪芹刻意为之的诗学和情志的寄托所在。

卅七回海棠诗会，虽然宝玉对作品评价的等次执有异议，但李纨认为钗诗"有身分"，认为黛诗虽长于"风流别致"，却不如钗之"含蓄浑厚"，这也确是肯綮之评。钗诗"淡极始知花更艳，愁多焉得玉无痕"足称佳句，而脂砚斋评语认为是"讽刺林、宝二人"[2]。蔡义江等先生同意其说[3]，但"角色诗"的暗示作用，以及如果真的存在这类讽刺意图，是必须抽离到角色的"本意"范畴之外的。因为角色本人不知道自己作的是诗谶或嘲语，且如果真有此类讽刺，则情节中不可无明显波澜，以黛玉之聪明不可能不反唇相讥。何况，以宝钗之为人大概也不至于有此种行为。与其说宝钗在讽刺，不如说是雪芹在背后的寄托，这与雪芹让癞和尚等人在诗中对某些问题作明确表态的方式是不同的。

到了卅八回菊花诗会则黛玉夺魁。早有学者指出，书中是以不同花品

---

① 蔡义江：《红楼梦诗词曲赋评注》，团结出版社，1991年7月版，序第8页。
② 陈庆浩：《新编石头记脂砚斋评语辑校》，联经出版事业公司，2011年3月版，第581页。
③ 蔡义江：《红楼梦诗词曲赋评注》，团结出版社，1991年7月版，第195页。

对应不同人情。此次诗会可说是各人皆有擅长，其诗作必围绕诗题逐句读来方知妙味。而黛玉诗之最好处，则除去句句扣住题中之"虚字"，即"咏""问""梦"三字，更首首切合"菊"这一"实字"的主旨；其余女儿诸作，有的"虚字"扣住了，却未紧切"菊"旨。而且黛玉的诗颇有新巧之思，更为出人意表。黛玉自谦说已作"伤于纤巧"，但李纨说"巧的却好，不露堆砌生硬"，则指的是其诗胜在自然。至于史湘云的《供菊》，颔、颈二联"隔座香分三径露，抛书人对一枝秋。霜清纸帐来新梦，圃冷斜阳忆旧游"，读之风神令人绝倒。我于二十年前购得华夏出版社"圃冷斜阳"文丛之戴望舒《雨巷》一册，傍晚于自家庭院中朗读其《夕阳下》一诗，与"圃冷斜阳"四字对照，兴发感动，深会于心，后读湘云此诗，别存赏会。纵黛玉"圃露庭霜何寂寞"、宝钗"空篱旧圃秋无迹"等句，似亦不可比也，诚赞湘云"枕霞"之名久矣。足见雪芹以诗才分派多人，别具用心。黛玉也说："头一句好的是'圃冷斜阳忆旧游'，这句背面傅粉，'抛书人对一枝秋'已经妙绝，将供菊说完，没处再说，故翻回来想到未折未供之先，意思深透。"但此论是从诗之章法构思而言，尚未触及感人深处，而李纨回复她说："固如此说，你的'口齿噙香'句也敌的过了。"大概则是从立意"新巧"而论，因为李纨又对宝玉说："你的也好，只是不及这几句新巧就是了。"古人论诗，"新巧"之意，褒贬随语境而异，而此处所谓"新巧"，大概要从立意考虑，是赞美之辞，结合册八回香菱说诗"词句为上"，黛玉反驳教导说应是"立意要紧"则足以知之。

这两次诗会诸女儿"角色诗"中之杰作，看似更多是因人设计、量体裁衣，以显其诗才，其实不如说是雪芹的"男子作闺音"。"男子作闺音"是古诗常见的一种表达方式，那些男子所作的闺音，颇多属于自己的肺腑之言。蔡义江先生注意到黛玉《咏菊》诗"满纸自怜题素怨，片言谁解诉秋心"二句正是小说开头"满纸荒唐言，一把辛酸泪。都云作者痴，谁解其中味"在具体情节中所激起的回响，恰是曹雪芹的心声。① 如果说"满

---

① 蔡义江：《红楼梦诗词曲赋评注》，团结出版社，1991年7月版，第211页。

纸自怜"和"满纸辛酸"云云在字面上的确格外相似，容易让人产生关联之想，那么林黛玉诗的言外之意、味外之旨，其与雪芹内心世界的共振就更值得读者品会了。

或许有人格外反对将书中的"角色诗"与曹雪芹本人瓜葛起来。但难道将闺怨诗放在文人诗集里就可以直接揭去闺中女子的面纱而把著作权直接归还给男性作者，放在小说里就不可"同标而准"了吗？另有一层，曹雪芹在某些女儿诗作中，又偏偏带上书生的口吻，蔡义江先生曾指出：黛玉《问菊》"喃喃负手叩东篱"一句，戚序本改作"漫将幽意"，大概是以为"负手"像男子姿态，而闺阁咏此类诗，往往自拟男子，前有湘云《对菊》"萧疏篱畔科头坐，清冷香中抱膝吟"中的"科头坐""抱膝吟"，后有探春《簪菊》中的"折来休认镜中妆""拍手凭他笑路旁"，等等。[①]那么，既然黛玉等女儿都是雪芹虚拟的人物，诗中这些"闺阁作男子音"的诗句，当然也就是雪芹刻意为之，我们是否可以认为这种对"男子作闺音"的"反向"模式，恰恰是雪芹自我的写照和寄托呢？

清人张新之《红楼梦读法》认为书中诗词："其优劣都是各随其人，按头制帽。"[②]也就是说书中诸角色是"头"，他们的诗是"帽"。而诸角色连同他们的诗又都是雪芹裁制的，那么归根到底谁是"头"，谁是"帽"呢？鲁迅先生曾说："只要知道作品大抵是作者借别人以叙自己，或以自己推测别人的东西，便不至于感到幻灭，即使有时不合事实，然而还是真实。其真实，正与用第三人称时或误用第一人称时毫无不同……因为这不是真的幻灭，正如查不出大观园的遗迹，而不满于《红楼梦》者相同。"[③]现在，因为查不出大观园的地址而心怀不满的人应该是绝迹了，但是因读了书中"按头制帽"的"角色诗"而止步于赞叹雪芹模拟作诗的本领何其之高的人却大有所在。我们读这些诗，除了要看它们的"人称"，还要深入挖掘其内在的"真实"，不但是属于角色的真实，还要是归于雪芹的真实。

---

① 蔡义江：《红楼梦诗词曲赋评注》，团结出版社，1991年7月版，第205页。

② 转引自李庆信：《说不完的红楼梦》，宁夏人民出版社，2009年4月版，第219页。

③ 鲁迅：《怎么写》，《鲁迅全集》（第4卷），人民文学出版社1981年4月版，第23页。

　　脂砚斋在第一回批语中说："余谓雪芹撰此书，中亦有传诗之意。"①
蔡义江先生的理解是：在小说情节中确有必要写到的诗词，根据要塑造的
人物形象的思想性格、文化修养，模拟得十分逼真、成功，从而让这些诗
词也随小说的主体描述文字一道传世。②其中"确有必要"四字，值得我
们思考，一本规模宏大的长篇小说，里面的诗词怎么才算"确有必要"的
呢？除了暗示人物性格命运、小说情节脉络等确有必要以外，直揭作者心
史，把"满纸荒唐言，一把辛酸泪"的"痴情"表达在诗中，以待解人品味，
应该是雪芹的良苦用心所在。就《红楼梦》来说，当然是先有人物而后有
诗词，但人物也是雪芹一心塑造而成的，"角色诗"虽然有助于塑造人物
形象和描述故事情节，但如果说所有诗都是人物和情节的附庸，则似乎于
诗有损。脂批"传诗之意"偏偏是在贾雨村口占五律一处，贾的诗当然是
作者单纯为塑造人物形象而设，不可能代表作者自身内心世界和精神寄托，
但宝、黛、钗、云等人的诗就大有不同，其"传诗之意"也应更富深味。

　　雪芹写这些"角色诗"，不同于文人日常给别人代笔，凡代笔诗，鲜
见有拿出当家本领的，因为作品随声名最终属于他人。雪芹作"角色诗"，
看似代笔，其实是反客为主、寓主于客，不仅仅是为代笔对象服务，更是
让代笔对象及其"角色诗"为自己服务。故而续书者之所以难以鱼目混珠，
不仅因为那些个性化的诗作非等闲俗手所能办到，更关键的是续书者不拥
有那些角色，那些角色属于雪芹。《红楼梦》的前八十回更不是集体创作，
难不成有一个甲与黛玉性格相似，就找来替她写诗，乙丙丁推而类之，最
后再由雪芹统稿？而实情当然是雪芹一笔挥洒、一心倾注。大观园的女儿
是水做的，都是他神思汇聚所在，他纵然以现实主义的态度和笔法含泪写
出她们性格的复杂，长短并存、优劣兼有，但这是生活和艺术的真实，众
女儿与宝玉身上的闪光点，却都是雪芹认可与向往的。

　　如果说两次诗会产生的杰作更多体现艺术的成功，当然也因角色不同

　　① 陈庆浩：《新编石头记脂砚斋评语辑校》，联经出版事业公司，2011 年 3 月版，第 26 页。
　　② 蔡义江：《红楼梦诗词曲赋评注》，团结出版社，1991 年 7 月版，序第 9 页。

而多少存在一些"有句无篇"的遗憾，那么黛玉的《葬花吟》则是雪芹最专注为之的"角色"诗作。

蔡义江先生曾说：此诗并非一味哀伤凄恻，仍然有一种抑塞不平之气，体现诗人不愿受辱被污，不甘低头屈服的孤傲不阿的性格，这正是其思想价值之所在。[①]实际我们读此诗，确实大可为之感动。叶嘉莹先生曾将此诗与李煜《乌夜啼》（林花谢了春红）词对比，认为林诗铺展之中，点缀修饰过多，反而冲淡主题，致使写葬花就是写葬花，成为个人的事件，不如李词因精练而具有象喻性。又与陈宝琛《落花》诗相比，认为陈诗转折更深，更有哲理意味，不是直接、简单的反射。总之，层次的不同，哲理的深浅，幽微曲折，言外之意的多少是有所不同的。[②]

叶先生的评析的确富有卓识，但仍有几个问题尚容我们思考。第一，《葬花吟》作为歌行体诗，是否与律诗之深隐顿挫、小词之凝练概括的要求一致？此诗以铺张见长，又是否因为缺乏象喻性而损没了主题？第二，《红楼梦》全书笼罩在一个象喻的系统中，在"大旨谈情"的背后有大义在，虽然因为小说叙述的展开和人物语言的略显矫情而谈不上全都是"微言大义"，但全书以象喻寓以大义，似不可单篇割裂以论其主题方面之表现效果。第三，虽然全书很多诗词在"千红一哭，万艳同悲"的大背景下，其风格总体趋向伤痛凄婉，但这正是作者此书"人情"之大要，以至于王蒙先生认为本书所写宝黛感情实为"天情"[③]。而这"天情"在诗词中的体现，《葬花吟》当为重要篇章。作为"缘情而绮靡"的诗，又是否一定需要哲理的意味方可定为佳作？

叶先生指出，真正的诗人之诗和小说中的诗要分别来看[④]，《红楼梦》

---

① 蔡义江：《红楼梦诗词曲赋评注》，团结出版社，1991 年 7 月版，第 168 页。

② 叶嘉莹：《漫谈〈红楼梦〉中的诗词》，《陕西师范大学学报》（哲学社会科学版），2004 年第 3 期。

③ 王蒙：《双飞翼》，生活·读书·新知三联书店，1996 年 11 月版，第 181-209 页。

④ 叶嘉莹：《漫谈〈红楼梦〉中的诗词》，《陕西师范大学学报》（哲学社会科学版），2004 年第 3 期。

的诗不能够跟很正式的诗人的诗词相比，不能和一般的正统诗词相比①。既然已经先天地将其划为异类，那么其可比性则颇费读者推敲了。其实，如此轩轾，恐难免先入为主的偏见。叶先生赞称《红楼梦》是作者真正从内心抒写出来的，是他自己生活的经历，是透过他自己对于生命的体验写出来的作品，并指出书中第三类诗是真正表达内心深处感情的诗词。②那么，是否可进一步考虑，书中的"角色诗"（即叶先生所谓第二类诗）是否也有这一种体现真切生命体验的作品呢？如遇此类作品，仍单以诗技绳之，则略失公允，何况就《葬花吟》来说，它足以感人至深，即便不喜其铺张宣泄风格的人，读到"天尽头，何处有香丘"的时候，大概也会因其肺腑之咏叹和音节之美感而动容。《葬花吟》正宜列入叶先生提出的"真正内心深处情感"之一类诗，只是它是以"角色诗"的方式出现的罢了。

---

① 叶嘉莹：《漫谈〈红楼梦〉中的诗词》，《陕西师范大学学报》（哲学社会科学版），2004年第3期。

② 叶嘉莹：《漫谈〈红楼梦〉中的诗词》，《陕西师范大学学报》（哲学社会科学版），2004年第3期。

贾宝玉的"四时诗"

　　《红楼梦》廿三回写宝玉搬进大观园后，有《四时即事》组诗。宝玉的诗才与众女儿相比本略逊一筹，且这组诗既非写于诗会繁华场合，也非写于他渐识"悲凉之雾"的心路历程中，也就不太受到读者的关注和好评。它就好像宝玉在寂静夜晚的清吟自语，似乎没什么人去聆听。

　　这组诗在整部书的"角色诗"中比较特殊，因为它具有一定的情节简笔和结构省笔的作用。一般认为这组"四时诗"概括了宝玉在大观园一年的生活，蔡义江先生《红楼韵语》说："若以具体情节故事一一铺写，就嫌多了，反而不会给人留下太好的印象，不能突出宝玉思想性格更加可贵的一面，现在用他自己做诗来加以概括，是结构安排上的省笔，也是作者能掌握艺术分寸感的高明处。"这论述具有代表性，显出很高的眼光。但仍有几个问题解决不了。

　　一是雪芹写生活琐事不厌其烦，何以宝玉这个阶段的生活就不能铺写呢？值得铺写与否，又该如何区分呢？二是宝玉可贵的思想性格很多，这组诗所代表的生活内容，没有一些可贵之处吗？三是用宝玉自己做诗来概括生活的方式对宝玉人物的塑造究竟有什么好处？若像《西江月》那样用他人口吻来描写是否可以？若宝玉自述情思的口吻有好处，是体现在艺术层面上，还是思想性格层面上？四是夜晚生活肯定比不上白天丰富，用四季诗概括一年生活，为何都是写夜间情事？是白天不懂夜的黑，还是小夜曲别有一番真滋味？想必，对这组诗过分贬低的读者，恐怕也是没想过这些问题的。

总体来说，这组诗最奇特之处就是，写一年四季的即事感怀，却都是写夜晚生活。这也许是因小说情节大多发生于白天，但凡涉及晚间，也是像开夜宴那样比较特殊的情节，日常种种，本就无多波澜，不必具陈，所以用组诗点染补充，以增情趣，并补情节的阙如。

尤其是诗中内容所反映的时间，应都是前半夜刚就寝不久之时。像《夏》所谓"罢晚妆"、《秋》所谓"倚槛人归"，发生的时间都不会太晚；而《冬》所谓"已三更"，"已"字是刚进入三更的口吻，将近古人的半夜，顶多是如今的零点左右。唯《春》有"蟆更"一词，周汝昌先生指出"古于五更后加打一更，谓之蟆更"（《石头记会真》），朱淡文先生也说是"天将破晓之时所打之更"（《红楼梦鉴赏辞典》），但揣摩诗的尾联，写诗人笑语让丫鬟感到不耐烦，更像是人刚就寝时尚且兴奋未已的情态，不像清晨万籁俱寂中所能有的喧哗。况且如果是五更以后，大概要算"春晨"，不再是"春夜"了。所以，像《事物纪原》中所谓"夜行所击，今击木为声，以代更筹者是，俗曰虾蟆更"，其中的"蟆更"大概只是泛称而已，并非专指五更后加打一更。如此，这组诗整体都并非是概括整个的夜晚，而只是写前半夜的情态和感受了。

繁忙充实的一天结束，夜晚降临，白日余兴仍在，夜的生活虽然平凡，却又独具兴致，此时的情思与白天相比常有很大的区别，那静下来却又仿佛静不下来的一段时间，无论是舍不得睡，或是难以入睡，总该是诗人别起幽兴的好时段。所以这终究不是铺陈与否的问题，而是呈现着诗人必须要写诗的动机；这不是属于某个季节夜晚的插曲，而是四季开阖中总有那么一段细腻风雅的心曲。纵使此时的宝玉还没有开始觉醒，纵使如脂砚斋所说诗中"作尽安福万荣"，但是，"眼前春色梦中人"的朦胧，"水亭处处齐纨动"的清爽，"倚槛人归落翠花"的动人，"梨花满地不闻莺"的空灵，十多岁的公子有这样雅致的诗才，能说不算是可贵的思想性格的体现吗？

这组诗的确对一年的生活有概要的作用，但却不宜看作对夜晚所有生活情节的缩写。它只写夜晚之中局部时间的片段，却体现生活和情思的一贯状态——小说固然以情节取胜，而诗的表达则有更为独到的妙处——而在这里，诗恰恰又在小说之中，在为小说的表达服务，从中我们除了感到艺术分寸感，还有艺术的协调感、融会感。

冯其庸先生认为这组诗是宝玉"初入园中，写其心满意足神态，别无寄托可言"（《冯其庸点评红楼梦》）。若从宝玉创作的动机来说，的确很有道理，但是，对这种"角色诗"，我们在思考的时候却须时时注意，一切情节的背后总有一个作者在，他这样写肯定有更为复杂的目的。这里限于篇幅不能详论，但要是说宝玉在诗中没有任何寄托，似乎枉费了这四首律诗所占有的篇幅，且辜负了雪芹安排这些内容的用心。一些学者的看法，如蔡义江先生指出《春》关涉黛玉；梁归智先生指出一些细节有助于后四十回的探佚；周汝昌先生指出四首诗特写更鼓、铺陈、茶水三端，为宝玉后来落魄作反衬，等等，也都是考虑到诗的言外之旨，这里因篇幅也不能详列了。

必须要提出注意的是，这组诗并非完全孤立，可与小说中其他情节相参看。如《秋》《冬》都写酒后思茶，恰与五一回写冬夜三更后宝玉要茶吃的情节遥相呼应。当时，麝月给宝玉和晴雯吃了茶，自己却偏要出去走走，晴雯穿着小袄出去吓她，"将出房门，只见月光如水"……那平凡而真切的情节和人物语言让人读起来如入画境，不是诗，却饶有诗味。而这次吃茶却与以往无数夜晚不同，晴雯不慎着凉，又以此为转折，开始走向生命的终结；而那"华林"之中的"悲雾"，与宝玉生活的距离，也是越来越近了。

漫谈"鸦片诗"

诗歌在不同历史时期总能反映重大的社会事件与变迁，虽然不是任何人事都可写入诗中，但因为诗人对生活的忠实和对时代的敏感，诗总能成为时代的晴雨表，故而一代有一代诗歌的内容。

17世纪上半叶，中国人学会了用吸食法服用鸦片，随即开始将鸦片混入烟草吸食。明末崇祯帝施行禁烟，烟草被遏制，鸦片却伴随有清一代，逐渐严重地侵蚀国人的健康和社会风气，以至近代成为社稷之害。于是，鸦片不得不进入诗的题材，有的竟成为当时病态社会的记录。

如清末的洪缵，他曾在1895年割让台湾之战中与丘逢甲、许肇清等人同倡抗战，后因身居弃地而采取"不妥协、不合作"的态度，拒着洋服、拒说日语，应是有识有志之人，这样的人士却写过《吸烟戏咏》诗，把芙蓉膏赞美成"樱粟堆里香常在"，用数百字的长言，渲染鸦片带来的欲仙之感，所谓"有时卧游上九霄，有时魂游空五内""太乙然火三千年，一吸冲虚无大块"，甚至说"燥吻惟濡陆羽茶，馋情却谢元修菜"。陆羽茶是茶之优者，乃可解鸦片之燥；元修菜是菜之美者，却逊于鸦片之味，这诚然是对佳茗与佳肴的亵渎，但也可见烟民对鸦片的"馋情"是要比美食强烈得多。

也许正是因为吸烟的诱惑可抵吃饭的满足，所以有了"吃烟"的说法。清末文人王松的《喜吃烟》诗即咏叹："吃烟恰值禁烟期，身外浮云醉不知。倘得心肠无是物，岂愁面目异当时。藉他戒酒狂言寡，伴我看书引睡迟。若使昔年有莺粟，吴王未必爱西施。"洪鏞的诗中曾说"扫愁有寻诗有械"，把鸦片当成了诗的具象呈现，王松这里又把吃烟与看书相提并论，足见当时有一类文人在鸦片面前是如何斯文扫地。精神世界既然沦陷，西施不西施的还有什么重要的呢？吴王当年如果吸食鸦片，江山美人则恐怕也就一无所有了。

旧时曾有"饱吃糖，饿吃烟"的说法。所谓"饿吃烟"，从字面上看，似乎是说人在饥饿之时无妨以烟慰胃，但深层次里，恐怕还包括"越穷越吃烟"的意思。尤其是到了晚清这一积贫积弱的时代，鸦片反而愈加盛行，值得世人深思。而世人一向推崇的风雅之诗到了晚清竟产生这样的内容，体现这样的旨趣，肯定是汉唐先贤所无法预料的。

今人因为久已脱离落后的鸦片时代，看到前人这样的诗篇，也只能是在悲哀中付诸一笑而已。但是，有类似痴嗜的人会长期存在。就吸香烟而言，也大有过度嗜好之辈。曾见有人在飞机上因不允许吸烟，而把并未点燃的烟卷叼在嘴里以获得满足的"意吸"者，足见其精神世界已被烟瘾控制太深。

有的人纵使健康已经报警，却仍然在戒与吸之间徘徊。洪鏞另有《戒烟长歌》，但其实是花很大的篇幅为戒烟之后的"复吸"找各种托词，如："自叹此身已废朽，遂将此事托逃禅。古人有托隐于酒，我今何妨隐于烟""末路英雄无退步，喷薄愤气填坤乾"洪氏用天花乱坠的诗句涂饰自己对戒烟的无能为力。所以即便"我生于世百无嗜，独有书味结寄缘"，最终还是烟瘾战胜了高雅的情操。该诗序中说："时下竞为戒烟，多有病者；予从俗戒之。"他不说吸烟让人病，却说戒烟让人病，不说自己吸烟是因为从俗，却说自己戒烟是为了从俗。那么，他自己以及像他这样的一类人，在吸烟一事上的"病"与"俗"，真是可以想见了。这在今天也可以作为诗中的反面教材，为世人所借鉴。

　　诗是不妨体现一切社会生活和情感志意的，但是狂放在于文笔，而矜持在于德操。无限制地暴露诗人自身的低劣，这与讥弹讽喻之体相比，可以说有着天壤之别，与近取诸身的反躬自省相比，更是背道而驰。我们呼唤时代的诗人，盼望他们用自己的诗笔记录时代，同时更希望这些诗人要珍重诗之文学，从那些反面教材中汲取教训，将来不要成为后人嘲笑的对象。

吸烟者的修养

我们的城市里吸烟者众多，据说 1891 年建于天津的美商老晋隆洋行卷烟厂是中国烟厂之首创，也许由此就留下了传统。人有嗜好而自得其乐本无可厚非，但烟民却很难把一二手烟都锁入自己的咽喉而不影响别人。在上风口吸烟、走路时吸烟、在相对封闭空间吸烟的人，影响别人尤属必然。部分有素质的烟民会说："抱歉，我要在您身边吸烟了。"逢此情况，我只好说："没关系，我不爱吸，但是爱闻。"不是为了向吸烟者妥协，而是看到他有素质的一面是何其可贵。而吸烟者也就顺势自得其乐起来。于是我明白，吸烟者的修养是建立在不吸烟者的修养的基础之上的。

某人自命诗人且烟瘾极大，为了防止戕害家人，据说竟在书桌上方安装了抽油烟机。油烟机不能随意携带，但焦油味却紧随其身，因此从他身上实难嗅到诗的气息。古往今来，酒是诗的重要题材，饮酒固然有雅俗之别，但经无数诗人的妙笔，酒的诗化已被广泛接受。今人虽习惯烟酒并称，但烟草是明后期才传入中国的，而香烟至十九世纪八九十年代才有。所以典雅的古诗世界里难以寻觅焦油气息，即便香烟兴盛后，很多文人虽然指捻烟支、喷云吐雾以壮文艺灵感，却未必直接把吸烟写入诗中。毕竟，烟草加上一个"香"字已属极大的美化和伪装，再入诗国，气味就确实有些抵触了。于是，诗的修养容得下浪漫的酗酒，却似乎难以包容呛人的烟熏。

偶然读到顾随先生1927年所作《瑞鹧鸪》，有"觅句谩诒肠子断，吸烟却看指头黄""我自乐生非厌世，任教两鬓渐成霜"之句，大概是较早在诗中将觅句与吸烟两件事并提的。当年他三十岁，即便指尖熏黄，但自称"乐生"，估计是不承认"吸烟有害健康"的。他的学生、我的老师王辛铭先生说，他晚年身体不好，冬天步入课堂，先要脱掉层层外套，然后说：我觉得自己浑身撒气漏风。不知与吸烟是否有关。而我的另外一位太老师寇梦碧先生，据说就是吸了太多劣质烟，否则不会过早病故。想到这里，我对吸烟的诗人，多了很多亲近，也多了几许哀怨。诗的灵感何必要倚仗吸烟？在没有烟草的年代，不是有酒已可助人起兴的么？

于是有当代诗人说："愁多未必须赊酒，烦剧焉能不吸烟"。原来"举杯销愁愁更愁"，所以酒不是诗的必需品，而在不平则鸣、愁苦之辞易工的诗国，烟却独具效能。这位诗人也承认"香烟有害习难除"，但吸烟有害，借烟而成的诗却好像无罪，于是，吸烟就伴着诗人的积习难除而兴观群怨起来。如"对酒思君处，香烟点一支"以寄相思，"华年如此指间轻，独往苍茫百感成"以叹年华，甚至"焚我心尘香一缕，微茫来破夜如磐"，竟把烟草的"香"写成"心香"。退一步想，毕竟时迁俗异，吸烟在现今如此普遍，写入诗中又有何妨呢。

写吸烟的诗虽不多，但有的却太过了。据说一位医生感叹："世间先有诗难戒，遑论余生望戒烟。"把诗瘾写成烟瘾的前提，导致烟瘾比诗瘾还大，我想很多爱诗的人是难以苟同的。还是看看这样的打油诗吧："聊将絮语劝先生，烟里太多尼古丁。爨后余灰犹未冷，须防劫火起星星。"这末一句看上去像是安全提示，但若荡开去想，意味非常深长。我也奉劝诗人们，为了珍重诗心，务必保养诗身。烟不戒无妨，但对于诗，最起码要有所敬畏和戒免，庶几用吸烟者微薄的修养，去维护诗难得的高洁。

说"楦"

　　启功先生《论书绝句》有一首"买椟还珠事不同，拓碑多半为书工。滔滔骈散终何用，几见藏家诵一通。"感叹收藏碑版拓本的人，多数只看重书法，对碑文内容很少顾及。启老在释文中说：那些被忽略的鸿文妙制，反而"仅成八法之楦"，难怪庋藏碑拓之人不读碑文了。赵仁珪先生所作注释："楦：制鞋时填实鞋的木架。八法之楦：泛指字模。"楦本是鞋楦之意，但"八法（即书法）之楦"与鞋何干？且文章又如何成为书法的"字模"？查《启功口释论书绝句》："楦，是垫起来的东西……没有文章，写什么？文章把字衬托出来了，所以文章只是字的楦子。"可见，原文是指碑文只作了书法的陪衬。"八法之楦"这个比喻巧妙地描写了拓片收藏的盲点和碑文研究的失落，这在书法和金石研究中是一个值得重视的问题。

　　楦表示"垫起来的东西"当然古已有之，有的堪称妙喻。《太平广记》引《朝野佥载》记载："唐衢州盈川县令杨炯词学优长，恃才简倨，不容于时。每见朝官，目为麒麟楦许怨。人问其故，杨曰：'今饩乐假弄麒麟者，刻画头角，修饰皮毛，覆之驴上，巡场而走。及脱皮褐，还是驴马。无德而衣朱紫者，与驴覆麟皮何别矣！'"杨炯恃才傲物，个性不群，他认为朝中官员不修品德，却朱袍紫服，就像让驴假装麒麟，扒了那层伪皮，真相还是驴。这个比喻本身已极具讽刺意味，更妙的是，他把被朱紫袍服裹着的无德之人比喻成"楦"，就好像是说这类人连酒囊饭袋都算不上，简直就是一块跟鞋楦一样的木头疙瘩了。

"麒麟楦"就成了诗人揭露伪君子和表明自身清高的典故。宋代的王炎就曾劝告："不作麒麟楦，方知外物轻。"（《和清老韵》）陆游也曾呐喊："蘜骨亦何悲，吾非麒麟楦！"（《斋中杂兴十首以丈夫贵壮健惨戚非朱颜为韵》）刘克庄更曾反思："已发心忏悔，免去猴冠，卸下麟楦。"（《解连环》）足见有节操的士人不愿意做沽名钓誉的伪麒麟，更不愿舍弃身名，白白地沦为一个撑着朱紫皮囊的"楦"。

但周密《草窗韵语》中一首六言诗有句云："笑杀楦中青紫，从他皮里阳秋。"（《六言二首》）把"楦中青紫""皮里阳秋"并置，可谓妙对。但按照常理来说应该是"楦外青紫"或"青紫中之楦"，因为楦在内，青紫（与朱紫意近）裹在外，如杜甫句"青紫虽被体"（《夏夜叹》）、林希逸句"寻他楦上麟"（《菊庵相道人求赠》），周密却说"楦中青紫"，难不成青紫朝服反而塞到了楦里面去了？

其实，人毕竟不是木头楦，作为情思肉身，披上麒麟皮一样的华服，一味追求外在名利，其内在自然必有"青紫思想"。所以，与其只是讥讽外在，不如直捣心源，与其说这楦是个实心木头，不如说这"人楦"其实确有内在情思——于是不但笑杀那"人楦"，更要嘲讽其内在根深蒂固的"青紫"。这正如同高适诗句："今来抱青紫，忽若披鹓鸿。"（《酬秘书弟兼寄幕下诸公》）这里的意思肯定不是说朝班大臣班行时都把青紫朝服抱在怀里（鹓鸿比喻朝官班行整齐有序），而是说他们这些人在自己的怀抱之内，都有青紫之志。当然，青紫之志也有高尚和卑劣的区别，但至少那些被讽刺的"楦"，不在高尚之列。而他们也绝不应真地假装自己是木头，就听不见诗人的批评，任意地卑劣下去。

启功诗论得其"俏"

　　启功先生作为二十世纪杰出的书画家和学者，其作品、学养、轶事为世人所乐道，尤其近年他一些挥毫或演讲的视频传播愈广，引起世人更多的关注和讨论。其中有些内容记录了他的谈诗、写诗，因为他与常人见识不同，常常显出机智而富有别趣，于是更为引人瞩目。

　　历代诗论，除了得其"确"、得其"要"的正论，也有很多得其"迂"、得其"滞"的错论，而凡是以别趣独胜的，或得其"神"，或得其"理"，各有不同。启先生作为古典文学的专家，有很多得其雅正的精辟见解，而一些诗论别趣盎然、出人意表，虽未必全然正确，却与正解妙合神会，庶几可以用得其"俏"来概括吧。这里略举两例。

　　一是他早年书写王之涣《凉州词》的视频。"启功书友会"微信公众平台在发布的同时附上一段说明："启功先生认为王之涣这首诗的第一句是错的。如果是'黄河远上白云间'，有河就有水，有水就有草木，人们就不用再'怨杨柳'了，春风也就'度'过'玉门关'了。所以，这首诗第一句应是'黄沙直上白云间'。"而末一句是"'春光'而不是'春风'"。这段说明与张志和先生纪念启先生百年诞辰的文章《能与古贤齐品目　不将世故系情怀——纪念启功先生百年华诞》所记基本一致。文中记录启先生曾指出《唐诗三百首》中有两首存在错字，对《凉州词》，正像上文所述，是从内容角度分析，对另一首即沈佺期的《独不见》则是从格律角度分析。关注诗句的异文，是启先生精于文献学和诗学的必然反映。

《凉州词》的异文自古至今争讼不断，我曾阅读大量资料，感叹言人人殊，某些见解可笑得让人不免喷饭。我也写有《例谈对诗词欣赏中"套板反应"的辩驳》和《凉州词的格律》论析之。就该诗的文本而言，杨琳先生的《"黄河远上"与"黄沙直上"的是非》已考定其真容应为"一片孤城万仞山，黄沙直上白云间。羌笛何须怨杨柳，春光不度玉门关"。启先生的依据，正如他在1987年书写的条幅上注明的"以郭茂倩《乐府诗集》本为长"（按：此诗《乐府诗集》中标题作"出塞"），他虽然没有像杨先生那样梳理过这首诗历代不同的版本，但他直觉式的、也是经验式的判断，倾向于《乐府诗集》，与真相极其接近。有意思的正是他讲的这段理由。

我们知道，该诗的所谓"怨杨柳"，指的是笛曲《折杨柳》，否则就与"羌笛"无关。而启先生偏偏没提《折杨柳》，只谈到真实的杨柳，因为杨柳和黄河之间有一个"水"的联系。有人曾指摘启先生的论点失于偏颇，但以启先生的学养，能不知道诗句的内容牵涉笛曲吗？

此外，"春风"其实本来也可以作为"春光"的代名词，以前支持"春光"的学者，其实没有给出特别有力的佐证。启先生却用真实的杨柳之景，解释了"春光"的问题。因为杨柳在则春光在，而杨柳的生长却未必需要风吹，这就巧妙分清了二者的区别。

这就是他化繁为简、乱中提要的手段，也是我说的"俏"之所在。他的这种简短的诗论是机锋式的，而不是严密的论析，虽然不完全"科学"，却能自圆其说，径直引人接近正解。古人的很多诗论也简短，却模糊不清，不像启先生这样切中肯綮，直中要害。

另一段更有趣的视频是他讲王维《相思》诗时读作"劝君休采撷，此物最相思"，并解释说：后来一般本子都印成"劝君多采撷"。那是劝你少采撷，因为它相思，你把"这个"拿走了，它还想着"那个"，你要说

"劝君多采撷"，你专门拆散两个人，专门拆散两个豆儿，真是很残忍的；"劝君休采撷"就合情合理。他的讲解引得听众笑声掌声不断。

"启功书友会"微信公众平台在发布这段视频时给出的题目是"启功先生改古诗"，不确，因为这首诗的异文古已有之，他不是改，而是在进行判断和选择。"合情合理"四字正说明他诗论"俏"的基础乃在于平实。

至今似仍未见到对此诗异文可称定案的论著，但世人一般都站在人的角度，以相思之豆作为相思之情的象征，也就是情感的替代物，那么，多采撷当然就意味着多相思。但原句明明说此"物"相思，至少在字面上没说是人相思。即便是借红豆这个物来表达人的相思，也应该是类似于"采之欲遗谁"的口吻，是抒情者想要送给别人以寄托自己的相思，而不是劝对方来自行把这物采走，留作以后单相思之用。

通常的理解比较直率，但与原句不太吻合。启先生的解读与"常识"相反，却切合原旨，且更为深曲。因为物本相思，所以休因采撷以破坏之，而之所以要对物如此爱护，又是缘于人对这种相思之情的珍视和同情。这种诗论，体物之细微，令人赞叹。而听众之所以鼓掌发笑，不正是因为启先生寥寥数语，说得那么简要轻松、说得那么"俏"吗？

启功跋汉砖拓本诗

文博名家傅大卣先生精于金石传拓，曾制汉二十四字砖拓本，遍请当时名家题跋，一时群贤着笔，竟至四十余家。其中有启功先生1973年春分所题七绝："俨然一块大封泥，如此方砖至足奇。拓妙已超潍水上，题多欲使华山卑。""字删点画违浃长，韵叶阳先异陆词。于此会通为学事，要增常识破常规。"小字精雅，诗书皆用心之作。

多数资料均说该诗收入《启功丛稿》，不确，该书收录的是另一首题砖的《南乡子》词。章正先生《启功先生金石碑帖纪事》注明"见《三语集外集》，题曰'题汉砖拓本'"，亦未细审。《三语集外集》是《启功全集》第七卷，录此诗题为"跋汉砖拓本"，且末句错录为"要增常识破常识"，不押韵，错一字。这是该诗唯一的著录，却遗憾存在错字，实属不该。这两首诗很值得重视，从中可见启先生的金石学术观。

汉二十四字砖体式较大，属汉代文字砖名品，因是压模所制，启先生将之巧喻为封泥。而封泥是印章在紫泥上钤压而成，一般不过方寸大小，岂有大砖那般巨型？这就体现了赞叹的口吻。这种妙语在启先生的诗中并不鲜见，如上文提到的那首《南乡子》词云："八句甚堂皇，所望奇奢不可当。试问何人为此语？疯狂。即或相思那得长。　　拓片贴南墙，斗室平添半面妆。忽听儿童拍手叫，方窗。果似疏帘透日光。"因砖铭吉语是"富贵昌，宜宫堂，意气阳，宜弟兄，长相思，毋相忘，爵禄尊，寿万年"，所以他先幽默地与古人开玩笑，说吉语的美好祝愿其实难以实现；又因为这块砖呈正方形，且铭文书法为缪篆体，以平直的横向笔画为主，并装饰若干方格，看上去像竹帘窗，所以有"方窗"的妙喻。

　　第一首绝句起笔以古物喻古物，出手不凡。后面即称赞傅先生的拓工已经超过了金石家陈介祺（陈是潍坊人，故以"潍水"代称），又赞这拓本比过去凭借题跋众多而名重的《华山碑》还要精彩。《三语集外集》有启先生题下自注："傅大卤兄拓古金石得潍县陈氏之法，手拓汉二十四字吉语砖征题，题者极多，不减三本华山碑。吉语用韵，昌年通押。"前半句可作第一首诗的注解，而这里提到的用韵的问题，则体现在第二首诗里。

　　第二首诗先说砖文缪篆体的笔画存在增减，这就违背了许慎《说文解字》的规范（《说文解字》的作者许慎曾任洨长）。又说此砖铭文虽然押韵，却是"阳""先"韵通押。此砖文韵字"昌""堂""阳""忘"本就都是韵书中"阳"部的字；"兄"字的上古音，依据王力先生的研究，也属于"阳"部。只有"年"字从来与"阳"部发音无涉。

　　隋朝陆法言的《切韵》是唐宋韵书的始祖，但只反映了当时的语音情况，且是针对南北语音的差异，靠着"我辈数人，定则定矣"的原则编纂而成的。人们一般将以《切韵》音系为基础语音编写的韵书称为"古韵"，但它们却未必能科学反映当时的古韵的实际，以及更早的古韵的情况。启先生的诗中提到陆法言，是以之借代中古时期以来的韵书，它们往往是人们音韵学常识的来源，而"常识"在治学中固然重要，用不好却也会束缚人的思考。

　　所以启先生认为，从这块砖的字形和押韵都不"规范"、都违背"常识"这个角度延伸开来，给治学一个重大启示，就是随着增长见识，要善于增加"常识"、拓宽认知，打破常规藩篱。因为我们所掌握的常识的规定，也许仅是前人或我们自己下了一个"定则定矣"的所谓的规范，我们没见过的东西很多，不能用已知去限定未知或否定新知。

　　启先生的这种见识不但在金石学上有很大的针对性，对一切治学也都颇具启发意义。就金石学而言，因其主要研究古代金石器物及有关文献，学者一般将之划入史学范畴，以考据作为主要内容。而与考据的金石学同样重要的，应有义理的金石学。缺乏义理升华的史学及金石学是呆板而单薄的。以上启先生诗的第二首，尤其可以称得上是一首富有义理的金石诗，体现了他融通开放、维新进步的学术思想。

　　金石文献经过历代积累，质、量可观，自树门类，金石诗作为其中重要的组成部分，是值得研究的丰富宝藏。但诗之体裁往往适合抒发感怀，内容较虚，这导致很多金石诗其实流于浮泛，没有什么实质内容。那些能以见识取胜，在义理上给人启发的，则尤其值得研析赏读。启先生的这两首题砖诗就是辞章、义理兼美的佳作。

启功《论书绝句》的注释

　　启功先生的《论书绝句》是古今难得的书论精品，但因诗文词句雅奥，常人读来不免费解。赵仁珪先生所作的注释本简明切要，助益领会，但虽是在启先生生前编订，并得到启先生首肯，却仍有部分注释失于浅率或实为误注。

　　如启先生论智永《千字文》墨迹之诗，有"分明流水空山境，无数林花烂漫开"句，赵注："流水：指灵活。花开：指灿烂。"本无不可。但所谓"流水指灵活"注了"流水"却不注"空山"，似乎不够全面；"花开指灿烂"中的"灿烂"之意在诗句中原本更多体现在"无数""烂漫"二词之上，直接用"灿烂"解释"花开"，似乎不够精准。《启功口释论书绝句》中记录启先生自己曾解释说："我形容空山无人，水流花开，这种境界是很美的。"显然他的诗句不仅赞叹智永书法形迹的精美，更借用苏轼的名句"空山无人，水流花开"来形容智永书法整体风貌的至美境界。

　　又如论姚鼐书风，兼而论及他的诗格，有"琳琅诗富容夷韵"句，赵注："容夷：平易。"诗固然可以有平易的格调，但《启功口释论书绝句》说这一句是"从容自然、风采琳琅、格调从容的意思"。可见"容夷"侧重在"容"的"容与""从容""自然"之意，"夷"的"平易"则包含在"自然"意思之内，只释为"平易"显然有所欠缺。启先生说姚鼐"见世面，通人情"，其书"无意求工，却处处见深造之功，自得之趣"，也不仅是"平易"二字所能完全概括的。

以上二例，注释过于浅易，无法与原文内涵相称，但不太影响理解。以下二处则恐怕属于误注了。

一处是"腾诬攘善鸿堂帖"句，说的是一卷宋人书法，其内容是南朝人庾信的诗，曾有人题为谢灵运所书。但明人丰坊又曾题跋指出谢灵运的年代早于庾信，无法预先书写后人诗作。后来董其昌将它刻入《戏鸿堂帖》时，却诬说丰坊曾坚持说是谢灵运书，而由董其昌自己辨认出不是谢氏手笔。因此所谓"腾诬"是说董其昌诬罔了丰坊，"攘善"是说董其昌掠夺了丰坊的真知灼见。《启功口释论书绝句》中解释说："攘善，把好的攘夺过来。"赵注："腾诬攘善：错误宣传，排斥正确意见"，与原意恰恰相反。

另一处是启先生在题《张猛龙碑》时，自述学书经历："出墨无端又入杨，前摹松雪后香光。如今只爱张神冏，一剂强心健骨方。"赵注："墨子、杨朱，在儒家看来都不属正统人物。按：此诗皆说自己。"这诗当然是自述心得，但诗的意思是说在学赵孟頫（松雪）、董其昌（香光）时，自己未入正统，还是说赵、董二家本就不算书法正统？那么，书法正统何在，是能够强心健骨的《张猛龙碑》吗？揣摩这条注释的口吻，很像是直接得自启先生的口述，其内容本不错，但直接用作注释则与诗句对不上，读之令人迷惘。

关于学赵孟頫、董其昌的书法，启先生另有叙述："廿余岁得赵书《胆巴碑》，大好之，习之略久，或谓似英煦斋"。但是英和（煦斋）的字肥而且钝，"号称学赵，实际是很笨的一种字"。因为这样的习字路数，造成写字板滞，不成行款，于是启先生转而学董，但行气有了，骨力全无。可见启先生的意思，不是说赵、董一无是处，他对赵、董的评价其实很高，他也不是全然否定当初的学习经历，他承认那都是"学书之筑基"，而且还说自己写的正是柳公权和《九成宫碑》的架子、赵孟頫和董其昌的笔画。

所以，这里不是正统与否的问题，因为赵、董之书很长时间以来都属于正统，这是历史的客观事实，启先生这里是说自己学书曾经走过两种极端，或板滞，或浮华，未能协调，后来的逐渐提升，也不仅是《张猛龙碑》的作用，欧阳询、智永、柳公权等人的法书都起了积极作用。

《启功口释论书绝句》中解释说："不入于杨就入于墨……杨朱纯粹为我，墨子纯粹为人，分别提倡不同的哲学思想……可以说是离开了赵又掉进了董……这是自己学写字过程中看出的流弊。"足见，所谓"出墨入杨"即"出于一隅又偏向另一隅"的意思，要么保留了自家不足，要么学来了他人缺点。所以，他在《论书札记》中又说："名家之书，皆古人妙处与自家病处相结合之产物耳。"这真是学书的心得之言，但万万不能是古人病处和自家病处叠加在一起，那就成了双重弊病了。

所谓"流弊"本是指"相沿而成的弊病"，这就不单是说个人自己了，而是说在自己学书的经历中看到了那个时期普遍存在的，或者说是一段时期以来人们普遍存在的学书弊病。

启功《论书绝句》的形容词意

    启功先生的《论书绝句》可谓清代以来吟诗论书的典范，是书法史论和美学的大成之作。其诗并非浅率地将世人显见的书家风格以连缀韵语的形式表达出来，而是在议论中富有创见，在表达上意蕴深远，加以每诗附有文言短文，其学术含量与文采风度为之陡增。但因文风古雅，常人读来，不免叹其深奥。赵仁珪教授曾作注释本，对读者探赜文义大有帮助，但有些细节看似浅显，深思却仍不免费解；后来《启功全集》第二卷出版，收录《启功口释论书绝句》（下称《口释》），对照读来，赵注中的疑点乃获得解决的契机。

    如论杜牧《张好好诗卷》，有"墨痕狼籍化飞腾"句，赵注："狼籍：此处形容满篇皆是。"但墨痕的"满篇皆是"与化为飞腾之势，似无必然联系。《口释》对此词的解释是"墨痕很随便地写出来"，这才接近"狼籍"通常的"纵横散乱貌"之意。其实，本句是说墨痕挥洒随意，没有矜持作态，正因如此，"笔画才能够飞腾，情绪才能够高涨"。本诗第四句为"薄幸谐谈未可听"，是说看到杜牧的真情，不相信他曾有薄幸的名声，这使人联想到"狼籍"一词通常还有"行为不检，名声不好"的意思，启氏本诗虽然不兼取此意，但对杜牧而言，无论是其人的形迹不羁，还是书迹的点画自如，都反而衬托他用情之真专，这不能不说是"人书齐观"的佳例。

再如论刘墉书风，有"我所不解刘诸城"句（按：刘为山东诸城人）。启氏自述，之所以认为刘的书法"难以理解"，缘于其"自饰之以矫揉偃蹇，竟成莫名其妙之书"。显然是不满其书风矫揉造作，刻意涂饰。赵注："偃蹇：傲慢貌。"如果说书家写字时的心态、运笔时的情态，尚有傲慢的可能，但就书法形迹风格而言，怎样才算是"傲慢"的呢？启氏每以"偃蹇"评价刘书，如《跋刘墉小梅粹金书法卷》："以偃蹇为古拙"。指的是为了达到古拙的效果，在书写时刻意用了"偃蹇"的方法——这只在心态上有刻意为之的成分是不够的，更重要的是书写形态上应具有显现的表达——而书写的顿挫、轻重、收放，都很难以是否"傲慢"为标准，所以原文中"偃蹇"与"矫揉"相连，就其书法形迹而言，乃是屈曲缠绕、缭纠委曲之意。启氏又在《题刘石庵书小楷袖卷》中说刘是"偃蹇骄恣，以致翻得剥剥落落之趣"，则另是揭示刘墉写字时候刻意造作的心态，体会其语境，与前述二处"偃蹇"相比，确有微妙差别。综合观之，刘氏实在是以"偃蹇骄恣"的情态写"矫揉偃蹇"的书作，这从他的书法风格上显而易见，从创作心理上也算是推断得宜。

以上二例，都是关于如何理解诗文中形容词意的问题，而我国传统的文艺理论，又格外爱用一些抽象凝练的形容词去高度概括文艺实体的具体特点。只有恰切地理解这些形容词的含义，体会其与文艺作品的关系，才能真正走进文艺理论的内部世界，并得到合理的阐发和启示。

启元白的用意

——例谈对启功题字题诗用意的解读

《诗》云："他人有心，予忖度之。"但他人的心思是否可以轻易揣摩得到呢？近人的内心尚且无法具测，古人的情志就更难以寻思。即便因循"以意逆志"的古训，也常不免于以自己的意，错会了古人的志。生人的情志，当面咨询也未必能得到坦诚的解答；亡者的故实，就更难追考。古往今来的读史论世，"知人"也许正是最难的关节。《左传》说人有"三立"，历代士人自然以"立言"为永存的依托，至于"功""德"，其实也多通过"言"的方式记入史册。而这"言"中的用意，或其背后的用意，又大有学问。

启功先生为人幽默，他的轶事和隽语常为人津津乐道，但他阅历复杂、学养深厚，常人所知恐仅是粗浅表象，甚至竟把他的幽默看成调皮、把他的智慧看成狡黠、把他的通达看成油滑。调皮本不是缺点，童心也往往可爱，但"调皮"的标签不能乱贴。

近年常见有人举出他为张大千纪念馆题写的匾额，因为在题字的原纸上，"念""馆"二字经过涂抹改写，并未换纸重写，这便成了他"调皮"的证明。其实，题匾题签，因为要制版刻印，原纸改涂，并不鲜见。张大千纪念馆工作人员曾撰文声明，当初这两个字写得略显紧小，故而涂改。但人们更愿接受"调皮"的别趣，更愿意相信启先生是故意幽默。这姑且还不伤大雅，更有甚者，竟揣测这是他另存深意，乃是刻意暗讽张大千当年涂抹损坏敦煌壁画，替敦煌遗产一逞报复。果真如此，这种对故人的"调皮"，不显得太阴损些了吗？这是文化大师能有的作为吗？就常理来说，即便要刻意地用阴招儿，在文化大师笔下，会有这么明显而低级的阴损吗？就文化大师来说，又会有这么庸俗的"调皮"吗？

曾有人问我，启功为该纪念馆题写的对联"山川自逊神工笔；魂梦长悬故宅心"，上联是否暗含讥讽？问其理由，答曰：上联似可视为"自逊山川神工笔"的倒装，其实本来是想说大千的画笔作为"人工"，逊色于山川的"神工"。我想，这种通过语法的奇思去揣摩他人用心的方式，也只能让人无语了。其实，历史的经验告诉我们，由猎奇的揣测衍变成为无理的怀疑，浪费自己的时间，损害自己的文心，甚至是不但害己，更会害人，是我们理解一切文艺和人事的时候都应该尽量避免的。

启功先生从二十世纪三十年代即在溥儒先生的寒玉堂与大千先生相识，至四十年代又曾在马衡先生府上与大千先生会面讨论书画鉴定。1994年他在题大千画卷时说"大千先生乘兴之作，意在青藤、白阳之间，而清茜过之"，并题诗云："游屐燕门盛一时，墨华璀璨上林枝。最奇一卷空香色，却听声声画里诗。""寒玉诗怀近六朝，五言佳句咏葡萄。当时何惜同挥洒，日观玄珠并一抛。"既赞美大千清新葱茜的画风超越徐渭、陈淳，又引起当年京华艺盛的美好回忆。二十世纪九十年代他还购藏过大千的画作，素壁高悬。柴剑虹先生《我的老师启功先生》中记录1982年启功先生拿着大千先生的彩色标准像"高兴地说：'大千先生还记得我，特地题了字托人带来的。'"如此珍视旧情的他，会以耄耋之年，故意在为大千纪念馆题匾题联时玩弄阴损吗？

又有人曾与我讨论启功先生题大千先生画作的另一首诗："超妙入神知不尽，大涤翻身谁得省。此是清雄绝世人，燃犀鉴目千秋冷。"诗前有序："东坡赞米元章曰：清雄绝俗之文，超妙入神之字。元章答曰：更有知不尽处。吾于大千先生之画亦欲云然。盖先生鉴目亦独绝也。此卷乃先生早岁戏拟石涛济师之作，即署济师之款，故尤为可贵。石涛之笔世所共珍，而大千先生故弄狡狯之笔，吾以为其可珍不在石涛之下，因次画中原韵，附于卷尾，敬告赏音其慎藏之。"因为序言中提示了大千早年模仿石涛的行为实际是"狡狯"作伪，且言"慎藏之"，却没说"宝藏之"，于是这位朋友就怀疑此诗是似褒实贬，再看诗的末句，着一"冷"字而显得十分严峻，似乎真的是在皱眉批判了。

我认为这不符合启功诗文的原意，也许这里的确有提示藏者勿以此画卷为石涛真迹的意思，但是这种提示既然已经明确指出，也就不再有"明褒暗贬"的可能性。因为鉴定的意见和艺术的赞美，都说得非常明确，符合他一贯的褒贬分明的态度。他有论李清照词绝句云："毁誉无端不足论，悲欢漱玉意俱申。清空如话斯如话，不作藏头露尾人。"他自己的诗文，不也正是明白如话的吗？曲解其意，深文罗织，把他当成借着诗文和题字云山雾罩、藏头露尾的人，这能得到知人论世的正解吗？

文艺理论中，常有一股过度解读的洪流，自古不绝；文字狱的产生，恰恰借用了这潮流中的一种浪头。诚然，人生本就不是线性单一的，很多大师级别的人，阅历更为复杂，评价起来往往也就不能一概而论。他赞美你的画，未必就赞成你的人，他表面上对你回护，心里也许另有一笔账。但是，严肃的学者和诗人，对自己的表述是必定要负责任的，就不会做藏头露尾之人，这与特殊情况下的委曲求全是大为不同的。这让我想起多年前另有友人和我讨论过启功先生写赠徐邦达先生的诗。

这是题徐邦达艺术馆的绝句："书画楼高欲拂云，宣和鉴目定千春。人文东海秋潮远，岁岁涛声万里闻。"友人提示，这里说的"书画楼高欲拂云"，让人联想起钱谦益的绛云楼，"绛云"被认为是该楼最终不慎焚毁的先谶，启功借之以寓褒贬，足见他对徐邦达意见很大，毫不留情，痛下狠手。其实，古今的人在读诗时，得到了诗无达诂、诗有别裁的解放，也深深地受到了其中的流毒，而正解和曲解的边界，往往细小得非常微妙。

曹鹏先生《启功说启功》一书记录了启功先生对这首诗的自述，原本确是想写绛云楼，但当时去找启先生求题诗的是徐先生的学生，不同意这样写，就写成了"楼高拂云"。其用意，从启、曹的谈话内容看，是因为他反对那种捐献藏品建艺术馆的行为，因为有不少人捐献的藏品最终被倒卖，而在启先生看来，徐先生也是"傻得可怜，傻得可爱，老了老了当一回钱谦益"。所谓"当一回钱谦益"，当然也有对所谓"柳如是"的看法，但是主要还是觉得那种建馆留名的行为不够明智。

启、徐二人是老友，即便在很多问题上态度不一样，即便一些资料也的确显示启对徐其实有一些看法，但我们可以断言，即便是启先生把自己的看法写到诗中，可以是批评、劝谏，却绝不会是诅咒。讽谏和诅咒之间，看上去仅有一线之界，却大不相同，这是心理上直净与阴损的区别，也是道德上光明与阴暗的区别，这在文人士大夫看来是非常重要，不可轻视，不敢妄为的。难道启先生希望徐先生的艺术馆最后焚烧灭尽吗？若真有这想法，能急不可待、昭然若揭地写在诗里吗？其实，事实非常清楚，他是怕这位老友天真地捐出了多年的心血，最后却被别人糟蹋了，甚至是被变相地毁掉了。

与直言其意的表达相比，旁敲侧击、含沙射影，常更让人觉得高明。曹鹏先生《话里有话与话外之音——启功应酬诗文题词的一个特点》就曾举启先生题沈鹏先生书法的诗句"世纪无前近可超"，及跋文"所作行草，无一旧时窠臼"云云，看似表扬，其实是对沈鹏书风的批评。这当然是在批评的过程中使用了温柔敦厚的委婉言辞，也符合自古就有的含蓄传统。而我总觉得直言其意的坦诚之作，也未尝就逊色于这种以言外之意取胜的作品。当然，古今不是所有文章都出于真诚，文不如其人的现象也不胜枚举。但是，口是心非的面具容易被揭穿，"别存深意"的帽子却难以摘去。对于那些严肃真实的作家，读者的态度最好也能尽量谨慎诚恳，而不是怪坏荒唐。那么，启功先生作诗的态度是否属于严肃真实的呢？是否值得读者以谨慎诚恳的态度去面对呢？这里举他写给谢稚柳先生的诗为例。

谢先生生前，启先生作《与稚柳先生辩〈上虞帖〉真伪戏作》诗："世称善眩有黎轩，宋刻唐摹竟异源。岂独蚓长无二目，声宏亦自逊蛙翻。""世称卤煮有寒鸦，肉烂居然嘴不差。敬与老兄同不伏，试看启写胜王爬。"
这诗是二十世纪九十年代所作。《上虞帖》二十世纪七十年代经谢先生鉴
定为唐摹王羲之书，这成为他鉴定生涯的光辉一笔，现虽不能知启、谢二
公当年辩论的细节，但显然二人意见不一致，所以启先生在诗里开玩笑，
"岂独蚓长无二目，声宏亦自逊蛙翻"，所谓"蛙翻白出阔，蚓死紫之长"，
青蛙、蚯蚓都是心中无文、外形可笑，而"世称卤煮有寒鸦，肉烂居然嘴
不差"，人在争辩时就算输了，也像煮熟的鸭子，嘴硬。谢先生在鉴定书
画时，有时不免主观，却善于大喊压人，而且嘴硬，这是屡见于记录的。
他热爱《古诗四帖》，断为唐人张旭书，但启先生通过学术考证，断为宋
人书，却无法改变谢先生的审美臆断。再如《蒙诏帖》，谢先生断为唐人
柳公权书，但是从张伯英先生到启先生，都早已知其是伪作。《启功口述
历史》记载，某次与谢先生同乘车，启先生说："你看它像柳公权这也许
不错，但这次你要听我的，这是铁证如山。"谢先生说："好，我听你的。"
但过几天谢先生却又说："我又看了，觉得还是柳公权的。"弄得启先生
也没辙。黄裳先生《来燕榭文存》说："这是很有趣的一则小故事，记鉴
定经过如绘。但也反映了一种事实，一件书法重器的真伪，竟自在'你听
我的''我听你的'情形下定案，不能不使人担心国家级鉴定成果的科学
性。"其实，一方面，在讨论学术问题时往往是兼听则明；另一方面，科
学的鉴定已经存在，黄先生这种担心其实多余。启先生记录这件事也绝不
是为了告诉世人书画鉴定全凭主观而不可相信。而黄先生所谓的"记鉴定
经过如绘"，似乎体现了谢先生某种程度上也多少有点儿"痴得可怜，痴
得可爱"，执着得过于天真了。

　　启先生给谢先生的这两首诗，主旨其实非常明显，不是所谓的话中有
话、话外之音；在玩笑之中，毫无阴损之意，反而是在轻松的语气中，批
评了，也无奈了。这就是老友之间的直言不讳，不也是很可贵的吗？估计
谢先生看了也同样是感到没辙，而且会哈哈大笑起来。这才是文人的雅趣。

　　谢先生去世后，启先生写有《壮暮翁哀辞》诗云："论交半世纪，揽
古溯西清。辨伪童心赤，输诚老眼青。凭棺亏一痛，铸像慰平生。面目堪

相见，泉程剩几程。"可谓感人深挚。其中"辨伪童心赤"一句，与上文"记鉴定经过如绘"相参看，则格外真实，这是一种怀念中的感叹，不是所谓"盖棺定论"式的批评和挖苦。有人说这是启先生对谢先生曾经持有的鉴定歧见仍然耿耿于怀，我觉得是不现实的。

启先生又曾为徐邦达书法展题诗："法眼燃犀鉴定家，兴来挥笔现龙蛇。眉山体势渔阳胆，添得维摩丈室花。"所谓"眉山体势渔阳胆"是赞颂徐邦达书法具有苏轼的体势、鲜于枢的胆魄。但有一种说法，指出他在正式落笔时又改为"渔阳体式眉山骨"，不知有何依据，因为该诗现在仍能见到硬笔草稿和题字原作，且收录于《启功全集·三语集外集》，都作"眉山体势渔阳胆"。那么，假设这两句都曾经存在过，从客观的角度审视，哪一句更符合实际呢？细察徐书，体式与鲜于枢不甚相合，倒是气魄相似，而从骨力上讲，与苏轼也有一定距离。所以，两句相比，似乎仍以"眉山体势渔阳胆"更接近徐书的实际。无论如何，启先生题此诗的用意，仍是要客观地评价老友书法的造诣，而不是率意地溢美塞责。这也可以证明他作诗态度的严肃负责。

启功先生去世时间不长，既有文章和口述历史存世，又有很多亲友写了不少回忆文章，而他的诗文题记尚且不免遭到读者的误解，可见误读来得何其容易，解读的边界何等模糊。误读是常见的，也未必可怕，在某种程度上，却常常见得积极的丰富；而可怕的是，他人的心是红的，忖度者的心是黑的，且自以为黑比红还要高明。

历史有时如同小说，在读小说时，人们有感于所谓"假作真时真亦假，无为有处有还无"，对文艺常抱有猎奇的"索隐"心理。但读小说自然不可不结合生活，却不宜把生活反过来径直当成小说，且不宜把诗文径直当成传奇，否则诗的解读就不是无"达诂"的问题了，而是诗本身根本就没法儿读了。或者说，诗仍不废其读，而那些解读诗的言论，真的是没法读了。

"无所不读"与"读日无多"

  "于书无所不读；凡物皆有可观。"这副对联很受文人喜爱，读来也的确使人深羡其中表达的胸怀与志趣。"于书无所不读"是古人评价他人时总爱用的一句话，既是惯用的赞美之词，便多少有点儿套话的意味，也就未必完全符合被评论者的实际。

  "于书无所不读"当然是说读书广博，如《宋史》赞美钱惟演"于书无所不读，家储文籍侔秘府"，藏书既然可与秘府相媲美，则其所读之书也应多是鸿编要典了。又如邹迪光《临川汤先生传》评述汤显祖"于书无所不读，而尤攻汉魏《文选》一书……于诗若文无所不比拟，而尤精西京六朝青莲少陵氏"。这里的"于书无所不读"和"于诗若文无所不比拟"一看就是宽泛的赞辞，但因为以广博为基础，又做到了对个别重要诗文的精研，博中有精，这个博也就显得很必要，而不是溢美之辞了。

  其实，"无所不读"似乎本就做不到，也不必做到。但古人所说的"书"多是指经典著作，至少是能登大雅之堂的图籍，与今天非常宽泛的，甚至博杂到让人难以选择的"书"的范围颇有不同。当然，即便是近年有学者说"书读完了"，这个"书"的概念也是要有所限定的，不可能是所有的"书"。

我们尽可以把"于书无所不读"这样的嘉言题赠给别人，因为，对别人的赞辞，无妨溢美的成分，只要不是往自己脸上贴金，就能被读者接受。倘若有人把这句话高悬于自己的书斋，即使是出于他人的笔墨，其实也是言自己之志。但我们仍以为这是雅辞格言，不会因为这书斋的主人无法真正地做到"于书无所不读"，就对他妄加嘲笑。因为他高悬这样的嘉言，所表达的更多是一种胸怀和向往。

在对联中，"于书无所不读"与"凡物皆有可观"并举，也能证明这一点。苏轼在《超然台记》一开篇就说："凡物皆有可观。苟有可观，皆有可乐，非必怪奇伟丽者也。"苏轼的思想通达深邃，首先震撼我们的是他的胸襟。但在现实生活里，做到"于书无所不读"恐怕远远要难于"凡物皆有可观"。至少，物皆可观，而书未必皆可读。况且，读书人对书的要求，即便无须选材惊人、动心骇目的"怪奇"，但品位高雅、引人入胜的"伟丽"还是要有的。司马迁曾说庄子"其学无所不窥"，看上去与"于书无所不读"很近似，但细想来差别很大，至少所窥之学可以完全是客观审察的对象，而所读之书却需符合自己主观的品味。或问：不读书何以窥学？答曰：窥学必须读书，而读书不止于窥学。于是，我宁可认为"其学无所不窥"与"凡物皆有可观"更为接近，纵使所窥之学未必皆有可观。无论如何，在当下的社会环境中，要实现"于书无所不读"断然是艰难的。

这让我想起启功先生《频年》诗的两句："饮余有兴徐添酒，读日无多慎买书。""慎买书"的原因有可能是书，也可能是人，这里侧重于人，因为"读日无多"的毕竟是人。我很爱这两句，却觉得如果写成条幅挂起来，恐有不宜，因为"读日无多"颇有残年之叹。而转变思路一想，即便是"读日方长"的青壮年，每日忙碌之余，读书的时间普遍也都不多，"读日无多"四字也就未必限于老年。人的时间有限，面对浩如烟海的书籍，买书时的审慎有利于读书时的"可观"。

赵仁珪先生在《启先生作诗》一文中说："据启先生讲，'慎'最初拟作'快'字，又改作'不'字、'戒'字，最后才选中'慎'字。细想起来，只有这个'慎'字，才最含蓄，最能道出老年人又想多读书，又不得不考虑如何才能更好地利用有限的时间去读书的复杂心态。"又在《当代旧体诗创作的两个根本途径——再谈读启功诗词所得的启示》一文中也提到此例，以说明启功先生写诗注重炼字。又在《启功诗文选赏析》一书中详细说明："'慎买书'三字，最初为'快买书'——既然来日无多，就尽量多读点书吧，进取心虽然可嘉，但似乎不够豁达；又改为'不买书'——索性不再读书了，虽很符合豁达的主题，但总觉得豁达得有些颓唐；又改成'戒买书'——虽在分寸上留有了余地，但语意似又不明确。相比之下，'慎买书'三字最为妥帖——在来日渐少的情况下有挑选地去读书吧，既积极又豁达，避免了上述三者的各自不足，诚为佳句。"

我一向对赵先生所述略感怀疑，推测其中或有误记的成分。因为，老年人因时不我待之感而快买书，这心态显得很真切，但若为了彰显豁达而一下子就变成不买、戒买，反差又太大，似乎不太符合诗心的实际；且"不买"难成诗语，也与该诗所谓的豁达主题相违和。彻底不买了，就等于放弃了，也就谈不上豁达了。

偶然在中华书局出版的《启功给你讲宋词》一书的彩页中发现启先生一张相对较早的札记，录联语"饮余有量徐添酒；读日无多快买书"，并附识语："'快'初作'戒'，转念不如'快'字；余生速读，究胜未读也。"可见诗人最初是想"戒"，持比较审慎的心态，改为"快买"，是为了"快读"，改得很好，所表达的酣畅之感也很难说就是不豁达。当然，快买其实也不一定就意味着快读，且所谓"戒之在得"，买得越多，负担越重；"究胜未读"也未必就要快读，从容地读已经很难得了。

诗人写此手札时，尚未定稿为"慎买"。而从"快买"的"究胜未读"到"慎买"的终于精读，又是凝练而上升的过程。修辞的锻炼意味着思路的阐明。赵先生说《频年》一诗主题是"豁达"，又围绕"豁达"来分析几个修订的字，恐仍未见豁达之中的审慎和持重。

我很怀疑诗人是先有了这一联，而后入于诗的。在入诗之前，联语曾经一度独立，它当时原有的内涵，很有可能在它被写入诗中时，为了适应诗的主旨，受到一定的折损。独立的联语，是它的前身，写入诗中，是它的后身，即便一字不改，前身的内涵比后身丰富，也是很有可能的，因为独立的联语处于相对游离的状态，给人丰富的解读空间，而诗有总体的主旨，对其中某一联的内涵，就有一定的限制。诗人先得了佳句，后来凑成一诗，或者将佳句用在某一诗中，这也是很常见的。

手札中上联作"饮余有量"，饮酒的多少固然取决于酒量，但兴致勃勃之时，则非量之可限。这也正如读书，时间的量固然有限，但饱读的兴致却可不断高涨。虽然无法做到"无所不读"的饱读，却可以做到慎买而慎读的精读。因为"有兴"，仍然可以做到对谨慎买来的书有条件限定的"无所不读"，在此过程中，也必然回味无穷。

谈梅成栋《津门诗钞》选张霔诗

一

梅成栋（一七七六——一八四四），字树君，号吟斋，为清嘉道年间天津诗坛执牛耳者。其编纂的《津门诗钞》三十卷，为天津史上诗歌总集之巨著，意义至为深远。书中涉及诗人逾四百人，收录诗歌三千余首，以诗人身份分邑贤、闺秀、郡贤、流寓、寓贤、职官、方外、仙鬼等类，其中邑贤二百一十八人，六县郡贤八十人，所选诗歌以张霔为最，共计一百六十四首。

张霔（一六五九——一七〇四），字念艺，号帆史，一号笨仙、笨山，别号秋水道人，著有《欸乃书屋诗集》等，是遂闲堂主人张霖之从弟。其人性格淡泊，不阿世俗，据高凌雯纂《天津县新志》之《张霔传》可知，"张氏门业鼎盛，霔独萧然无与，尝科头鞍履行街衢间，为车马客所辟易，或闲走郊坰，访友于道院僧寮，即事陶题啸歌以为快。"庶几张氏豪门之另类，而诗学成就尤为突显。

《津门诗钞》之编选，采集庞富，若小家或大家之诗集流散者则兼存史料，而对其诗品之优劣则未必加以权衡，若大家之别集可资选择者，则用心分辨，以免芜杂，此从张霔、金玉冈、于豹文、查礼等人所选诗篇可以察见。从中即可窥探所选诗人诗风之概要、精彩之所在，亦可见梅氏别择之眼光、诗学之见解。

二

《津门诗钞》所选张霔诗，律绝虽占三分之二，但其余古体，仍格外醒目，其诗风汪洋恣肆，豪迈浑成，想象瑰奇，不乏警句。如《听苦瓜上人说黄山歌，即送南还，兼怀南村宗长》诗云："……名山游多谈始快，中有黄山不离口。千语万语总一奇，形容拮据终难剖……其要不过在在瘦，斧劈剑削毫不苟。瘦到绝顶奇乃出，天风撼动山灵守……"可谓诗句与黄山争奇。又如《张体庵索作传，余不允，仍应之以长句》诗云："体翁体翁古须眉，不合时宜一肚皮。方袍竹杖自疏野，望而知为民之遗。少壮结束事干戟，受尽颠沛与流离。只今回想复何恨，独恨未多读书诗。古人读书贵有识，徒炫文藻将焉为……不须去饮甘谷水，不须去采商山芝。天下荒旱有饥日，楚江鱼米无贵时……以海为琴今几人，于琴我如海测蠡。凡音莫不具古调，古调一得情乃移。若使此音一媚世，岂但下同筝琵卑？翁惜古调如古道，人琴之品两全之……楚之狂者今谁是，凤兮凤兮歌相随。"诗中以不合时宜之形象，突显读书求识之旨意、归隐处素之乐趣，"以海为琴"二句盘空而来，气概超群，以雅慕古调为情结，以媚世卑下为不齿，最后以楚狂凤歌煞尾，虽让人想起李白"我本楚狂人"之句，但内容实在更为丰富厚重，未必下李诗一等。诗人认为读书足以尚雅，高明不留痕迹，也正因此才能真正做到不媚人、作奇人，于是在《晤朱赞皇》诗中感叹："……读尽古名句，乃成良匠心……大雅寓大巧，痕迹谁能寻？"又在《观石涛上人画山水歌》中咏赞："石公奇士非画士，惟奇始能得画理……公之画也不媚人，出乎古法由乎己。古法尚且不能拘，沾沾岂望时人喜……既于意外得其意，又向是中求不是。倘有痕迹之可寻，犹拾古人之渣滓……"

此诗以画理为依托，又超脱于画理之外，在对石涛赞美之中，抒发自己弃俗尚奇之品性，并借石涛"不似之似"之说，巧妙印证痕迹不可追寻之论，令人折服。

或许正因张诗擅长古体，风调不羁，使人有近李太白诗风之印象，陈仪《玉虹草堂龙东溟传》云："张笨山……诗似青莲，天马行空，不可羁络。"《天津府志》评其"诗似李白"。而张氏集中恰不乏此类之作。如《小游仙诗》："昨夜麻姑招我游，梅花如雪开罗浮。身骑大蝶逐明月，四百三十二峰头。"以游仙赏梅为发端，设想大蝶如骑，格调壮丽奇崛。梅以暗香动人，赏梅多在幽然窈渺境界，此诗却以巨大蝶身一振而跃入天地间，已非园林小景所能限定。四百三十二是罗浮山峰之数，句中特为揭出，设想若非如此数量之山峰，断然无法承受如此大蝶之飞动，亦正因此山峰连绵之势，可与大蝶配伍，与明月争辉，真可谓想象伟丽之作。读此蝶之意象，必然联想庄子寓言，然庄子梦蝶，为"栩栩然"之蝶，"蘧蘧然"之庄周（见《庄子·齐物论》），与此处大蝶显然有异。此处大蝶，庶几在庄周所梦之蝶与所论鲲鹏之间，集婉约空灵与雄健广大为一体，笔力薄弱者莫可为之。

"蝶""梅"并咏之篇，张诗尚有《大雪中梦游仙诗》："手招大蝴蝶，身骑白凤凰。上视天苍苍，下视雪茫茫。岳失五点青，烟凝万里黄。经过罗浮山，但闻梅花香。"此诗笔力不及《小游仙诗》，"手招大蝶"亦不如"身骑大蝶"之跃然可观，却更多一份从容情致。诗中"岳失五点青，烟凝万里黄"二句，写游仙俯瞰人间景象，想象浑成，特为衬托梅香而来，境界亦可称为壮大。

三

张诗以游仙之题材，抒广阔之胸怀，可见其向往超脱凡尘之素志，故其诗中亦不乏尚归隐、慕自然之咏叹。如《闻李生将游盘山》诗云："……碌碌于今胡为哉？世人几个怜君才？有峰便是问天处，此山况有舞剑台。

尔虽不慕剑侠名，登时且发长啸声。空谷疏林易震动，奔泉镌石防摇倾。八石五峰皆其概，千古积来惟一翠。岚气到地苔湿天，秋光那得不长对。山水情深赋遂初，移书或卜岩中居。古人有志不可及，游尽名山读尽书。书亦何能读之尽？山亦何能游之尽？游山读书过一生，千万莫学终南隐。"此诗气象开张，音声朗朗，虽为赠人之作，实为机杼自出，其中有以下几点值得注意：

第一，诗人虽颇有如李白游仙之志，但无任侠之气。

第二，诗人以"山水情深"与"卜居读书"为平生愿遂之初心，这与张霖榜额"遂闲堂"之怀抱寄托实为相近。遂闲堂为张霖为奉母而建，其次子张坦在《遂闲堂十首》诗序中说："家大人备官郎署，捧檄萦怀，归养晨昏，请告获予。兴公遂初如愿，非因泉石抽簪；安仁雅意闲居，岂为宾僚辟径？将娱厥志，爱构斯堂。"张霆也作有《遂闲堂别墅移柳记》一文，文中所谓"主人乃属作《七柳记》，志不更移也"，借树之不"移"，表达遂志不"移"之意。可见，张霖与张霆虽秉性各异，但归隐乐读之人生崇尚实为统一。且诗人对读书执着钟爱，愿毕一生之力而为之，亦甚明了。

第三，诗人将游历、读书视为归隐生活之主旨，将游历与读书视为此增彼涨之依存，最终仍以读书为无上之品位，并追求真隐，反对以归隐为终南捷径。在《送李大拙处士远游》诗中也有"游则安所悦，顿则安所止。名迹虽云多，一半或糠秕。是在能选者，如选古图史。之子经年游，慎密非苟尔。昔为向子平，今为许道士。学仙乃学隐，吾将悟斯旨。"李白虽然也饱游河山，自诩散淡，获名诗仙，但毕竟内心世界不平静，整个唐代能称隐士与陶渊明比肩者几稀，张霆虽亦无法企及渊明，但与李白相比，似对归隐看得更透、更真。其诗中所谓"山林我辈事，天地几人狂"（《归来》），其口吻既类似杜甫"诗是吾家事"之自豪，又有睥睨千古之高傲，而其《赠人》诗所谓"飘飘仙意足，敝屣视功名"是真实语，不是假标榜，《赠王紫泉道者》所谓"鬓边风雨花三朵，眼底功名水一杯。宁可学仙愁有过，莫教处世叹无才"是真自守，不是假矜持。又如其《戏题自画菊》诗云"学菊如学陶，不必求其似。只恐欠萧疏，见笑隐君子"，所谓"不似"，明指画不形似，实际指隐士不求行迹之似，求形似则落于痕迹渣滓，所谓恐见笑于隐君子，其实是不愿以一般隐君子自比。因此，他有很多表达类似渊明，如《送朱锡鬯检讨南归》诗云："……久知金马贵，不及布衣闲。帆近海边鸟，云归湖上山……"着一"闲"字而心态全出，"帆近"二句，尤与陶诗近味。张氏对陶渊明之热爱曾表露于诗句："书翻折角处，检阅生疑猜。每爱陶潜诗，奚求深解哉。所谓羲皇人，穆穆真仙才。我欲从之游，暝心空徘徊。"此中非但表达对陶诗之理解，更与自我仙隐之思想浑成无二。

四

太白仙诗，半以天成，非假学力修养之可及。整个唐诗，多诗人之诗，少学人之诗，多歌怀咏叹、兴发感动之作，少寄托修养、传达思理之篇。是以太白有不可及之处，亦有太白之不可及后人之处。张霩又毕竟是晋唐以后明清之人，其作诗有融会多元、增益途径之优势。《津门诗钞》在《青雨山房诗》诗后录批语云："帆斋诗飘飘具有逸气，是从太白、辋川两家吸取得之。"则又不限于李白，而兼及王维，较《玉虹草堂龙东溟传》与《天津府志》之评语更为确切全面，但实际似仍不足以概括张诗之成就。

张诗除上述风格诸作品外，尚有悲悯生灵、感时叹世之篇。如《空林巢》："空林无留叶，落地片片黄。岿然见鸟巢，孤悬林中央。嗟彼巢中鸟，四顾何彷徨。寒风四面来，衰羽难禁当。思衔地上叶，欲蔽天上霜。落叶衔入巢，依旧随风扬。"读至尾二句，何其感伤。又如《车上牛》："耕种固云劳，负重更云苦。使以衅王钟，血迹尚千古。一死不得所，空自委黄土。黄土果即埋，犹与劳魂主。岂知所驾车，即以负载汝。既不念汝功，还欲市汝脯。不见车上牛，腹胀声如鼓。"皆寓悲悯悲愤之情于兴象之中，言外之意显然可见。

总而观之，张霩受道家庄子思想之影响至为深刻，以超脱物外为向往，其诗中每每表达"扣舷朗朗诵《南华》""风波以外不相关"（《秋槎》）

之意，高凌雯之《天津县新志》亦言其常以"潇散澹泊如山中人"自居，但其总体上仍是道家出世思想中之积极者，非消极者。其积极在于明澈理性之操守，乐生乐学之志向，重情尚友之品行，此皆可见于其诗篇。

真正优秀诗人，是不仅能有妙笔生花之诗艺，还能使人在诗中见到其真实胸怀情感之内在品质，读其诗而知其人。张诗字里行间，其人跃然纸上。即便但论诗艺，其驱使词采之功力，亦不逊唐贤，如"鹤当放出雪千里，梅一拈时春满城"（《莱州刺史吴子方遣使远接世高赴署，念旧交也，赋以送之，兼寄吴公》），以点带面，见微知著，化一为万，笔力千钧；"云千万片白将散，竹两三竿青欲来"（《晴》），则写细雨初霁之后，天色转晴之动态，清新真切，具象可感；"高高太华峰，白云想如故"（《送吴天章还蒲州》），不知此为白云之想，还是诗人之想，不知云如故态，还是云似故人，在含混中寓含蓄，在歧义中见丰富；"春云入座江峰立，秋水当帘海月翻"（《青雨山房诗》），与景色亲近之际，能夺造物之魂魄；"自嘱十日不许开，待他养得坚如石"（《养雪》），他人赏雪、踏雪，诗人竟然"养雪"，思致已属奇特，而养之欲如磐石，则养石即是养我，与石同坚之际，胜过多少诗中俗手、看雪俗人。

五

梅氏自言："栋尝论津人诗三家，前有帆斋（按：即张霔），中有虹亭（按：即于豹文），后有芥舟（按：即金玉冈）。芥舟诗骨之清，如冰壶玉碗，不著尘氛；虹亭格律清坚，选才宏富；笨山则如风鹄摩天，春鸿戏海。皆自成一家，足供后学之模楷，故编中入《钞》独多。"所谓"风鹄摩天，春鸿戏海"虽为传统诗论泛泛之辞，但喻之张诗则格外传神，且梅氏既希望《津门诗钞》数百诗人中此三家诗为后人楷模，其选目必然格外用心。

本文所举张诗，皆为《津门诗钞》所选，以此为例，可见梅氏选诗，既顾及诗人整体风格，又兼及其作品不同题材、体裁之成就，更首要者，于诗艺突显之中体现诗人人格与心理，是读者所不可不注意之所在。笔者草撰此文之时，恰见董乃斌先生在"纪念钱锺书诞辰一百一十周年学术座谈会"上发言稿，叙述钱默存先生曾语董氏云："文学研究无非心理学加修辞学二者交叉结合。"董氏认为此乃"对知人论世、以意逆志传统的发展、发挥"。通过上文论述，可见《津门诗钞》所选张霈诗，可资读者深刻领会其诗人心理之世界与修辞之水平，此实在显出选诗之标准对知人论世、以意逆志之辅助引导之作用，故今人不可不同时对张、梅二家并致敬意。

又，《津门诗钞》录张诗分两部分，卷五录一百十三首，卷六录五十一首。此固然缘于分卷之需要，但次第读之，只觉卷五之诗格调更高、个性更强，而卷六之诗虽亦唐音宋调，而趋于一概，与卷五相比，转觉平平，此不知是笔者一人之错觉，或梅氏选诗别类之用心，则莫可寻证也。

一生风味爱渊明

——《石雪斋诗稿》跋

　　问津书院近年致力整理天津乡邦文献，"津沽名家诗文丛刊"渐次出版，钩沉发隐，彰美先贤，其功至伟。徐宗浩先生《石雪斋诗稿》为丛书第八种，书后并录《遂园印稿》，近由天津古籍出版社出版，一时为士人所重。巢章甫先生《海天楼艺话》曾评徐氏"画竹与作赵文敏字，北方当推第一。"然今人知徐氏书画成就者已不多，知其诗界盛名者更少，而究其诗学造诣，则尤多系于津沽文坛，故此书整理行世，可谓我乡邦文脉之幸。张金声先生整理此书既成，命我题签，我得与此书因缘更近。月来读不释卷，细味再三，更与书中之诗、诗中之人结交心感。徐氏《秋日杂兴》诗中"一生风味爱渊明"一句可称《石雪斋诗稿》内容之提要、诗人性情之宗旨。渊明静穆而热烈，深挚而自然，徐氏诗中颇有相合之处，并有所发展。

　　徐氏诗中，向往秋山、厌倦世俗之情，一以贯穿。如"饶有林峦趣，浑忘世俗情"（《独立》）、"何时结屋孤山曲，好与梅花证旧盟"（《威州早发用殷效苏孝廉轼见赠韵》）等句洋溢归欤之乐，"升沉不用君平卜，已向江湖办钓蓑"（《渡滹沱河》）、"世人空说湖山好，不及渔樵领略多"（《白葭数约至湖上久未果行赋此答之》）等句又发挥慨然之叹。

徐氏爱尚山林，原切合其自然本性、文人情怀，故其诗云："寰中是处青山好，可惜劳人不肯看"（《秋山萧寺》）、"闭门且喜从吾好，一盏青灯夜读书"（《题画寄赵铁山》）并以隐流天地为古今乐事，"古今乐此皆闲者，天地容君作隐流"（《和徐莲士太守承熊溪亭韵》），故其诗中每每厌"劳"而尚"闲"。此种情致，初看有似诗家惯用声口，然而综合徐氏诗歌整体形质，则可知其咏怀真切，并非矫饰。

徐氏自述："余平生喜治事，夤夜无片刻闲"（《凌云仙馆偶题序》），故可知其原非慵惰之人。而"中原从古承平少，日暮高吟杜老诗"（《寄谭君梅先生》）可品生逢乱世，一介文人沉郁顿挫之怀，唯剩咏叹而已；"江湖渔纲遍，何处更求鱼"（《题画》）窥知当时社会人心险恶，即便欲进业，何处又是居身之所；"耻向朱门乞稻粱"（《题临华秋岳栗鼠直帧》）、"懒从乱世求闻达，便合闲身托啸歌"（《九日旅感》）可知洁身守节之人，则常常只能甘于寂寞。

此种情怀，容易流于消极之小我，而徐氏非是。"心无一事仙堪乐，胸有千秋气自华"（《苇村闲居》），诗人虽暂得己，而胸中千秋功业，未可磨灭，故"徘徊不是伤摇落，回首栖栖感雪泥"（《再过黄亭》）。诗人之感伤，虽源于风雨四时，更源于人事沉浮。古人云，嘉会寄亲，离群托怨，谁人不愿皓月长圆、人共婵娟，然而"无端欲试离群苦，漂泊关河路二千"（《寿阳道中》）。徐氏漂泊孤独之无奈，又岂能无端？"一枝暂借江干宿，莫堕云霄万里心"（《题画十二首·鹰》），诗人壮怀激烈之热忱，又岂能消沉？"举眼沧桑祇敛眉，承平风月待何时？"（《次赵生翁和沈次量韵》）诗人关注社会、向往太平之心同赤子之心；"微躯于世原无补，饮露吟风过一生。"（《题柳枝鸣蝉》）徐氏抱坚守素、不同浊污之志同古人之志。

正因有此心志，徐氏平生亦颇有自得之情，所谓"长日闭门耽述作，此心知与古人同。"（《题名山图寄钱梦鲸先生》）而其以书画为业，亦非浪得虚名，"卖画年年为买书，人能医俗我医愚。"（《题画竹润例后》）诗人既言我买书为医愚，则人买我画可医俗之意显然。徐氏书画文质古雅，在其诗中，曾将诗书画打通，如《梅》诗云："寒如东野句，瘦似率更书"、《画竹寄铁山》诗云："结体文洋州，用笔王逸少"，可见其不以三者为殊途。然就诗而论，其因物兴感之心致尤其细密，触景生情之怀抱格外生动。"东风绿满窗前草，镇日相看觉有情"（《春兴》）、"十年事向诗中记，五岳归从画里看。何事萧斋爽人意，梅花细嚼入脾肝"（《春晓》）则有会景之眼、会景之物与会景之情，有泛爱之怀、游艺之好，有过人之操、笃雅之行，故而成其诗画。徐氏诗中，能多画境，盖缘于此。如"梦醒一声钟，空阶下花影"（《午眠》）、"迷津何处问？溪上白鸥闲"（《过井陉》）等句，比之王摩诘诗中有画之作，何尝逊色，而"高梧隐月淡留影，疏竹摇风凉有声"（《秋夜有怀笠僧翁》）则声情并茂、动静协宜，真可谓有声画也。故徐氏以画家之笔写题画诗，更超画家手段，总能跳跃纸上，传神写照，补生动于画境之外，引人想象于同感之中，如"老鹤不归山月上，一溪清影印梅花"（《题画与信初》）、"欲过溪南还少立，恐惊枝上燕双飞""鸳鸯绣罢百无事，小立花阴待月来"（《题涤烦画士女》）等句，设想奇绝，非止于摹写画中意象者可比也。

徐氏题画诗甚多，盖题之而不愿寻章摘句，拾人牙慧，而愿自出机杼，独白心得。故其题画诗中，更有不以意境为主，而以议论为主者。如"欲把一竿江海去，不知何处是安流"（《为言仲远先生敦源画扇题》）、"知君背向船头坐，爱看云山懒看人"（《题画寄仁安师》）等。而其最负盛名、亦篇幅最广者，则是题画竹诗，如《论竹绝句三十二首并序》（见《诗稿》卷二）自画家文石室写至灵昭，可称一部画竹史。故徐氏之诗，非止画家之诗，而诗人之诗，非止诗人之诗，而学者之诗也。故其能著《墨竹述要》《画竹人传》《松雪斋书画考》《赵文敏年谱》等，绝非偶然。

而徐氏学术之造诣，又非止于书画之学，更非止于记问之学也，此更作用于其诗之格调也。诗人之诗，常有天真而不觉者，学者之诗，则应更多明智练达，可思可行者。徐氏诗中颇不乏此类，尤其观史，常入木三分。如《画城南诗社图成赋呈范老仁老》诗云："礼法容疏放，歌词见性情。"《寄怀钱梦鲸先生》诗云："贾谊忧时终自悯，接舆避世岂无端。"《寄陈寅庵兼怀梁禹珊胡世五庞雨梅王文伯》诗云："自有烟霞娱岁月，谁将得失感鸡虫。论诗每在酸咸外，得友多从患难中。"而其《汉高祖》《韩信》《班超》等诗，更可见读史卓见，如《韩信》诗云："一饭恩犹报，焉能负汉皇。臣心羞背主，君意忌称王。就缚同樊哙，全身逊子房。龙门留曲笔，展卷倍神伤。"此类虽篇数不多，然亦可从中见得其诗感慨之处，并非无病呻吟、穷酸牢骚也。

自古诗人，有人诗一格者、有诗优于人者。我读徐氏诗，想见其人，深感其诗可谓心史者也。古人诗浩如烟海，今人读之，不可无所别择，要之应读真性情、真学行、真雅正者。而文艺之事，模章仿句容易，自树自立实难。故今人写古体诗，诗是他人诗，句是他人句，全无自我，多似幽魂附体，未见灼见真知。徐氏诗自出体系，脉络浑成，风格在唐宋间，能受知于严范孙、王仁安等辈，良有以也。

我所谓徐氏具人、文一致之品质，从书后所附《印稿》亦可得证。徐氏治印，远师汉晋，近法浙派，总体方正朴茂，不饰雕钻。我十余岁时初知印事，所读第一方印蜕即其所治"真水无香"，至今为之倾倒，然彼时并不知作者其人也。岁月辗转，今得为先生之诗集题签，更读先生之诗而心有所获，岂非平生幸事也哉。

徐石雪诗善化古人

张仲远先生校订徐宗浩《石雪斋诗稿》，嘱我题签，兼作书评。我遂捧卷耽读，遇书中奇思警句，不禁勾画频频。徐氏不仅自铸新词，且善于化用古人意思，多能助成己意，兹举数例。

除了引用"余事作诗人""人间未见书"等司空见惯的成语，徐氏点化古人，多能更进一步。例如，自杜甫《乐游园歌》末句吟出"独立苍茫自咏诗"之句后，历代诗人不乏直接引用者，而宋人李龏《梅花集句》偏偏集此句以咏梅花，至徐氏笔下，则成"独倚梅花自咏诗"（《题画》），可谓与梅花更近一层。再如《苇村闲居》："心无一事贫堪乐，胸有千秋气自华。""胸有千秋"较苏轼《和董传留别》"腹有诗书气自华"之气魄可谓更大。

再如写明月，徐氏《归舟》诗句："为爱明月归棹缓，下篷危坐任来风。"不禁令人想起明人徐溥《题画四景》中句："舟行多为爱明月，况值高秋风露凉。"而徐石雪着一"缓"字，突显了人的因爱月而行迟，至于下句"任"字，其态度从容，也较徐溥句高出一筹。同是表达爱月，宋人章才邵《进月堂》诗："不将帘幕碍虚空，为爱清光入室中。"清人熊祚廷妻李氏《寒月夜作》诗："宵分蟾影印虚庭，为爱清光倚小亭。"皆平铺直叙，至徐氏笔下则为："嫦娥莫漫愁孤寂，为爱清光坐少时。"（《题涤烦画玩桂图》）感念嫦娥，摇荡情天，则明月不仅是诗人欣赏的对象，更是体贴关怀的对象，真非凡手所能及也。

徐氏之于古人，或进一步，或对一着。所谓对一着，即指他能与古人过招，对面立言。如宋人周密《暑夜》诗云："空庭泥湿鸣蝼蝈，夜气如秋梦不成。"徐氏《渡滹沱河》诗："沙声似水轮蹄缓，夜气如秋客梦多。"徐诗与周诗字面虽近，而其意恰然相反，梦不成则烦闷局限于眼前环境，客梦多则神游不羁，意蕴纷繁。

苏轼《寄题刁景纯藏春坞》诗云："春在先生杖屦中。"而徐氏《劭老为写罗浮清梦图卷子赋谢二绝》开篇即为："春在先生杖履边，众芳收拾入毫巅。"《石雪斋诗稿》出版不久，恰逢曾昭国先生为我作《唐人诗意图》，我遂集古近人句得诗云："一叠青松一叠烟，相逢一笑信前缘。病抛簪绂风尘外，春在先生杖履边。长觉身轻离泥滓，更怜闲占此山泉。三唐各有新风格，到我凡当第几篇。"如非已有徐氏改坡老一字，我之集句不能成也，亦可谓一段佳话。曲世林先生曾特为刊刻"杖履春边"朱文印，以纪胜怀。

《劭老为写罗浮清梦图卷子赋谢二绝》之颔联为："光阴过客何须记，看到梅花又一年。"亦实出自宋人吕徽之《冬景》诗："寻常甲子无心记，看到梅花又一年。"但徐氏所谓"何须记"似乎更高一筹，莫说"无心记"，即便有心，也无须记。或问：何以说无须记录年华甲子？答曰：岂只因岁月递迁之寻常，更因"天地者万物之逆旅，光阴者百代之过客"（李白《春夜宴从弟桃花园序》）。何况，记录总是针对过往，而放下对过往的挂牵，方可朝前看到时光的生机。与吕徽之相比，徐氏的用心岂不更为深沉、更为豁达！

陈诵洛先生《侠龛随笔》跋

　　陈诵洛先生积学有行，侠心诗骨，文名早成，作论俱精。广陵书社数年前刊布《陈诵洛集》，余得而读之，既喜其吟咏篇章，兼爱赏丛谈笔记，观《侠龛随笔》诗话之什，更以其存世诗篇数量之有限为憾也。

　　陈氏诗话，颇多高屋建瓴之论。《侠龛随笔》中某则引明人汤卿谋《闲余笔话》云："极意作诗，不必得诗；穷形作画，不必入画。深于诗画者，正于不着笔处遇之。予尝登楼远眺，见树顶藏鸦，山岚滴翠，便如身在画图中。又尝扃户静思，见竹影摇窗，茶烟袅日，辄觉诗情落纸上。"陈氏以为"真能得诗画佳趣者"。查汤氏原文，其后尚有"乃悟坐即有诗，行即有画"一句，似言画属动，而诗属静，画则须入其中，而诗则须观其外，画则成乎际遇，诗则得于自然，皆未必付诸丹青、平仄，唯得其意而已。

　　又引宋赵德麟《侯鲭录》所载苏轼元祐七年（一〇九二）故事：王夫人曰："春月色胜如秋月色，秋月色令人惨凄，春月令人和悦，何如召赵德麟辈来饮此花下？"先生大喜曰："吾不知子亦能诗耶？此真诗家语耳。"遂召赵德麟辈痛饮，并作《减字木兰花》，有"不似秋光"句云云。陈氏以为"词虽佳妙，终不如原语之自然也。"然王夫人何尝注意诗句，唯声口胜乎诗意者也。可见陈氏诗论，尤重自然情致而轻痕迹修饰也。此中似颇有禅宗味道，而亦侠气之体现也。其云："聪明人作诗，往往喜用禅语，然说禅非难，得禅实难。"盖说禅者，语用者也，得禅者，得性者也。用之可以矫饰，其意不必出于自我；而得之则必出于自我，其意必自然之表现也。

又某则云："有病诗律之不谐者，予劝以不求警句，其人笑谓：'然则不求警句，将故示平冗耶？'予曰：'警句且不可为，何况平冗？君试读陶韦集中，何尝有一警句，又何尝有一非警句？苟能熟味斯言，则作诗之道，思过半矣。'"盖警句之"警"，因人理解各异，然陈氏之重自然，推崇陶、韦之风，又可见矣。陈氏曰："诗之为道，非止能言人不可得，即解言人亦不可得。"亦可见其所追之"警"，非常人所谓"警句"之"警"，而特"警"于意者。常人之"警"，能言人之不能言，能解人之所以言，陈氏标举，在于浑成天然，不落言筌。此自然之意，非徒锻炼可成，是以陈氏曰："和靖爱梅，渊明爱菊，性也。今人慕林、陶之为人，移其爱于梅菊，则为也。"亦可见意出自然者，在于性本，非做作矫饰所可至。"为"者，刻意趋附之谓也。

以上就陈氏诗画之论而知其尚自然之意。盖进一解，可知诗中自然之意何所从来之一端。陈氏云："平日作诗，须入画；作题画诗，则须离画。入画易，离画难，此意可与知者言之。"题画诗之难，实在若即若离之间，陈氏特举"离画"，盖为指出胶柱鼓瑟之不足。画作自有意象，题画诗若止于实指，则翻意象而成文字画谱，徒类说明书而已。佳画作，必有象外之旨，则无声诗也，题画诗若将无声化为有声，得佳篇自可，然乏趣之所在，亦难免画蛇添足、道破天机之病。盖无声之画意，具眼者自可辨析精审，何劳多事哉。至有借题发挥、泠然联想者，所道是画作之所无，想来又确是画中之应有，生发感动于不意之间，如此则可言"出于画者"，盖诗之虚与诗之疏之所在也。

何谓虚实？"树顶藏鸦，山岚滴翠"，实也，故而引人入画；"竹影摇窗，茶烟袅日"，虚也，故而摇荡诗情。陈氏曰："诗人之诗，如蓝田日暖、良玉生烟，文人之诗，多落实境。"题画之诗，若以实境翻画境，则餐饭知饱，而乏饮酌之情，恐事倍而功半也。作题画诗者，愈爱惜其画，愈盯得紧、扣得牢，面面俱到，欲与画作同尊并主，则拘束难免；唯笔法荡开，另自树立，乃能自主其题，自得其趣焉。陈氏曰："作诗只要单刀直入，最忌千军万马，盖密则神为题拘，疏则天真不失也。《史记》佳处在于疏，《汉书》之所以不及者以密。气韵生死，皆判于此。"虽非专论画诗，然疏密之论，的可参也。而天真气韵者，无乃自然意韵之所出乎？

余劝读陈氏诗者，先读其诗论；既读其诗论，则读晋唐以来之诗，亦当独具慧眼也。

浅谈李叔同诗歌的思想底色与艺术风格

——在"海河之子·一代宗师"纪念李叔同——弘一大师诞辰140周年研讨会上的发言

　　世人对李叔同先生的仰慕，首先因为他宗教修为之卓越，带给人精神道德的崇高感；至于文艺，则主要在于书法境界之脱俗，带给人艺术审美的宁静感。而他的诗，除了他的歌词为人熟知，以及为《护生画集》所配诸作，附于画集，广为流传。其余的作品，甚至包括上述两种诗作，恐怕皆少有读者，这一则是因为其诗作数量少、代表作不多，一则因为就诗学而言，他在诗坛上似乎也难称为一流的诗人。但是，他的诗终究出自他这样一位一流的文化大师和高僧大德，常人对它的轻视，是不是经得起商榷呢？李叔同的诗作是否仍然值得我们进一步涵咏品会呢？本文浅谈笔者读李叔同诗的浅显认知，庶几对读者之观感有所补益。

一

　　作为《护生画集》的有机组成部分，李叔同的配诗随着该书的流布广为人知，但其中很多看上去都是非常浅显的格言诗。如《生的扶持》："一蟹失足，二蟹持扶。物知慈悲，人何不知！"近于歌谣。如《众生》："是亦众生，与我体同。应起悲心，怜彼昏蒙。普劝世人，放生戒杀；不食其肉，乃谓爱物。"近于说教。又如《儿戏》："教训子女，宜在幼时。先入为主，终身不移。长养慈心，勿伤物命。充此一念，可为仁圣。"近于口诀。但是对此类诗，不能完全以诗学标准审视。

李叔同在一九二八年九月初四日寄丰子恺信中谈到为《护生画集》所作诗时说："所作之诗，就艺术上而论，颇有遗憾，一以说明画中之意，言之太尽，无有含蓄，不留耐人寻味之余地。一以其文义浅薄鄙俗，无高尚玄妙之致……但为导俗，令人易解，则亦不得不尔。然终不能登大雅之堂也。"可见他此批诗作，为了达成"导俗"的目的，并非纯为"美感"而作，而是为"德化"而作，本就是削足适履的"说教"诗。那么，为什么这批诗没有做到"美""德"兼长，而留下"文义浅薄"的遗憾呢？一方面是因为《护生画集》已有画图和书法作为高雅艺术足以引人赏会；另一方面是这批诗是画图的附属品，难以独立地发挥，再有就是其所面对的读者可能更容易接受比较浅近的作品。

当然，他所主张的"导俗"方式，又与传统的"劝善"有所不同。他在一九二八年八月十四日致丰子恺信中谈到《护生画集》时说："此书须多注重于未信佛法之新学家一方面……俾阅者一见表纸，即知其为新派之艺术品，非是陈旧式之劝善图画。"在同年九月十二日致丰氏信中说："专为新派有高等小学以上毕业程度之人阅览为主。彼愚夫等，虽阅之，亦仅能得极少份之利益，断不能赞美也……今此画集编辑之宗旨……第一，专为新派智识阶级之人（即高小毕业以上之程度）阅览。致他种人，只能随分获其少益。第二，专为不信佛法，不喜阅佛书之人阅览。（现在戒杀放生之书出版者甚多，彼有善根者，久已阅其书，而奉行唯谨，不必需此画集也。）……能使阅者爱慕其画法崭新，研玩不释手，自然能于戒杀放生之事，种植善根也。"此段虽着重论述图画的"导俗"作用，但也对我们理解他的配诗有一定启发。

从信中内容看，他并非如一般人想象地要用《护生画集》"普度众生"，而仅仅针对"未信佛法之新学家""新派有高等小学以上毕业程度之人"，这似乎与法师"情愿为众生帮忙，代众生受苦"的一贯作风不合。但仔细想来，终究觉得他说的是实在话，他对世情的看待仍然是可观的。况且，在当时对这类人群来说，以佳词丽句为主要面貌的诗恐怕已然是司空见惯了，更需要"新诗"一类风格的作品作为诗歌的"清新剂"，剥去繁缛的修饰，直达明确的主旨。

套用其原话的语气，大概可以说是"现在为劝善而滥翻口舌者甚多，彼有善根者，久已习其辞，而奉行惟谨，不必需此类美诗也。"也正如他在一九二八年八月初三日致李圆净信中说："《戒杀画集》出版之后，凡老辈旧派之人，皆可不送或少送为宜，因彼等未具新美术之知识，必嫌此画法不工，眉目未具，不成人形。又对于朽人之书法，亦斥其草率，不合殿试策之体格（此书赠与新学家，最为逗机。如青年学生，犹为合宜……）。"将这段话论述的对象"画""书法"等直接换成"诗"，也完全可以通顺地解释他为什么把诗写成"导俗"的直白之作。

所以，我们看惯了古诗，就会以古诗的审美原则一并审视他的这批"护生配画诗"，但是我们实际上应该跳出审美的习惯，不要做今日的"旧派之人"，而要做今日的"新学家"，把这批诗视为当时的"新派诗"，大概才是符合作者主旨的。而古代的诗，尤其是和尚诗，类似作品其实也还是很多的。因此，我们看出这批诗作，实在有直达主旨、明确道理的目的，以振聋发聩的效果，触动人产生审美和行为的变化。

李叔同这种诗歌创作的实践不是偶然为之的，而是体现了他一贯的对宗教和人生的看法。他曾说："弘一提倡之本意……以造成品行端方，知见纯正之学僧，至于文理等在其次也。儒家云：'士先器识而后文艺'，亦此意也。"（一九三四年阴历七月十四日致瑞今法师信）又曾说："朽人剃染已来二十余年，于文艺不复措意。世典亦云：'士先器识而后文艺'，况乎出家离俗之侣，朽人昔尝诫人云：'应使文艺以人传，不可人以文艺传。'"（一九三八年秋致许晦庐信）足见他并没有把文艺看作至高追求，而是把道德看成人生极则。"器识"固然是儒家语，但与他所秉持的佛法，概无二致。中国的很多高僧大德，越是思考他们的说法，越是觉得他实际上是一个大儒。这固然是因为佛教进入中国历时久远，已然成为中国化的佛教，而更重要的是，儒、释虽然别教，但是其实有很多共同之处在。

外在是一位高僧大德，内在是一位诚明鸿儒，我认为这一点在李叔同身上表现得非常明显。他曾在《过化亭题记》中说："余昔在俗，潜心理学，独尊程朱。今来温陵，补题过化，何莫非胜缘耶。"可见他出家之后仍不忘其儒情。以至于他在《改过实验谈》中，列举了十三项"改过之次第"，第一项"学"中即谈到"须先多读佛书、儒书，详知善恶之区别及改过迁善之法"。他是把佛、儒二家放在一起来看待的，所以，即便二家"善恶"之说多有分歧，但他暗中存异，大处求同。于《改过实验谈》一文中，他在"改"一项中引用了子贡的话，在"虚心"一项中举了孔子和蘧伯玉为例，在"慎独"一项中举了曾子和《诗经》之例，在"寡言"一项中引了孔子之语，在"不文己过"一项中引用子夏之语。凡此种种，简直就是儒家教科书，而引用佛典者很少，只有如"不嗔"一项中引用了《华严经》语。他所编订的《格言别录》也大多儒家处世"阅历有得之言"。这些都给人一种印象，即他仍然一贯是儒家思想的执行者和倡导者。

于是，他诚然是一位特色显著的"儒僧"。他又曾为草庵门联"草藉不除，时觉眼前生意满；庵门常掩，勿忘世上苦人多"补跋云："此上联隐含慈悲博爱之意，宋儒周、程、朱诸子文中常有此类之言，即是观天地生物气象而兴起仁民爱物之怀也。"若论"慈悲博爱"之旨，释典何其繁多，而他并未类比释典，而是指出儒学渊源，这断非偶然，回过头再看他在《护生画集》中写的那些"护生诗"，自然也就不能仅是站在佛学的角度去审视，而是要看到其儒家思想的底色。所以，我们不能把李叔同的诗单纯地视为和尚诗或者儒家诗，他的很多诗实在是因了儒、释杂糅的思想而产生的并非为了诗的诗。

李叔同本不是天生的净土宗佛教徒，而是由俗世迈向空净，由行乐走向苦修，而在他当初还完全处于俗世之时，深刻的儒家烙印已经扎根于灵魂深处，而这极深重的儒家烙印，断然是他日后走向精神佛法的最大动力。我甚至觉得，在中国这个文化场域内，没有足够儒学修养作为基础，是无法成就卓越的佛学成就的，因为空净如果没有来源，就容易沦为单薄和虚妄。所以，李叔同是没有禅宗的那些机锋语的，纵然他对禅宗诗偈不乏欣赏，以为其"多寓玄旨""冲穆清逸""亦足淡世情而遗荣利"（《胡寄尘编〈四上人诗钞〉题记》），但是他自己不会故弄玄虚地玩儿文字游戏，也不愿意做"巧言令色"的文学家，而是老老实实地做一个实在的"导俗者"，因此，他的诗虽也有"冲穆清逸"的品格，但是绝少"玄旨"，他的人虽然可以做到"遗荣利"，但是究竟无法做到"淡世情"。

二

但是，为《护生画集》创作的这批诗又绝不是毫无审美用意蕴含其中的。他在一九二八年八月二十一日致李圆净、丰子恺信中说："此画集为通俗之艺术品，应以优美柔和之情调，令阅者起凄凉悲悯之感想，乃可不失艺术之价值……就感动人心而论，则优美之作品，似较残酷之作品感人较深。因残酷之作品，仅能令人受一时猛烈之刺激。若优美之作品，则能耐人寻味，如食橄榄然。（此且就曾受新教育者言之。若常人，或专喜残酷之作品。但非是编所被之机……）"

这与他的一贯审美追求也是一致的。他曾说："朽人写字时……于常人所注意之字画、笔法、笔力、结构、神韵，乃至某碑、某帖、某派，皆一致屏除，决不用心揣摩……又无论写字、刻印等亦然，皆足以表示作者之性格（此乃自然流露，非是故意表示。）。朽人之字所示者：平淡、恬静、冲逸之致也。"就李叔同的书法而言，也绝非从一开始就达到"心无挂碍"的境界，他也是逐渐随着修养的提升而迈向"忘机"的。他的诗纵然也并非全然的平淡、恬静、冲逸，但是的确与他的书法主流一致，是具有这样的审美品格的。

如《今日与明朝》："日暖春风和，策杖游郊园。双鸭泛清波，群鱼戏碧川。为念世途险，欢乐何足言？明朝落网罟，系颈陈市廛。思彼刀砧苦，不觉悲泪潸。"就全诗格调论，与汉唐古调绝似，其中的写景语句，尤其让人觉得和睦恬雅，配之图画，引人入胜。《护生画集》之外的诗，具有此种美感品质的也为数不少。如《清平乐·赠许幻园》："城南小住，情适闲居赋。文采风流合倾慕，闭户著书自足。　阳春常驻山家，金樽酒进胡麻。篱畔菊花未老，岭头又放梅花。"所写闲居自足，平和赏花之情，其内容主旨与艺术风格高度统一，令人心生向往。又如《喝火令·哀国民之心死也》："故国鸣鹈鸩，垂杨有暮鸦。江山如画日西斜。新月撩人透入碧窗纱。　陌上青青草，楼头艳艳花。洛阳儿女学琵琶。不管冬青一树属谁家，不管冬青树底影事一些些。"如果没有题目标明"哀国民之心死也"，读者乍读文句，初难有此认知，须从字里行间觅出，故而其情思主题虽然郑重，但是艺术表现含蓄冲逸，这又是另外一种情况了。

李叔同的诗也常常给人一种空灵的感受，这与他受到佛教的影响可能不无关系。他的审美取向长期是偏爱"空灵"的，而且这种"空灵"的来源，是基于道德，又暗合于佛学的。在他的文艺作品中，书法是他空灵艺术追求的明显表现，至于诗，其内容虽然未必与佛学有直接的关系，但是空灵审美的体现是存在的。如《和冬青馆主题京伶瑶华画扇四绝》有"潇潇暮雨徐娘怨，忆否江南梦里人？"之句。《照红词客介香梦词人属题采菊图，为赋二十八字》诗云："田园十亩老烟霞，水绕篱边菊影斜。独有闲情旧词客，春花不惜惜秋花。"《题丁慕琴绘黛玉葬花图》诗云："收拾残红意自勤，携锄替筑百花坟。玉钩斜畔隋家冢，一样千秋冷夕曛。"等皆含有空灵之审美因素。

但是，李叔同的诗也不是完全的"静穆"，也有其刚毅宏大的一面，这与他内在精神骨力和长时间的执着苦修，以及深切的民族和家国情怀有很大关系。一九三九年十月时，他曾说："对付敌难，舍身殉教，朽人于四年前已有决心……古诗云：'莫嫌老圃秋容淡，犹有黄花晚节香。'吾人一生之中，晚节最为要紧……亭亭菊一枝，高标蕴劲节。云何色殷红？殉教当流血。"（致穆犍莲信）"殉教当流血"五字对于苦行僧来说固无足奇，但是在这最后的韵语中出现这五个字，表明他为了家国而不惜殉难的志向，读之不得不令人惊心动魄。

如其五言诗作《遇风愁不成寐（到津次夜，大风怒吼，金铁皆鸣，愁不成寐）》云："世界鱼龙混，天心何不平？岂因时事感，偏作怒号声。烛烬难寻梦，春寒况五更。马嘶残月坠，笳鼓万军营。"因闻大风怒号之声而有感于时事多艰。如七言《感时》："杜宇啼残故国愁，虚名况敢望千秋。男儿若论收场好，不是将军也断头。"愁思何等深沉，意气何等豪壮。又如《登轮感赋》："感慨沧桑变，天边极目时。晚帆轻似箭，落日大如箕。风倦旌旗走，野平车马驰。河山悲故国，不禁泪双垂。"再如《东京十大名士追荐会即席赋诗》："故国荒凉剧可哀，千年旧学半尘埃。沉沉风雨鸡鸣夜，可有男儿奋袂来。"可见他诗中的镗鞳之声，多与家国情怀有关。

他除了以诗的整齐形式表达这种深沉情怀，还以长短句的形式抒发，显得更加抑扬顿挫，如《满江红·民国肇造志感》："皎皎昆仑，山顶月，有人长啸。看囊底，宝刀如雪，恩仇多少。双手裂开鼷鼠胆，寸心铸出民权脑。算此生，不负是男儿，头颅好。　荆轲墓，咸阳道；聂政死，尸骸暴。尽大江东去，余情还绕。魂魄化成精卫鸟，血花溅作红心草。看从今，一担好山河，英雄造。"与苏、辛、陆、岳相比，毫不逊色，而其中所言"民权脑"三字，顿将此词内容，打上时代符号。又如《隋堤柳》："甚西风吹醒隋隄衰柳，江山依旧，只风景依稀，凄凉时候。零星旧梦半沉浮，说阅尽兴亡，遮难回首。昔日珠帘锦幕，有淡烟一抹，纤月盈钩。　剩水残山故国秋。知否，知否，眼底离离麦秀。说甚无情，情思踠到心头。杜鹃啼血哭神州，海棠有泪伤秋瘦。深愁浅愁难消受，谁家庭院笙歌又。"这首好像不是按照固有词牌填来，大概是自度曲，但是凄惘悲切，顿挫沉郁，催人泪下。

三

李叔同最为人称道的诗作，其实是他的歌词，一首《送别》至今传唱，就其歌词论，的确是宛转悠扬、真挚感人，既富有恬静冲逸之致，又体现空灵绵长之风，亦涵咏沉郁哀伤之怀，虽为短制，允称名篇。其他歌词，也如上文论述，各有特色。

如《春游》："春风吹面薄于纱，春人妆束淡于画。游春人在画中行，万花飞舞春人下。梨花淡白菜花黄，柳花委地芥花香。莺啼陌上人归去，花外疏钟送夕阳。"柔美宛转，得恬静淡雅之致。《忆儿时》："春去秋来，岁月如流，游子伤漂泊。回忆儿时，家居嬉戏，光景宛如昨。茅屋三椽，老梅一树，树底迷藏捉。高枝啼鸟，小川游鱼，曾把闲情托。儿时欢乐，斯乐不可作，儿时欢乐，斯乐不可作。"淡淡哀伤，甜甜往梦，于平淡冲逸之中，得空灵深切之美。正因平淡冲逸、恬静深雅与空灵之美有相通之处，故于歌词中结合体现，与音乐相配，感人更深。

得空灵之美的歌词又如《早秋》："十里明湖一叶舟，城南烟月水西楼。几许秋容娇欲流，隔着垂杨柳。远山明净眉尖瘦，闲云飘忽罗纹绉。天末凉风送早秋，秋花点点头。"《月夜》："纤云四卷银河净，梧叶萧疏摇月影。剪径凉风阵阵紧，暮鸦栖止未定。万里空明人意静，呀！是何处，敲彻玉磬，一声声清越度幽岭，呀！是何处，声相酬应，是孤雁寒砧并，想此时此际，幽人应独醒，倚栏风冷。"像这样的歌词乍一看与古诗无异，但毕竟不同，后一首的语气真切，尤其能够在演唱中夺人耳目。

至于《我的国》："东海东，波涛万丈红。朝日丽天，云霞齐捧，五洲唯我中央中。二十世纪谁称雄？请看赫赫神明种……"《大中华》："……振衣昆仑之巅，濯足扶桑之漪。山川灵秀所钟，人物光荣永垂……"其博大之主旨、闳深之音响，则不待多做分析，已经跃然纸上了。

李叔同的歌词或平白如画，或古雅凝深，其内容无论主旨缘何，其实都具有引人向善向美的总体趋势。他在《音乐小杂志·序》中谈及音乐的功能时说："盖琢磨道德，促社会之健全；陶冶性情，感精神之粹美。效用之力，宁有极欤！"可见在他看来，属于"美"的范畴的音乐，是为社会的道德进步和人的性情高雅而服务的。因此，他注重音乐的教育意义，以丰富的歌词创作去实践他的美德理念。至于他歌词中表达宗教理念的内容，则有待于另篇之论述了。

四

李叔同的很多诗词，不减唐宋高处，如《醉时》："醉时歌器醒时迷，甚矣吾衰慨风兮。帝子祠前芳草绿，天津桥上杜鹃啼。空梁落月窥华发，无主行人唱大堤。梦里家山渺何处，沈沈风雨暮天西。"如《高阳台·忆金娃娃》："十日沉愁，一声杜宇，相思啼上花梢。春隔天涯，剧怜别梦迢遥。前溪芳草经年绿，只风情，辜负良宵。最难抛，门卷依依，暮雨潇潇。　而今未改双眉妩，只江南春老，红了樱桃。忒煞迷离。匆匆已过花朝。游丝苦挽行人驻，奈东风，冷到西桥。镇无聊，记取离愁，吹彻琼箫。"但是这些诗固然是他集中可称道的佳篇，却因为太像古人、太得古风，反而略显没有李叔同的特色在。李叔同的诗词，是儒释结合、外释内儒、重德扬美、爱国育人的崇高诗心的淬炼结晶，其数量虽未为巨大，但成就实为可观。

李叔同曾在一九四二年给夏丏尊的信中说："朽人已于'九'月'初四'日迁化，曾赋二偈，附录于后：君子之交，其淡如水。执象而求，咫尺千里。问余何适，廓尔亡言，华枝春满，天心月圆。"李叔同留在人间的作品毕竟不多，但这也正好让我们不要执着于做"执象而求"的解读人。当我们最初看到李叔同的影像时，他是那样的瘦弱温和，当常人最初读到他的诗作时，我们也难免会有"不足一观"的轻视，但是，经过深入地体察、仔细地品会，我们才知道他的诗作如同他的为人，不是那么简单，不应浅薄看待。他的诗从整体看，正如他在偈语中所说的，呈现出"华枝春满，天心月圆"的境界。

浅谈梁启超诗歌的凛然大义和进步思想

—— 在"梁启超的民族观与铸牢中华民族共同体意识"专题研讨会上的发言

　　梁启超先生是中国近代以来建树卓著、功业丰厚，且影响深巨至于今日不衰的知识分子。他留给世人宝贵的文化思想遗产，很多在今天仍然具有鲜活的启迪意义。在文学艺术层面，他的造诣是多元的，这里想择要谈一谈他的诗歌创作。我们现在参观他的故居，有他的两张书法作品最打动我们，一是我们熟悉的"无负今日"，再有就是尺幅更大的那张"思无邪"。"思无邪"是对中国诗学、诗教精髓最为凝练的概括之一，其出现也甚早。梁启超的诗歌创作和研究，在某种意义上，继承、发展了这个传统，他主张的"诗界革命"在中国诗史的年代上也正与以"思无邪"为主流的诗学源头遥相对应。

　　他曾自述，写文章洋洋洒洒，而写诗则颇费斟酌，他对诗歌创作的态度也曾发生过一些波折，但他仍然选择通过诗和韵文的形式言志抒情，留下了器宇不凡的篇章。我们又知道，他晚年饱受病苦，但最后仍眷恋不舍的是词人辛弃疾，坚持用心写作《辛稼轩年谱》，他所钟爱的词人、所向往的事业、所执着的创作，都引发我们从诗学文化的角度对他关注、研读。

　　梁启超诗歌有的传统味道浓厚，有的时代特色鲜明。其中个性最明显的，要属体现新思想和使命担当的忧国忧时、砥砺奋发之作。这些作品充满了大丈夫气概，虽然有的已经纯乎议论，少了些诗味，但是读来仍让人感到最可爱、最可感。这些诗，在今天看来还是那么"新"，难以让人将其完全划为"旧"的纯供研究的对象。

也正是这些诗，恰恰很好地体现了他"诗界革命"的主张。他曾在《饮冰室诗话》中说："过渡时代，必有革命，然革命者，当革其精神，非革其形式。吾党近好言诗界革命。虽然，若以堆积满纸新名词为革命，是又满洲政府变法维新之类也。能以旧风格含新意境，斯可以举革命之实矣。苟能尔尔，则虽间杂一二新名词，亦不为病。不尔，则徒示人以俭而已。"

这类诗歌中艺术性和思想性高度一致的，如《读陆放翁集》："诗界千年靡靡风，兵魂销尽国魂空。集中什九从军乐，亘古男儿一放翁。""辜负胸中十万兵，百无聊赖以诗鸣。谁怜爱国千行泪，说到胡尘意不平。""叹老嗟卑却未曾，转因贫病气崚嶒。英雄学道当如此，笑尔儒冠怨杜陵。""朝朝起作桐江钓，昔昔梦随辽海尘。恨煞南朝道学盛，缚将奇士作诗人。"其中也明言了对"诗界"的反思和呼号。他曾在《饮冰室诗话》中说："中国人无尚武精神，其原因甚多，而音乐靡曼亦其一端。"我们知道，音乐靡曼的背后是整个文艺风气和世道人心的颓丧。故而他着意废弃文学靡曼的风格，在自己的诗歌创作中强心健骨，抖擞精神。

他对陆游、辛弃疾这类先贤的钟爱，一方面也就正是很自然地出于在文学风格上的同声相应。他固然要在诗歌中体现新思想，但是既然用旧体，在风格上则不可无所依托。正如他在《夏威夷游记》中所说："欲为诗界之哥仑布、玛赛郎，不可不备三长。第一要新意境，第二要新语句，而又须以古人之风格入之，然后成其为诗……若三者具备，则可以为二十世纪支那之诗王矣！"所以，他继承了自古以来大丈夫之诗词的壮美风格，又容纳了自己接受时代影响和希望影响于时代的新思想，把情志上的凛然大义写得豪迈雄浑，沉郁而高昂。

因此，那些爱国诗人守土抗边的执着意志、不懈努力的顽强胆魄，被他高度赞扬，且逐渐结合自身对所处时代的感悟，而有所延展。此正如他在生命最后阶段仍孜孜矻矻编写的未成稿《辛稼轩年谱》最后一段中的慨叹："所不朽者，垂万世名。孰谓公死，凛凛如生。"在他看来，要真正地创万世名，则必须要怀抱凛然大义。

正因为他的凛然大义，他在诗中常常流露对社会的深切担忧和对时代使命的勇敢担荷。所以，才会有"回天犹有待，责任在吾徒"(《留别澳洲诸同志六首·其一》)、"事苟心所安，死生吾以之。人事无尽涯，天道有推移。努力造世界，此责舍我谁"(《留别梁任南汉挪路卢·其四》)、"天地生才原有用，生平所学在先忧"(《三叠均赠若海行·其二》)这样慷慨深沉、壮怀自任的诗句。所谓"平生最恶牢骚语，作态呻吟苦恨谁。万事祸为福所倚，百年力与命相持。立身岂患无余地，报国惟忧或后时。未学英雄先学道，肯将荣瘁校群儿"(《自励·其一》)，这种力命相持、报国恐后的心理，使他不愿意作空谈的文学家或作态的诗人，而是要切实有所作为，达成文艺为时事而作的理想。

所以，他时时怀着作百世师的心态，在诗中对此不但深情地表达，且明言对其前景有所等待。所谓"阅风缧马忽反顾，膴膴吾土吁信美。谁能太上竟忘情，况行正半九十里。丈夫未死未可料，万一还能振物耻。假如不就陈力列，立言亦当百世俟。"(《赠台湾逸民某兼简其从子》)而在求为百世师的同时，他也从来不为自身的荣誉而取媚俗众，而是时时做好要作众矢之的的准备。所谓"举国皆我敌"，不是真的要与时流为敌人，而是坚持"先知有责，觉后是任"，他自有"后者终必觉，但其觉匪今。十年以前之大敌，十年以后之知音"(《举国皆我敌》)的觉悟和胸怀，所以咏叹道："献身甘作万矢的，著论求为百世师。誓起民权移旧俗，更研哲理牖新知。十年以后当思我，举国犹狂欲语谁。世界无穷愿无尽，海天寥廓立多时。"(《自励·其二》)

想要作百世师、想要得十年知，凭借的当然主要是先知的觉悟、进步的思想。在梁启超所处的年代，中国的自卫、革新和发展面临太多的问题，而梁启超最关心的往往是科学与教育、自由和民权等，其核心当然是对国家和民族深沉的热爱与忧思。在诗歌中，他就曾热情地讴歌自由与民权。

他曾说道："数百年来世界之大事，何一非以'自由'二字为原动力耶？"又说："自由者，天下之公理，人生之要具，无往而不适用者也。"（《新民说·论自由》）于是在长诗《二十世纪太平洋歌》中畅想"'四大自由'塞宙合，奴性销为日月光。悬崖转石欲止不得止，愈竞愈剧愈接愈厉，卒使五洲同一堂"的美好前景，着重提倡思想自由、言论自由、出版自由和行为自由。在诗中，他描述了一位士人"断发胡服走扶桑"的行为，即为了寻求新的思想，不惜改变自己的发型和服饰，前往日本学习，象征着打破传统束缚和渴望新思想，借以表达追求思想自由。诗中还描述此士人在日本读书交友，观察世界共和政体的实践，通过观察和学习，汲取知识和经验，由自由的环境获得广阔的视野和思考的空间，并能够自由地表达自己的观点，从而反映出对言论自由和出版自由的向往。而此士人"誓将适彼世界共和政体之祖国，问政求学观其光"，不仅在思想上追求自由，也立誓要在行为上积极实践。这首诗戏剧性地揉合了世界历史、地理、新学理等内容，充满了革新图强的思想，展示了梁启超改良社会的宏大理想和广阔视野，不但对中国充满希望，也向往着和平大同的美好世界。

梁启超在诗歌中不但歌颂自由，还具体化地描述了自由在当时的主要品类以及实现这些自由的一些途径和方法。这些本来可以在政论文中得心应手展开表述的内容，之所以写在诗中，正体现了梁启超愿意通过诗的方式表现之，并以此种方式唤起更多世人触动和觉醒的愿望。

梁启超不但歌颂自由，还在诗歌中讴歌民权。民权和自由当然是息息相关的。梁启超有不少提倡民权的言论，如："国者何，积民而成也。国政者何，民自治其事也。爱国者何，民自爱其身也。故民权兴则国权立，民权灭则国权亡。为君相者而务压民之权，是之谓自弃其国。为民者而不务各伸其权，是之谓自弃其身。故谓爱国者必自兴民权始。"（《爱国论》）在诗歌中他言道："忍将国难供谈柄，敢与民权有夙仇。"（《刘荆州》）而在民权中，他多次在诗歌中提倡女权，尤其值得关注。

在戊戌变法前，梁启超就曾于一八九七年四五月间的《时务报》第23与25册发表《论女学》一文，该文既是他系列政论文《变法通议》中的一篇，也是他第一篇女权专论，直言"吾推极天下积弱之本，则必自妇人不学始""妇学实天下存亡强弱之大原也""女学最盛者，其国最强，不战而屈人之兵""女学衰，母教失，无业众，智民少，国之所存者幸矣"。这既体现了他首重教育改革的思想，也体现了他男女平等、提高国民素质和强国富民的理念。

梁启超的女性观曾受到西方女权主义的影响。他在日本留学期间，曾与平塚雷鸟等女性主义者深入交流，在思想上受到启发。所以，他不但曾在诗歌中喟叹"不论才华论胆略，须眉队里已无多"（纪事二十四首·其三），更满怀信心地畅想着"他年世界女权史，应识支那大有人"（《纪事二十四首·其二十》）。"支那"这个词固然是常用的，而他之所以在这里用"支那"这个词入诗，恐怕也正有期待着中国人在外族面前自己争一口气的意思。

梁启超不但倡导女性接受新式教育，支持建立女子大学、支持女性积极参与社会事务，还在戊戌变法期间，积极倡导一夫一妻制，认为这种制度有利于家庭和谐与社会进步。在诗歌中也表达他对一夫一妻制度的倡导："一夫一妻世界会，我与浏阳实创之。尊重公权割私爱，须将身作后人师。"（《纪事二十四首·其十三》）浏阳即谭嗣同。这首诗的后两句颇有豪气，但是梁启超当年与王桂荃特殊的家庭关系，也曾被世人认为是他自己在某种程度上对一夫一妻制的违背。从某种意义上讲，他为了"尊重"一夫一妻制的"公权"名义，的确舍去了与王桂荃的"私爱"。但是，那毕竟更多的是以牺牲女性一方的权利为代价的，如果完全以他个人的行为实践作为标准，则想要在一夫一妻制和女权问题上"身作后人师"，固然是不容易的。当然，梁启超所处的年代和他自己家庭的实际情况，都对他产生一定的影响和限制，我们结合梁启超生平一贯的品质和作为，仍然愿意相信他倡导一夫一妻制的真心，也愿意相信他在诗歌中表达的理想是出于真心，而不是打着虚伪的口号，随便造出的伪诗。

梁启超不但在诗中表达他的进步思想，用艺术的形式唤起一些世人的共鸣，还曾在诗中表达他进步思想的渊源："我所思兮在何处，卢孟高文我本师。"直言卢梭、孟德斯鸠对他的影响。他曾高度评价卢梭、孟德斯鸠的政治、法律等学说，认为"卢梭破坏旧政治学而新政治学乃兴，孟德斯鸠破坏旧法律学而新法律学乃兴"（《新民说·论进步》），称赞卢梭"以只手为政治学界开一新天地，何其伟也"（《卢梭学案》）。而他更多的是把受到卢梭"社会契约论""人民主权"思想和孟德斯鸠的"三权分立"思想等学说的影响而得来的进步思想运用到思考自己国家发展的命运，构建一个崭新中国前途的愿景。

正像他在《爱国歌四章》中咏叹的"结我团体，振我精神，二十世纪新世界，雄飞宇内畴与伦""君不见劫来欧北天骄骤进化，宁容久偏吾文明""君不见博望定远芳踪已千古，时哉后起我英雄"。他一向强调民族自强和发展变革的重要性，其爱国情怀深系于民族危机的忧患意识和西为中用的学术思想，启示当代中国人应继续弘扬爱国主义精神，激发各族人民的爱国情怀，启示当代中国人应继续增强民族凝聚力，推动各民族的团结和统一。

梁启超先生留给我们的学术和文艺遗产是多元的，其中有的在今天更多地侧重于研究的意义，有的则仍然具有鲜活的生命力，他的一些诗论和诗词创作即属于后者。中国千百年诗教的传统、诗界的文脉，至梁启超的笔下，不是要被废弃，而是要求得新变和发展。梁启超当然首先是一位思想家、政治家，而与很多的政论相比，诗的生命力常常更为持久，我们今天要研究、弘扬、普及梁启超遗产的优秀部分，正宜更好地关注他在诗学、诗作、诗教方面上的成就，以更好地感悟他的精神，运用于今天的研究、创作和教育，传诵于中国发展的时代声音。

陈宗枢诗文辑校序

一

陈宗枢先生（一九一七—二〇〇六），字机峰，天津人，出身仕家，祖上有功名，家学渊源甚深。毕生乐学，尝从张晖如等先生学诗，从王益友等先生学曲，诗词联曲功力雄健，成就斐然。与沽上名士寇梦碧、张牧石交识最深，有文坛"津门三子"之誉；与南昆名家周瑞深皆以曲学名世，有曲坛"南周北陈"之称；又与张伯驹、夏承焘、姜毅然、孙正刚、周退密等诗词名宿赓酬往还，望重吟坛。尤以遵张伯驹所嘱，依张伯驹、胡蘋秋唱和本事所作之《秋碧词传奇》及以吴汉槎科举案本事所作之《秋笳怨杂剧》最负盛名。

余知陈机峰先生诗名甚早。十几年前，余初涉诗学，曾从王崇斋焕墉先生游，始知乡贤"寇陈张"三家之名。寇梦碧先生《夕秀词》早年曾刊行，近岁经学人整理重刊，其人虽杳，自有言志千秋功业在焉，能令吾人想见。张牧石先生生前身后，诗词集、印论、印谱渐次付梓，蔚然大观。唯陈机峰先生著作，世已罕见，吟诗度曲者徒慕其名，甚且其名渐或不传。

古人云三立不朽，既有所立，复失其传，岂不令人痛心扼腕也哉。

曩王崇斋先生属余作《崇斋诗存注》《知月词注》，注毕，又持《七二钟声》命以作注，余因诗钟难注，自识不敏，未有以应。此《七二钟声》一册，有吴迂叟（玉如）先生亲笔题签，为圆珠笔手抄本，余翻阅再三，感前贤之所遗，独不知其抄者为何人，据崇斋先生忆，应为陈机峰先生，且示以陈氏自印本《琴雪斋韵语》，然匆匆未获细观。余近岁乃以未注《钟声》而抱憾，又每思陈氏著作不显，则心中有不可名之情愫在焉。

数载前，余乃有志整理陈机峰先生诗集，恰又与沽上诸师友结社交契，得结识先生哲嗣陈石斋（栋琨）先生，其待人以诚、处事以真、翰墨才扬、诗思捷敏，盖承乃父遗风。又许我忘年，常垂青眼，谈诗论艺，意恰情融，实余数年来从学之幸也。石斋先生知余将整理乃父别集，遂假以《琴雪斋韵语》旧印本。余持归通读，乃有"逢故人"之感。过录之际，讶原版错讹之夥，虽曾附有勘误表，而表外待改订之数甚巨，则更觉整理之必要也。遂避帘外月色，借灯下青光，每于日常诸事之余，爬梳剔抉，常因一字之不解，思索查询，或径改错，或存推断，亦颇费时日。后知石斋先生另存《韵语》手稿影印本，乃更请借阅，然石斋之省梦庐书叠如山，寻之唯难，则又经日，后余与石斋先生废移山之力，幸乃得之。余展阅之际，知前述《钟声》手迹确出自陈氏也。余持手稿本一一复核所录，幸前所摘出之错讹处而有以推断者，竟皆获印证，余心为之慰，其喜更何如也。

然此手稿本非《韵语》之全璧也。是本原有作者自序，旧印本未收，其序云："余少喜涂抹，随手抄存。而少年诸作，火于丁丑；中年诸作，火于丙午。兹选印丙午后存稿，约十之七，自顾思迟笔拙，难跻大雅之林；敝帚自珍，聊以记二十年之迸景，存当时之心声云尔。共录诗六十二首，词八十九首，散曲小令二十首，套数四首。丙寅腊月 机峰陈宗枢。"手稿本外篇什之勘订，则全以余微薄之学力为之也。而读此作者自序，更知《韵语》又非陈氏平生吟哦之全璧也，思之岂不叹然。故孜孜不敢懈怠，除繁简、异体字等，径改订排印本原勘误表外之错讹凡二百余处，为免繁冗，未逐一标注。尚有部分有待斟酌者，及手稿本与自印本存在异文处或其他情况者，谨慎起见，随注原文，以校语标出之。余后进也，至此不敢言校订之完善，唯残存错讹少之又少为所祷也。士林具眼，若有以检出，告而责我，是深幸也。

校订即将完毕，复得《机峰谈曲》一书。此书为陈氏身后由张家骏、俞妙兰等学人据《津昆通讯》等文献整理而成，其中所存诗作，有见于《韵语》者，其异文则随文校出，简称"《谈曲》"。又，且自堂主人宋文彬先生闻余校订此书，襄借所藏《琴雪斋韵语》旧印本一册。此册有修改笔迹若干处，或用黑色水笔，或用蓝色圆珠笔，察其笔迹，当为陈氏亲自批改无疑。且于封面上有圆形记号，盖陈氏标识以为特殊之本也。其所批改诸处虽并非应改之全部，然亦颇为可观。除部分与勘误表重复，或已为余校订所改者，另有新增三十余处，则亦随原文校注，简称"手改本"。诸师友鼎力相助，于此同致谢忱。

《机峰谈曲》所收诗作，字句与《韵语》差异颇多，一则或因每次抄录，多自改写，一则或因《谈曲》排印之误。然《谈曲》所据《津昆通讯》等资料之原本暂未获见全豹，故难以对勘，故《谈曲》异文，虽于本书校出，却应辩证看待。凡《谈曲》明显错讹者，未在本书引校之列。

《谈曲》所收诗作，亦有未见于《韵语》者，凡四题，兹增录卷末，以为补遗。余另钩沉诗词若干首，亦并补遗。此中有先生中学时代作品，至为宝贵，先生诗学历程，可资见证。余目力所及，已尽力搜集，沧海遗珠，世人另有获得者，望不吝垂示，以期他日更有所补订也。

余读陈机峰先生诗词曲联，知盛名之不虚，而前修之有所据也。陈氏之作，读书人之所作也。今人不患无书，患在不读书。甚且青年之知多背念外文单词以丰其词汇量，而不知多积累母语之辞藻也，而修辞语感、义理领会恐更不必论矣。想青年之能读古代典籍者，十不足一二，能假类书字典而读者，十不足五六焉。而陈氏虽任注册会计之职，却以旧学之功底，学问之自觉，吟唱之爱好，会古通今，濡文养气，实难能矣。其作中遣词炼句、修辞用典，精能尽善，非饱读历代诗文集者所不可为。或云陈氏所处之时代与今有异，然彼之腹笥即于当时亦不可谓不宽博也。余以为陈氏自有天才良知，其才情之涌现、创想之丰富，本非中人之所能及，然此之外，更需学养深造，方可运用自然，目光如炬，大笔如椽，彰善美而讽恶俗，意义独到而叩众人之共鸣也。

然世之读书人未必即为文人。既读文矣，而有文心、文情、文思、文骨、文气、文章者，乃可谓文人也。而文学者，人学也，文人处于世矣，有博爱之怀、济众之心、时代之思、史哲之悟者，则可脱离小我，而为大我也。文学之器量自有小大之别，而无论大小，皆须先有我。今人作古体者，常以仿古自持，纵识字之多，风格之具，无非面皮似古人耳，此无我也，不如不作；有我之作，若思窄情狭，自小我也，偶然怡情遣怀可也，不可以为功业也；唯大我之作，是文脉之所继，时运之所系，人心之所依，而学术之所欲也。诗词联皆简短之文学，然总非小道，其道者为何？盖取道之所在者而决定也。陈集诸作，虽未皆如此，而已臻此境者，读者自可赏会，且寇梦碧先生之序评价甚恰，余已无需赘言，揭此谨示所感，并期读者注意之也。盖陈氏之作，虽非限于某派，然终有一种忧患悲悯之情在焉，故诗词曲虽皆着本色，而沉郁顿挫之风，庶几贯之矣。古人云，愁苦易工，然愁苦亦有小大之别也，陈氏身经乱离，深明世变，发而为诗，故如是也。陈荷堂声聪先生《荷堂诗话》评其与寇、张诗词皆磊落有奇气，盖经世变，故多恢奇悱恻，殆乃时势使然，良有以也。

先生毕生钻研曲学。一九三六年求学于河北省立法商学院，即与同学王贻祐、熊履端等发起组成一江风曲社，昆曲之于天津传播发扬赖有其功。尝随北昆名伶王益友先生学习演唱十余年，后又问艺于南昆名师童曼秋、施砚香、徐惠如等先生，能戏甚多。善于扮演角色多种，小生、老生、武生、净、末诸多戏码皆可上台，擅长有《山亭》《刀会》《火判》《五台山》《夜奔》《打虎》《探庄》《闹学》《别母乱箭》《激秦三挡》《搜山打车》《草诏》《酒楼》《弹词》《扫花三醉》《惊变埋玉》《乔醋》《琴挑》《折柳阳关》及《断桥》等剧目。八十四岁高龄时，仍能在全国第二届古代散曲研讨会上演出《春香闹学》，扮陈最良。且能创作剧本，赋工尺谱，与著有《东窗记》《洛神赋》《勘头巾》之海宁周瑞深先生享"南周北陈"

之誉。曾著有《佛教与戏剧艺术》一书，一九九二年由天津人民出版社出版。《琴雪斋韵语》包含散曲，后又附有《秋碧词传奇》《秋笛怨杂剧》。陈氏自言诗词不及曲，此自述乐趣钟爱之言，而陈氏诸作，亦以曲为特色最具者也，有大珠小珠落玉盘之致。余灯下逐句读之，常有音声渐起、跃跃欲试之感，仿佛脱口即将唱出，不禁感叹其真作手，真善弄笔者也。《秋碧词传奇》《秋笛怨杂剧》曾由曲家王正来、周瑞深分别制谱，编为《琴雪斋曲集》，今将是书王氏跋文编入本集。

旧印本书后又附有《七二钟声》中陈氏所为诗钟，现仍照录于集中。《七二钟声》实"寇陈张"心感之所寄也。陈氏除与寇、张二公交情笃深，与张伯驹、周退密、周瑞深等先生亦彼此青眼，推崇有嘉，自古"文人相轻"之论，至此可不信矣。《琴雪斋韵语》内大量交游之作，不涉应酬俗套，能兼尚友雅怀，诚可贵也。

《琴雪斋韵语》手稿本，有陈栋琨、王焕墉先生题签、张牧石先生题牌记及题诗，为陈氏硬笔手抄；旧印本有李世瑜、高准先生题签。兹将题签及题诗一并编入。魏秋扇（新河）先生另提供陈氏手迹图片及《秋碧词传奇》手稿本书影，有冯星伯、王焕墉先生题签，亦一并编入。并请魏秋扇先生题"琴雪斋韵语校订"新签，则此编之成，颇可慰也。

另，旧印本部分标题后存有系年，兹一并照录；而旧印本目录，错讹甚多，且有与正文标题不合者，故本书重编目录，兹一并说明。

二

余校订陈机峰先生《琴雪斋韵语》，始于丁酉，初成于戊戌，其间亦着力搜集先生文存。然所见皆正式发表于书刊者，而旧时名重昆坛之《津昆通讯》等资料，则零散所见，未能完备。幸得《机峰谈曲》旧印本，收录先生青年时期所作昆曲诗文二首、发表于《津昆通讯》之昆曲文章廿六首、为甲子曲社系列曲谱所撰昆曲文章十一首、致周瑞深曲家信札卅二通，并诸家题辞，体系完备，蔚然壮观。余遂过录校订，颇以为慰。

先生曾著有《佛教与戏剧艺术》一书，列为"佛教艺术丛书"之一种，一九九二年十二月由天津人民出版社出版，该书传概井然，足称史论，赏析精深，机杼自出；而《谈曲》一书又专言昆曲，恰切至论，佐以实践，诠述审博，精核高谈。两书并读，每使人会心感喟，掩卷沉思。虽不通昆曲之人，亦能知其梗概，明其章门。

先生能于曲学造诣闳深，首因其躬行践履，故不流于纸上空谈。先生曾师从王益友先生等曲坛名家，四功五法皆学有因缘，与周瑞深先生同时，享"南周北陈"之誉。能自编剧谱曲，并世麟角无多，且多独诣创见，如集中所收评骘诸曲谱之文章及与周瑞深先生商榷谱曲之信札，透辟真知，非等闲所能及。先生于曲事虽属"业余"，于曲学却精纯超拔，远在平庸专业人士之上。

先生敬业乐群，数十年间为"一江风曲社""甲子曲社"等社团骨干，曲坛典故，知晓甚多，曲运兴废，感受至深，集中文章，记录之余，行间字里，更透出无限忧患情怀。盖昆曲濒危，先生感时论事，激浊扬清，又非时宜中权之论所可及也。

先生能于曲学有如此成就，更缘其文学修养之卓绝。先生诗词曲联无不精通，各得本色，与寇梦碧、张牧石先生并称"津门三子"，于文学欣赏，亦具眼入心。用弘之论，令人击掌，取精之谈，足资旁通。今人治学之方，广大者已充塞眉宇，而精微妙谛唯知者能办，实不易得也，而此类之例，集中不胜枚举。

《谈曲》之外，另有散见文章若干，如《谈诗管蒯》《二十世纪中华词选序》等诗学、词论之什，灼见甚夥；《张伯驹先生二三事》《读〈文艺心理学〉书后》等纪人、书话之什，兼存掌故；《井台会子白兔记》《记天津甲子曲社》等论曲之什，补《谈曲》之遗；《京剧源流浅谈》《影印〈曲海总目提要〉序》等谈艺之什，续《谈曲》余韵。于今诸篇搜括，亦尽数月之力，乃念先生当年创作，实显学术之功。盖时异而理同，事迁而义通，余甚有所感焉。

然旧文之整理，亦非得来容易。余早知先生曾著有《金和年谱》，部分年谱学著作及近人整理金和年谱者或有提及，而原文难见。余辗转寻阅一九三五年天津中学校刊《铃铎》第四期，乃见其文《清代的纪乱诗人——金和》附《金亚匏年谱》。《纪乱诗人》一篇，论列清代诗派，评价金和诗词甚恰，既高屋建瓴，又具体而微，诗史互见，理论点染，且对太平天国事端亦能持己见，诚知人论世之文。《年谱》一篇，考订金和生平翔实不紊，细节处容或小疵，却开金和年谱之先河，发前人所未及。更可观者，署名"高年二级"，则彼时陈氏实为高中学生，腹笥如此开阔、眼光如此敏锐、见识如此深广，令人赞叹。

又如《读〈文艺心理学〉书后》一文，一九三七年三月刊载于《中学生文艺季刊》，为较早评介朱光潜先生名著《文艺心理学》之文章，发表之时，陈氏也不过二十岁而已。二〇一八年，北京大学出版社出版朱著《诗论讲义》，乃商金林先生依据朱氏早期《诗论》讲稿整理而成，商氏于校订后记中谈及《文艺心理学》"是中国人自己写出来的第一部具有现代科学形态的比较系统的美学著作""标志着美学在中国发展的新阶段"，随即引用陈氏文章一大段以佐证之，足见陈氏书评之代表性。《文艺心理学》最早由开明书店于一九三六年七月出版，陈氏很快发表文章，给予切中肯綮、具有高度之评价，至今仍为学者所重视，可见其学术慧识与文艺灵心。

先生中学时代其他文章亦多采录，如《张晔如先生诗》简述张氏诗学，存录张氏诗词，颇有价值，但论文如《封建社会研究》，译著如《苏格拉底之死》，以及其他与诗词曲学无关之散文、小说、新诗等，并未收录本书。

以上所述《谈曲》以外汇辑之文，姑别名为"机峰谈艺"，并列集中。惜先生早年部分文章，如二十世纪四十年代所作《双庆佳剧回忆录》及发表于《游艺画刊》等处之文章，暂未能搜得，全集完善，则有待于来日矣。

余不辞烦难，编校先生遗著，常终日伏案不辍，似冥冥中与有因缘。先生去世前，我虽已成年，但彼时顽劣懵懂，更何谈慕名往叩、文学从游。故矻矻今日，愿勤于学术而有补于自身。近岁沽上文献整理出版日渐规模，师友聚谈，常以无人重新整理出版先生诗集为憾，知余校订《琴雪斋韵语》，皆欣然振奋，然提及先生文章者几稀，因知世人皆观止先生诗名，而又止于观其诗名也，至于学术，渐趋淡忘，惜哉不亦悲乎。是以余愿此书之辑校编定，令世人知先生治学之所在，及三津曲学诗运之前尘也。

先生之文，跨越数十年，治学踪迹，庶几可见，其人已逝，然余烈犹馨。余近岁颇从先生哲嗣陈石斋先生往还，石斋先生于余颇垂青眼，其待人以诚、饱学多能、才思敏捷、法书名世，足彰家学风范。《谈曲》原有李世瑜先生题签，兹编入以为纪念，又蒙石斋先生重新题写"陈机峰文集辑校"签，深感意重。

集中校订之处，皆随文径改，不特指出，凡与《琴雪斋韵语》有异文者，已于《韵语》一书，逐条校出，本书亦不具录，但旧印《谈曲》错讹不少，《津昆通讯》等资料亦未见原本，且余水平有限，是以尚存舛谬，在所难免，望有识之士有以教我。

辑校过程中，付卫东、陈栋玲、王继超、朱孝兵等先生曾予以帮助，特此一并致谢！

三

数载前，余得众师友助力，发愿整理陈机峰先生著作，积时而稿成，机峰先生名山事业之彰显，更期学人共瞩目焉。现终校已成，灯下集机老句得《浣溪沙》词二阕，并纪心期：

其一：

> 诗里乾坤看不穷。乘风入海与天通。辰星一振会云龙。
> 清发春风如沐我，饱餐痴蠹讵无功。今宵魂魄与君同。

（以上各句分别出自先生《浣溪沙·奉题退密吟长芳草集》《鹧鸪天·游仙四首》《括外环线建成新安煤气管道及平房改造三事以良辰美景赏心乐事八字冠顶》《奉题徐续吟长对庐诗词集》《和杜工部秋兴八首》《"贺双卿·梦"分咏联》诸作）

其二：

　　助借湖山写性灵。芳洲且喜见新蘅。广搜细考费经营。

　　好著闲身消百感，酹天聊尽两三觥。漫将寒柝作春声。

　　（以上各句分别出自先生《鹧鸪天·丁卯元日试笔》《答卢为峰先生即用赐诗原韵》《参观戏剧博物馆有感》《玉楼春·题渐斋填词图》《醉翁操·壬子新正四日与梦碧牧石共聚扬斋掩帷听旧唱机播放京剧唱片感赋》《早春夜值有感》诸作）

　　　　　　　　　　　　　甲辰秋月，修订于沽上知夏书屋

张伯驹代陈机峰悼亡词

　　陈宗枢先生（一九一七—二〇〇六），字机峰，是天津现代以来有名的诗词曲家。他传统文化修养深厚，在创作上，是诗、词、曲、联贯通的名家，其中尤以曲学最为擅长，融会创作、演唱、研究为一身。早在一九三六年就读于河北省立法商学院时，先生就曾与同学发起"一江风曲社"，聘请昆弋老艺人王益友为曲师，成为昆弋派的一个著名的业余曲会。他还曾参加天津工商曲社、津昆曲社、天津市古乐研究会昆曲组（后扩大为天津昆曲研究会）、芗兰馆曲社、甲子曲社、天津文史研究馆昆曲研究会等，多为中坚力量，曾任天津昆曲研究会副会长等职。

　　就演唱而言，他曾跟北昆名伶王益友学习演唱十多年，后又向南昆名师童曼秋、施砚香、徐惠如等问艺，能戏甚多，善于扮演多种角色，小生、老生、武生、净、末的戏码都能上台表演。

　　就研究而言，他数十年致力于斯，笔耕不辍，除收录诗词曲联的《琴雪斋韵语》之外，南开大学和天津人民出版社一九九二年约请他撰写《佛教与戏剧艺术》一书，列为"佛教艺术丛书"的一种，天津学人张家骏二〇〇七年将他青年时期创作的昆曲诗文、给《津昆通讯》撰写的曲学文章、在甲子曲社系列曲谱中的曲学文章及俞妙兰整理的陈宗枢晚年致周瑞深曲家的论曲信札等文章集为《机峰谈曲》。

就创作而言,他既擅长散曲写作,又是少有的套曲创作名家。现代以来,诗词家中能作曲者本就不多,又常见词、曲不能兼胜的情况,因为词和曲在形式上十分接近,在韵味上又大有不同。陈宗枢的唱演虽然主要属于北昆,但他的思想融通开放,从情真韵雅的美学追求到融通开放的曲学思想,都可以在他的创作风格中找到证明。其中最具有代表性,也是最为知名的要数遵张伯驹所嘱而创作的整套本《秋碧词传奇》。

陈宗枢于一九六四年春与张伯驹相识,当时张伯驹从长春回京过春节,节后来津小住,天津词友设宴款待,席间有吴玉如、冯孝绰、寇梦碧、孙正刚、陈宗枢、张牧石等人。其后张伯驹与陈宗枢交往甚多,知陈宗枢会北昆路《别母乱箭》,张氏自己即喜演此戏,系余派亲传,遂主动教其改学京路,因而一连说戏四个晚上,唱念做打,一丝不苟。后来陈宗枢创作《秋碧词传奇》,记录了张伯驹和胡蘋秋的一段词坛典故,颇得张伯驹及当时词坛众家之称许。

陈宗枢当时诗词曲创作和理论研究颇有成就,名震海内,所结交、唱和者均一代宿儒俊彦。在张伯驹和陈宗枢的诗词集里,尚能见到不少彼此的唱和、联句之作,篇幅所限,兹不繁引,读者自可参看。

这里仅举张伯驹先生代陈氏悼亡词作两首为例,以窥见他二人交谊深厚之一斑——那是在一九七二年秋,陈氏的继配夫人因脑溢血突然逝世,经张牧石先生函告张伯驹先生,旋即收到张老词作二首。这两首词没有收录到《张伯驹词集》,只见录于陈氏文章《张伯驹先生二三事》,由顾国华先生收编于《文坛杂忆》:

瑞鹧鸪·代机峰悼亡

残月忍思更上楼,眼前风景又惊秋。迦陵比翼难名鸟,银汉双星独望牛。色浅笔犹留黛墨,曲终曲漏自报更。孤灯小影词成忏,梁父吟余恨白头。

五十年华梦未真，丁零此世向谁亲。恩情难忘同心迹，愁病相怜共泪痕。鸳恋路遥余栈在，凤栖人去剩楼存。夜闲谱就孤鸾曲，独傍梅花酒不温。

但是，应该是因为排版之误，第一首明显存在错字，"曲终曲漏自报更"内容不通顺，也不合格律。

据说顾先生当初编印《文坛杂忆》，经过了漫长的积累过程，曾经是单册的手稿影印本和铅字油印本逐步问世，最终再结成合集，但合集出版时，原来那些手稿大多已经很难再见。而《瑞鹧鸪·代机峰悼亡》这一错句实在太费思量，查《词林正韵》，再也找不到合适的韵字能够代替"更"字，反复审读，只有一个"筹"字可以与"更"字组合，成为"更筹"一词，而增补一个字，原句便成为"曲终曲漏自报更筹"，肯定有衍字。考虑到"瑞鹧鸪"词牌下片前两句多为对偶句，且张老所作第二首的确也用了对偶，于是我觉得这句应推测为"曲终漏自报更筹"，其意明朗，且与"色浅笔犹留黛墨"恰为对句。他日如有幸见得手稿，希望我的推断与原句相差不远。

张牧石诗词辑校序

　　张牧石先生（一九二八—二〇一一），原名洪涛，谱名德彝，因印学崇尚黄牧甫、师从寿石工，遂改名牧石，字介庵（取"其介如石"之意），号扬斋，又因得牧甫所刊"邱园"印，乃别号邱园，别署月楼外史、麋翁、眉翁，室名梦边庐、茧梦庐，晚年因怀念亡妻张静怡女士，又号石怡室。

　　先生少年时，曾从王新铭、冯璞等先生游，又由冯氏引荐，拜寿石工先生门下；二十世纪五十年代后，与张伯驹先生结忘年之交，有"牡丹两状元"之雅号，又与寇梦碧先生、陈机峰先生缔交过从、相濡相响，有"津门三子"之称誉。先生一生吟咏不辍，亦自许平生辞章第一。其所著《梦边词》，取名"梦边"者，因自视学梦窗词不过得其边缘，实自谦之辞耳，兼表"人生如梦"之意。王新铭先生曾评曰："牧石张君，乙酉始习倚声，时倭氛正炽，君感陆沉之悲，怀左衽之惧，隐遁于词十数年……尝闻君言，为词须造意新、遣辞工、持律细，尤当以意为先。闻其论，想其词，当非世之徒以藻缋为工者可同日而语也。"张伯驹先生曾评曰："牧石为词，初学梦窗，继宗北宋、南唐，中年后别谋自树，矻矻二十五年……能入于情、入于境，而出于情、出于境。"龙榆生先生曾评曰："牧石少嗜倚声，初学淮海、碧山，嗣复沉浸于稼轩、梦窗之作，以'梦边'自题其集，意谓欲追踪君特而才力未逮，殆自谦之词耳……所作能于密致中运以刚劲之气，其造诣固未可量也，含咀英华，能入能出，以写一代之盛。"又曰："婉曲厚丽，四明法乳，读梦边词可知七宝楼台不容碎拆也。"

甲子春，牧石先生倩潘素女士作《梦边填词图》，又邀海内贤达题咏，张伯驹、瞿蜕园、夏承焘、萧劳、唐圭璋、龙榆生、吴玉如、启功、周汝昌、寇梦碧、陈机峰、孙正刚等数十人共题诗词五十余首，向琼迪题嵩。众人所题诗词，颇可见其对"梦边"词人之认识。如瞿蜕园先生题《烛影摇红》词："门隔花深，紫骝曾跃燕南道。短衫侧帽共荆高，歌遍天涯草。招手鹤归华表。倚阑干、倾觞凝笑。水西人散，波外沤轻，未妨幽悄。 一穗寒灯，至今仍向书帏照。映窗凌碧此楼中，醉枕蟫余稿。篆冷香尘自绕。费相思，梅边旧调。不须多感，万户回春，红云催晓。"上阕忆梦边词人遭逢盛衰往事，下阕写如今词人依旧，灯照书帏，耽思旧调，并劝勉词人逢时振作。又如夏承焘先生题诗云："丁沽梦路首频回，耳热张华擅妙才。弹指东风新世界，看君七宝现楼台。"赞美梦边词人于新世界依然不改七宝楼台之本色。又如龙榆生先生题《浣溪沙》词云："七宝楼台不染尘。万花飞舞恰宜春。一灯相伴苦吟身。 好句来时占蝶化，会心深处转眉筝。艳传三影足精神。"上阕赞梦边词人坚守高洁，不改其志，下阕赞词人作品如梦会心，且以张三影相比。又如寇梦碧先生题《临江仙》词下阕云："零落霜花寻堕谱，江山殿此骚才。斜阳尽处画图开。莫嫌灯路窄，七宝幻楼台。"虽世人认为梦窗词风路数狭窄，但梦边词人以江山之助、运化之才，能使词中境界如画，重现楼台。寇氏另有《南乡子》词一组为题，其三云："桃李下，自成蹊。霜花寂寞守东篱。春怨秋悲俱懒赋。迷离语。别有一般凄断处。"言梦边词人甘守寂寞，不愿停留于春怨秋悲之肤浅，乃于迷离恍惚词面之背后别有寄托。其五云："尚有槐根容小寄。惊斗蚁。梦里已无寻梦地。"显然对"人生如梦"之进一步阐述。词人自称"梦边"，但其整个人生都处于梦中，而梦中却无处寻梦，此何故哉？抑或其人生已将梦占尽，遂寻无所得？抑或其所处之世界全然是梦，遂无所谓"梦"之可言？抑或其身在梦中，欲寻梦却难上加难？梦边词人之心酸苦楚，仿佛道破于此富有禅机意味之题句中。又如张伯驹先生题《金缕曲》词云："为问谁非梦。看芸芸、今来古往，汗牛充栋。蚂蚁穴槐蕉覆鹿，等是黄粱炊瓮。但难息、词心源涌。五色尚存生花笔，向人间、风月相吟弄。吹箫管，引鸾凤。　前身应是梁江总。肯输他、枝头红闹，当年小宋。一曲歌残扬州慢，十万腰缠都送。君不见、江湖顑颔。得失何关文章事，枉雕琼镂玉终何用。樵柯烂，劫犹哄。"上阕从梦写起，言生花妙笔正因梦而成，下阕以古代俊彦相比，又言文章无关江湖得失，颇有身世沧桑之感。张氏另有和寇氏韵题词一组，其三云："莫道梦华容易去。人间路。恨海能填天可补。"梦似乎虚幻短暂，但梦边词人梦里可以填恨海、补残天。其六云："如此夜，奈何天。情犹未尽不能闲。幻影迷离何有寄。南柯蚁。只可梦边寻寸地。"梦边词人实有情长而意不尽，却只愿在梦之边隙寻求寸地栖身，其心境可知；抑或即便"梦边"只有寸地，词人仍不改初心，甘愿栖身于此，其情怀操守之坚贞亦显然可见。又如吴玉如先生题《华胥引》词云："笼灯敲韵，量夕瑳吟，丽才难得。妙绝天成，楼台七宝无碎饰。只有孤月流空，照海心如拭。千尺波澄，睡龙宵弭声息。　衔意谁纡，写清辞、运针飞织。浩歌年少，多君斯文意刻。旖旎风光前路，亻绣篇矜式。浮恨闲愁，更知非挂胸臆。"上阕写词人高才，七宝楼台浑然天成，而海心如拭，睡龙无声，下阕赞梦边词人斯文矜式，非以浮恨闲愁填塞胸臆者，则其于浮恨闲愁之外，自有更加真切之情义在。又如启功先生题《十六字令》词二首云："词。七宝楼台玉树枝。心所慕，异代若同时。"赞梦边词人得梦窗词雅正之风，可称异代同音。"词。理屈而穷我自知。一个字，捻断数茎髭。"写梦边词人苦吟之状态，所谓"理屈而穷"者非谐趣语，其所言者在于词之意蕴并非如文章道理一般可追寻明确之意义，而自有言不尽而意无穷之风致焉。诸老题辞，不烦更多征引赏析，已可见当时贤达对梦边词人较为集中之赞美，且绝非泛泛虚词，而是文人间之理解与同情，亦可见牧石先生之成就与影响。

　　牧石先生之论词，其标准有三：一、内容新；二、形式美；三、格律严。

并强调此三项标准之次序不可颠倒，更不能偏废，既评赏之标准，亦创作之要求。先生之诗词除得本色正声之妙，更多用典，且自铸其辞，故多数给人"隔"之不可亲之感，一则缘于其诗词多为学者之诗词，一则缘于其善于以辞藻之绮丽表现情思之缠绵，极少显露直白之作。如其《莺啼序·香山登高和梦窗丰乐楼韵》一首："湉湉绀波漾晚，浸明霞倒绮。豁愁眼，旷宇高寒，数峰青蹙眉际。蓦惊觉，阴晴片霎，颓云织黑笼新霁。殢秋吟枫老，江桥败叶红坠。　佳节登临，念往自苦，甚孤筇倦倚。怎禁得，百感苍凉，湿烟依约凝翠。尽沾衣，霜花遽泣，滴鲛泪，都成铅水。暗低徊，萧悴年年，暮蝉身世。　银华洗魄，玉醵渐肠，信道醉乡美。嗟病里，鸣局松馆，莳艳梅圃，暂理闲娱，亦嫌多事。香羞独茝，娇矜群莠，沧浪清浊从休问，怅何楼，占尽人间地。风骚堕劫，千丝网结长生，映天怯看星纬。　芸薹焰直，苜蓿盘空，况夜阑漏迟。待盼到，忧怀销歇，险梦苏醒，帝遣乘轩，碧城十二。仙居惯望，尘缘轻误，幽霾如幂霄路隔。谩歔欷，偷掩哀时袂。堪他溆雾林霏，作足凄迷，断魂万里。"作于苦闷悲愤之环境中，借香山登高抒怀，而将知识分子浩劫中凄怆悱恻之情、低徊掩抑之感、忧愁苦闷之状，写入词中，生动可感，婉丽幽细，用典妥帖，被寇梦碧先生等吟坛老辈赞为压卷之作。

其诗则有《待尽堂诗》。所谓"待尽"者，盖出于《庄子·田子方》："吾一受其成形，而不化以待尽。"成玄英疏："唯当端然待尽，以此终年。"此意更频见其诗中咏怀。如《四十初度》诗云："等闲歌笑竟何如。结习风花半已除。人外一堂堪待尽，尊前万感自逃虚。藏山肯学留皮豹，乐水难从掉尾鱼。四十行年空不惑，茫茫岁月渺愁予。"《待尽堂除夕》诗云："醉入承平梦里天。心花暖共烛花燃。醒来最喜应何事，待尽人间又一年。"《幻态》诗云："幻态纷纭不厌新。番番后事总前尘。花光已逝三千界，风信犹传廿四春。过眼湖山供睥睨，安心梦寐与沉沦。羲和缓辔崦嵫外，奈此人间待尽人。"总有一种悲世伤怀之感充斥其间。可见，牧石先生对人生所处大环境之警觉与他性格之特质、人格之操守，以及对诗词之认知、审美之追求，共同促成他诗词中那缠绵曲折、富有言外意蕴之艺术品质。

牧石先生晚年又有《石怡室诗词稿》《石怡室吟掇》，所谓"石怡"者，乃由先生与张静怡女士夫妻之名而来。牧石先生夫妇毕生情深意笃，夫唱妇随。先生暮年亡妻，深感悲凉，如《感逝》诗云"焰白悲残烬，酒清伴瘦吟"，揭孤怀于寂寞，《悼亡》诗云"人知有恨须藏梦，花识无春故匿香"，移情愫于虚实，至于《夜色》诗中句"夜色凄其夜气清，恼人残月向人明""笔底花开难并蒂，酒边弦绝感无声"，则沉痛黯淡，哀响绵绵，可见诗人无不重于深情。

而其诗词非仅专于情，情、思二端实相表里。"造化元应参圣哲，在山出谷尽泉清"（《皖萧圣泉碑林索作》）以明守儒之思，"何处于今寻隐逸，毫端召我出尘寰"（《题岫影画二首其一》）以明出世之思，"知白能教归守黑，素肌应遣着缁衣"以明人事之思，"只缘芳泽多糅杂，先自归来嗅赝真"（《张良索题画》）以明辨正之思。凡此种种，皆发挥于满腹经纶、情真思切之中。又有《浣溪沙》词云："醉里情怀乐有余。醒来依旧赖愁扶。未妨醒醉半模糊。　聚散伤心同幻变，湖山回首尽空虚。此时有梦不如无。"读之令人恻然，乃知他虽一生乐观、与世无争、与人为善，但内心总有一种词人之苦楚在，用叶迦陵（嘉莹）先生之理论言之，实符合词人"弱德之美"焉。

叶迦陵先生于《张牧石墨剩》序中云：在此时代，如张牧石先生如此热爱中国古典文化，且热心于传承者，非常难得，他以为要写古典诗词，应依格律去作，传统必然有其内涵和艺术精华在。余亦以为中国古典诗歌之所以发展成为一种讲究平仄、对偶之形式，正由中国语言文字之特色所决定，唯此才能传达一种特美。张牧石先生诗词绝然不同于流俗，有一种精微美妙之意境，有他个人一种真切之感受，如《浣溪沙》怀念张伯驹先生"卧地残阳颓似病，没空孤鸟淡于烟"两句真正写出词之意境，一种幽微隐约之特美，且正如梦窗词之意境。

寇梦碧先生《八声甘州·饯梦边词人》有句云："回首梦边小驻，共心光作作，夜气漫漫。几精灵摩荡，呼唤杳冥间。"又《题张牧石梦边词》诗中云："金碧徒夸七宝台。可知肝肺郁风雷。烛边泪尽存心史，十万鲛珠是劫灰。"牧石先生诗词，心光呈作作，肝肺郁风雷，将平生遭遇、感触、思考尽写入诗词心史，以委婉深密之方式作世态时代之写照，实近代以来沽上吟坛之巨手，华夏诗界之名流。

先生一生淡泊名利、与世无争、敬业乐群、好学多能，故能以精诚之心力、不懈之坚贞而成通才硕儒，为世景仰。其去世后，门人曲愚辰（世林）先生以"名士无为真吉士；先生本色是书生"一联相挽，实为先生一生品格之高度概括。

余晚辈后进，少时顽劣，十余年前方有志于学，庚寅夏月乃获接先生风仪，温柔敦厚，满腹经纶，令人仰止。余持所临吴大澂书"吉金乐石有真好；读画校碑无俗情"联赠先生，先生曰：这是规规矩矩写字之人。今日思之，彼时余去"八法"之远，何啻百里，先生勉励之情，实可感也。先生知余习作诗词，遂赠题"暑临诗词稿"签，云：将来结集，必能用上。且诗、词二字书写数遍，为便选用。又持赠所著《石怡室吟掇》《篆刻经纬》。彼时先生虽已患病，但仍可饮酒，席间余以有名无字问于先生，先生曰：既名暑临，可叫子夏。余曰：子夏孔子弟子也，余何敢居之。先生曰：又何妨也。王崇斋（焕墉）先生大笑曰：有贤弟子必有贤师，吾等沾贤弟之光了。饮宴欢洽，不觉日暮。先生相约常去家中，并言虽处病中，尚可为治印，但是年秋余短暂出国访学，翌年春从毕多闻（恭）先生处见先生照片，苍老之相竟已判若两人，遂不敢轻易造次，岂料不及数月，先生撒手人寰，永登极乐。余多年从王崇斋、曲愚辰、毕多闻等先生游，对牧石先生生平多所知晓，瞻仰弗及，哲人一逝，悲痛无已，曾有挽诗云：

钤成旧冻印如神，满把朱砂照月轮。耀影千潭佳且好，先生功业自轮囷。

曾闻蛾术本修身，敬写佳联赞晚春。嘉会当年怀茧梦，相知规矩作书人。

为题诗稿字生春，无意病中念苦欣。一别光阴常记忆，非徒节序雨纷纷。

名传子夏未能任，可与言诗对素襟。砥砺学人书独有，年来事事度金针。

余虽驽钝，然近十年以来，对先生之学术亦颇为关注，对先生之理解亦渐或有得。幸先生之二女儿张秀颖女士及弟子赵祥立、毕恭等先生热心弘扬先生学术，使吾人能拜读先生更多著作。然先生诗词集早年刊印数种，今已不易得见。近年经人整理出版，见有传播，然其所据者，仍以早年印本为主，只部分依据先生手迹。

己亥春，余辑校陈机峰先生诗文集初稿成，更发愿整理牧石先生诗词集。张秀颖女士知余怀此志，为先生诗词彰显全貌，广益学林，乃出示家中珍藏所有先生诗词手稿原件或复印件，蔚然大观。余接词人墨华之芳馥，识诗国拔萃之精诚，遂废寝忘食，过录参校，以成斯编，宜使世人更知先生名山事业、诗魂词心者也。

忆丁酉春，牧石先生诞辰九十周年时，学林曾有纪念之会共为缅怀，余有联语云："名山事业，茧梦寄雕龙，实可观焉，成自家印史；流水平生，邱园曾尚雅，其难复者，是一代词人"。词人虽云难复，但词学之承继，仍有望于今日与未来也。

因作序言如上，更集先生诗句得《浣溪沙》词二首，以为纪念，并抒怀抱：

> 不作寻常大小鸣。为庄为蝶总相并。能行行处是知行。
> 笑借天风吹好句，玉箫吟弄作春声。绝无情处是多情。

（此首各句分别出自先生《七二钟声题辞》《东源四十一初度二首》《游琴岛崂山道士穿壁墙摄影》《游仙诗》《上元》《过茧梦庐旧地》等作）

> 岂待兰台志艺文。旧怀早自惯宜新。不妨天许作词人。
> 玩古情怀空自慰，欲从何处觅香尘。也知无幻不成真。

　　（此首各句分别出自先生《陈迩冬先生以新著闲话三分见寄题句为报》《丙丁杂诗多为腹稿今惟忆此章》《年来沉溺倚声或有以枉抛心力见讽者书此答之》《和寥士》《李园海棠盛开碧丈尚未来津》《题内子遗作妙玉画像》等作）

　　　　　　庚子春月，后学子夏魏暑临于沽上知夏书屋

王崇斋谈诗鸿爪

　　我初学诗词写作时，曾受教于津门诗家王崇斋（焕墉）先生，除了在格律上获得启蒙，在诗词的赏评与遣词达意上也屡受点拨。在几年的从游过往中，真正谈诗论词的时间虽然不特别多。但仍有不少耐人回味的细节令我受益至今。

　　当时有学者撰文探讨苏东坡《念奴娇》词"人生如梦，一尊还酹江月"在情感上是消极还是积极的问题，我便询问王先生的意见，他说："所谓'酹江月'，是将情感扩大到江月之上。是消极还是积极，应看全词的格调如何，不应只看某句；因为情感的本质不会因为意象、意境的放大而变化，所以，看全词的格调如何，就是看情感放大后如何，也就知道某句之格调如何了。"他顺势提起李太白的"唯见长江天际流"，也是把情感放大，没放到大江上，可以看作一种比喻。我一向认为太白此句是写眼前实景，且寓情于景，而王先生这种理解则是以江水为纽带，将诗人和被送别之人联系起来。他的这一解读也许尚有值得商榷之处，因为原句的口吻毕竟不同于"恰似一江春水向东流"那样明确的比喻，但是这种说法却能很好地引发我们感受这首诗抒情的意味。设想江水在这里对人的情感没有这种象喻作用，则诗人不见友人,友人不见诗人,何以传情达意呢?不就成了情感的隔绝了吗?人和人行迹之间的隔绝,正需要情感来弥补,诗人也许正是要用这不尽的江水象喻自己的感情,以达到情感在时空中的联系。

因为上述这两首诗词都与江水有关,于是我们又谈起温飞卿的《望江南》,如果仅是"梳洗罢,独倚望江楼。过尽千帆皆不是,斜晖脉脉水悠悠",而不要最后的"肠断白蘋洲",看上去似乎是以景语作结,字面上也很好,但读起来总觉得少些什么。王先生说,去掉这一句,读起来显得很"秃"。我觉得这个"秃"字非常形象,当年有不少学者主张此一句是这首词的累赘,讲了很多所谓的理由,却全被一个"秃"字攻破了。

于是我想,对比李白的诗来看,为什么用"长江天际流"作结尾就不秃,"斜晖水悠悠"作结尾就秃呢?这当然与词的音乐性质有关,但更重要的可能是在于"长江天际流"从眼前写到天边,可以联结思念的双方,而"斜晖水悠悠"既没能把思念的对象从远方渡来,也还不足以表达抒情主人公自身的情致。所以,当抒情主体面对着悠悠流水,其内在的感怀正需要"肠断"一句加以点破。有了这一句,不但情感不重复,情意和音节更得以延长,所以不但不"秃",更饶有风调。有人说,这首词删掉最后这一句才算得上含蓄,我想,含蓄本不是美的唯一定律,何况,我们不愿欣赏"秃"的含蓄,因为这样的含蓄就不够美。

王先生曾对我说:"写诗词就是把自己想表达的东西,想办法用遣词造句的方式连缀出来,但是怎么表达、表达什么,则取决于人的颖悟力。怎样是一个人聪明有才,就是指要有颖悟力,你就有超强的颖悟力。"为了鼓励我,他也曾帮我改诗,以强化、教正我的颖悟力。例如当年他曾主持成立杨柳青诗社并创办诗刊《杨柳风》,同人以诗词祝贺,我有绝句二首:"俊游千载说兰亭,藻咏何曾逊五经。杨柳参差堪适我,芸窗共对万山青。""杨柳风生春水旋,诗人怎不觅花笺,流年自有青黄在,写与山川作外篇。"对第一首,他说末句虽可视为象征,但毕竟杨柳青一带本就无山,终是不太切合;而第二首的"怎不"是词的口吻,改为"何不"才是诗的口吻,绝句虽近于词,但诗与词的区别应从细微处品味出来——这一个字的辨别，对日后我培养诗、词不同的语感有很大的点悟作用。

又如我的一首题画竹诗："旧有风篁戛玉说，胸无胸有各婆娑。添幽手种南山竹，陶令驱驰倚玉柯。"他说"驱驰"看似是极度赞美此竹佳好，吸引陶渊明赶来欣赏，但因为不符合陶令的性格、身份、一贯作风，所以反而会减损诗歌的表达效果，不如改为"闲来"二字。我觉得这两字改得颇为传神，于是领悟到造语用词不能"用力"太过、变相"失真"，否则弄巧成拙、得不偿失。

当时我写过不少绝句，其实是缘于王先生倡导初学者应多作绝句，他认为绝句是半格律化的产物，锻炼人精炼的表达，且用字用词尤需恰当，特别要注意虚词的使用，不可太多实词的堆砌。像这样见微知著的指导其实还有很多，可惜我没有完全记录下来。

为《崇斋诗词》作注

　　十余年前，我从游于沽上诗家王焕墉先生，某日闲谈，他说："寇梦碧先生诗词很好，但有的难懂。曾有人表示愿为他的作品作注，但寇先生不准，认为读得懂的不用注释，读不懂的有注释也没用。我与寇先生想法不一样，我想请你为我的诗词作注释。"于是，我以期年之功，完成了《崇斋诗词》（包括《崇斋诗存》《知月词》两部分）的注释。全书经王先生与刘红女士审定，请周汝昌先生作序，由天津古籍出版社出版。

　　当时，书中大部分注释我都可以独立完成，但偶尔也会遇到疑难，我便乘车到王先生的知月书屋相互商谈，有时除了解决原有的问题，还能获得额外的理解；也有的是我本来未注，先生主动告知了应注的内容。如《辛亥冬至后二日吟侣小集双梧馆》诗中有"客同初雪至"句，看似即事而赋，别无深意，最初也就未加注释，但王先生说，寇梦碧、陈宗枢、张牧石三位先生每年正月初五必雅集于他的书斋双梧馆。这是从诗句中看不出的消息，但与彼时文人交际有关，聚会的日期又记得清晰，是难得的信息，遂增补了注释。

　　有的诗句我当时不能理解，问王先生本人，但用典、用意他自己也记不清，只能阙如，不无遗憾。如《和丛碧词丈沽上看海棠诗》有"醉卧海桥题石柱"句，即属这种情况。后来读《冷斋夜话》："少游在黄州，饮于海桥，桥南北多海棠，有老书生家于海棠丛间。少游醉宿于此，明日题其柱……东坡爱其句，恨不得其腔，当有知者。"才知是用了秦观的典故。而故事中的苏轼本也是咏海棠的名家，他竟然对秦词如此艳羡，更见得秦词的高妙。将此典故用在唱和诗中，既切海棠诗题，也表达了对张伯驹先生的推崇，以及诗人自己情怀的高涨，是非常恰切的。

王先生诗中也有不作注释则难以理解的情况，如《暑临贤契庚寅秋赴丹麦讲学，戏赠一绝》诗："金翼轰鸣响飙车，君看一种夕阳斜。仙英自逞奇寒蕊，或换东温不可花。"是我某年出国前，先生为我践行席间所赠。当时吟出，听众对末句不解其意。刘红师姐开玩笑说："君尚未婚娶，丹麦美女如云，先生盼你娶回奇寒之蕊，不要咱们本土温室之花。"王先生笑答不是此意，而是说"或许仙英如在东方的温度之中则不可开花"（此即书中本句注释）。师姐又说："原来先生是怕你留恋北欧美女，带回外国佳丽。"这当然是席间畅谈之语，众人欢笑而已。后来思之，我平素主要喜爱研习中国传统文化，王先生此句其实有两国文化环境不同，望我早日归来之意。

为该书作注的过程中，我亦常求正于沽上词人毕恭先生。像王先生这样的老辈诗家注重抒情达意、遣词炼句，部分词作未必完全符合词谱格律，有些出入较大的，均由毕先生摘出，由我请王先生修订，再加注释。故而该书出版时部分作品，尤其是词作，与原稿存在一些差异。所以，原稿与改稿均甚为可观，读者如能有机会一并读之，对诗词的创作和赏析应该很有启发。

王焕墉先生的集外诗

　　王焕墉先生是天津当代著名诗人，曾师从寇梦碧、张牧石等先生，是天津重要诗词团体梦碧词社及梦碧后社的骨干成员，多数诗词在其生前辑为《崇斋诗存》《知月词》行世。

　　近日偶然见到一封陈机峰（宗枢）先生寄给王先生的手札："焕庸同志：久未晤谈，甚念！春节将临，颇思与诸词友一聚。兹定于正月初三日晚（星期六）在舍间与寇、张二公小聚，请六时左右莅舍。备有薄酌，勿却为荷。此致敬礼。陈宗枢。1 月 30 日。"按照时间推算，此信应写于一九八一年或一九八四年。当时，陈先生和寇、张二位先生同声相应，常雅集联句、共作诗钟，而王先生作为寇、张二人的弟子，也常参与其中，过从紧密。王先生对陈先生推崇备至，其《知月词》中录《瑞鹤仙·寿机峰词丈》一首，有句云："尘中自耿，天心月，一般净。乱尘多歧路，梦程天阔，悄把残春支靖。一江风、吹上华堂，篆扬寿鼎。"赞美陈先生虽遭遇坎坷，但仍能自守高洁，怀抱雅操，以享遐龄。所谓"一江风"兼指陈先生早年参与发起天津著名昆曲社"一江风曲社"，借以代表他曲学的成就。

同时又见到王先生诗稿一纸，题为"悼陈机老三首"，正可印证他对陈先生的景仰。

其一："苍狗蓬莱是旧身，莲花池畔净无尘。琼楼不用迷离语，笑向词兄多一人。"附注："陈翁长寇翁几岁，但寇翁先谢世。"

其二："岁岁联吟别有天，梧桐斜月隔寒烟。三公今剩一人健，最惜曲声过酒筵。"附注："寇、陈、张三公于每岁正月初五日在舍下小聚联吟。拙作《辛亥冬至后二日吟侣小集双梧馆》一诗以记其事。酒后寇公唱京韵一段，陈公唱昆曲《林冲夜奔》一段，张公唱单弦《风雨归舟》，至月色催人，诸公方归去。此亦一时之乐邪。"

当时王先生家门前有梧桐树两棵，故自榜斋号为"双梧馆"，因而有"梧桐斜月"一说。而诗中所谓"三公今剩一人健"指当时张牧石先生尚健在。张先生去世于二〇一一年，陈先生去世于二〇〇六年，可知这组诗写作的大概时间。而注文中对当时雅集况味的简要描述，读之令人神驰不已。

其三："苦日飞声谱涧泉，北邙人去自安眠。春风也助多情树，吹落榆钱作纸钱。"附注："陈公旧宅在今进步道，道边多种榆树。宅为两层小楼，公居楼上，时有玉笛之声暗飞。"

注文原作："玉笛之声常暗飞，散入东风满津城者也。"大概是为了词句精炼，遂为删改。而当时陈先生的曲名，可谓驰誉海内，又何止是满津城而已。

另有《谢周退老赐横额二首》诗稿一纸，诗云："出没云间陆士龙，两番书喜故人逢。横颜若挂春山上，化作人间五老松。""赐我彩笺壁上悬，千山难隔梦相连。春光玉骨由公寄，怪底书房响夜泉。"周退密先生是当代学界耆宿，与吴祖刚、喻蘅、田遨合称为"海上四老"，早年与京津诗家多有唱和。王先生与周老本不相识，而词人赵连珠先生与周老熟稔，曾代请周老为王先生题写"知月书屋"匾额。《崇斋诗存》录有《赠退密词丈》诗一首："花间意趣世无双，小令移情过大江。求得星珠光四壁，恰如初日上心窗。"在修辞和气象上，略显泛泛，美感似不及"挂山松""响夜泉"之神采与音响。

　　当年《崇斋诗存》《知月词》合编为《崇斋诗词》出版之前，我曾参与校订并加注释，今日得见集外之作，颇感亲切，记录于此，以播诗林。

《知乐斋诗草》整理序

　　二○二○年十二月初，我初次随王振良先生拜访龚绥先生，谈话间受命整理令曾祖龚晓珊先生日记。当日龚先生提及另藏有张苟晖先生《知乐斋诗草》一册，然仓促未便找出。今年秋，振良先生转来该册影印本，嘱为点校。

　　张念祖先生，字苟晖，以字行。于津门诗坛曾享重望，尝任城南诗社社长、国学研究社讲席（主讲诗词、《春秋》等）。赵元礼《藏斋诗话》云："广智馆附设之存社，每月征诗，上月章式之先生主课以'谒李文忠祠'命题，约收四十余卷。城南社员应课者甚多，张苟晖孝廉贾勇作十八卷，才气横溢，同侪俯首，好在糊名易书，无通榜之嫌也。其佳句如'聂马有祠勋莫并，骆胡专阃谥从同''八旬衰老仍筹笔，九命荣哀到盖棺''平心功罪何须掩，瞑目河山不忍看''举世谁持非战论，至今才识议和难''塞上风云沾上水，不堪庙貌亦沧桑''晟由天降安宗社，绛惯和戎恃老成''大老盖棺元气尽，荩臣谋国小民知''末世英雄东去浪，君家壁垒北平王''丹书铁券等闲事，剩水残山空夕阳''望满寰中身已老，盟临城下事堪哀''预知浩劫难筹笔，故使纯忠早盖棺'，佳联甚多，不能悉记矣。"可知张氏实为当日诗坛翘楚。而一命题则出佳句如许，更可见其腹笥深秀，笔底有力。观赵氏诗话，知张氏擅长属对，必近体之能家；而今见其《诗草》，兼慕其古体纵横，习风沐雅。惜其生平事迹不显。据侯福志先生钩沉，张氏祖籍河北昌黎，乃张胜亭之长孙，光绪二十九年（一九〇三）举人，国立大学文科毕业生，于民国六年（一九一七）重修县志，著有《春秋大事表》等。

此《知乐斋诗草》一册为张氏手稿本。封面题"知乐斋诗草"，署"詯簃未定稿"，詯簃乃张氏别号。内页用"大学堂札记"格纸誊抄。首页钤"张偁"白文印、"詯簃"朱文印。册尾补识"右古今体诗二百四十首，起乙卯正月，止丙辰七月"，可知其中诗作出自公历一九一五年二月至一九一六年八月。我于点校之余，又查阅《国学月刊》《新学海》《天津商报画刊》《北洋画报》等资料以为校勘，凡有异文而非显然错植者，均加注明。凡所见于诸报刊而未收录于《诗草》者，计十二题二十五首，合为"知乐斋诗草补遗"一卷，附于其后。

张氏吟咏，诗材广阔，思接古今，气质飞扬，跌宕宏深，又喜作组诗，故今日所见，盖仅其生平诗作之牛毛鸿爪，然亦实为可观。撷其大要，此二百余首诗作有最可注目之特点者三。

其一曰咏史用史，运思明理。集中作品虽亦有随感遣兴之作，而运用典故，俯拾即是，怀古咏今，颇多佳什，可见张氏熟读史籍，运用娴熟，有意贯通诗史，增其厚重，以诗为知变穷理之途。

其二曰写事记时，反映世运。大凡诗人怀古，多以感时之因，而张氏非仅善于咏史，且颇有纪实之作，如《洪宪杂咏三十首》，写袁氏称帝期间时事，自所谓"研究国体"直至"项城逝世"，全面反映政局要闻，深刻反思治乱因由，涉及当时人事颇多，亦参大量用典，的增古今之思，笔法阳秋，口吻美刺，可谓"兴观群怨"之佳篇。张氏喜尝试各类诗体，集中所存，已属丰富，然此组诗所用上下平全部韵字以成七律三十首，非仅逞能所为，实为胸中郁积一时喷泻而出，有不可不言而不可不彻底倾诉之致，文人之不自绝于世运而怀抱天下，有感于时代升沉而寄托于吟咏，于兹可见。

　　其三曰赞叹闺阁，关注妇女。集中有《续百美咏》七绝一百首，虽亦不乏以韵语直写其事者，但春秋笔法亦颇具焉，至于兴发感叹、夹叙夹议，虽绝句短制，亦足引而伸之。而以百首之巨幅写历代之妇女，盖其意乃深有寄托焉。另有《朱门曲》《后朱门曲》《读小说月报》等作，皆有关当时妇女遭遇之咏叹，可见其所关注者，并非偶然。张氏非但体察古今妇女之命运，刻画女性心理情状亦动人神思。如《子夜歌》："郎唱采莲歌，侬上采莲船。采莲莫采叶，叶底鸳鸯眠。郎扑蝴蝶青，侬扑蝴蝶黄。蝴蝶逐侬飞，怪郎嗅花香。郎骑青骢马，侬骑白鼻騧。騧鸣惊树鸟，马蹄沾落花。一步郎栽花，十步侬栽树。花树栽几多，数侬行几步。裙样石榴红，遮住双钩小。春风太恼人，故把裙掀了。窥人怕人窥，出门颜宄赧。斜倚素屏风，穿孔容娇眼。郎制合欢杯，侬劝郎进酒。侬饮郎莫辞，唇脂沾郎口。一掷郎得卢，输却双珊瑚。娇嗔卧匡床，伴睡任郎呼。昼课侬读书，夜课侬习字。鸳鸯点画多，临写怕郎试。缠侬问小名，欲言又含笑。莫被鹦鹉知，恐他人前叫。一怒推郎卧，一笑扶郎起。喜怒侬不知，檀郎宁识此。半臂解赠郎，愁郎深夜凉。人前避上风，襟有乳花香。"活泼细腻，纯情至美，诵之唇齿留香，玩味可喜。是以诗人之笔，非独镗鞳大声、捭阖巨响，其状态人情、回环歌咏，必有适合之笔法而能运用之家数也。

　　以上三端实我个人读张氏诗作之主要感观，尚未能涵盖其诗歌风貌之全体。除此之外，我甚爱其论诗之作，真可谓有诗见、诗识与诗之真体验、真感受之肺腑经验之谈，亦可见其诗学主张。在《与枚、檀二女论诗》七律四首及《次女兆檀诗失粘，作七绝以自嘲，结句云：此后吟诗须记取，平平仄仄仄平平；爱取斯语，用辘轳体成七律五首以遣闷》七律五首中，张氏自述其"天籁仍须假斧工，昼师鸣鸟夜鸣虫""下笔先须问性灵"等以自然为师、以性灵为本之诗学观，表明"漫争唐派初中晚，好读毛诗雅颂风""立言且莫存门户""不必随声拜阮亭，杜陵白傅有前型"等不争门户派别、时代差异，复归于风雅，以杜甫、白居易为标格之学诗主张。张氏诗作之内容风格，的确与杜、白一脉相承，既着力参会诗史，又良多因事兴感、为时而作之篇章。因此，其《听洞庭秋弹琴》一诗中所谓"温李太浓郊岛淡，杜陵白傅真我师"亦实在夫子自道也。其用"太浓""太淡"评价温、李、郊、岛四家诗，恐亦尚属委婉之言，其诗作中用典密丽之处不乏其"浓"，随闲赋性之章又不乏其"淡"，却既不同于温、李之繁复，更迥异于郊、岛之苦寒。是以亦曾表明作诗应"短诗韶秀长诗健，消息无多蕴个中""少吟防涩多防滑"，其所追求者乃韶秀健美、不涩不滑之风；至于其虽明言"四声综错七言成，半日推敲一字争"，却又区别于"郊寒岛瘦"之拈断髭须，而是追求"一字推敲休放过，助诗烹得雨前茶"之趣味。其他如"警句每因无意得，题声细向静中听""名家得失一心知，诗病还须诗药医""何时梦里笔生花，格律无涯却有涯""声判阴阳参雅乐，阵分奇正斗心兵"等句，皆经验之谈、本色之论，令人拍案会心。总观张氏诗作，其《题鄂华楼诗草》中"有时咏古人，翻案论雄奇。有时吟名山，纸上现屃屭。有时评花鸟，耳目皆融怡。有时赋风月，景物春台熙"云云，若引以评论其自家规模，则恰为适宜。

张氏之所以有如此之表达，则源出于其诗学之思想，而其诗学思想，又曾明确阐述于其一九三三年为冯文洵《紫箫声馆诗存》所作序言，其文有云："《诗》与《易》《书》《礼》《乐》《春秋》并列为'六经'。庸止为抒写性情而已哉？盖政治之窳，风俗之贞淫，均于诗焉系之。善言诗者，一吟啸间，美刺褒贬寓焉。一扢扬间，兴观群怨见焉。古今之纯儒、古今之循吏，即皆为古今之诗人。殆以言者心之声，诗之于言又其精者也。读其人之诗，实不啻于闻其言、见其心。诗教之所以可贵也。若徒拘拘于批风抹月，镂山琢水，声病纵谐，亦雕虫小技耳。乌足以登风雅之堂，而哜其胾乎？"可见张氏虽为史学家，乃更为诗学家，对于言之精者之诗尤其珍重，遂不愿止步于抒写性情、吟咏风月，而愿以"诗"之经义与"诗人"之泛义，而追求"兴观群怨"之诗教。古人有如王船山者致力于"兴观群怨"之发扬研习，近人有如缪彦威者尝言"所谓'诗教'，不只是如《礼记·经解》所谓之'温柔敦厚'，而是指孔子所谓'兴观群怨'，也就是诗对于政治、文化、人生所发生之作用与影响"，皆可于张氏之诗论与其诗作中得之。

陈诵洛《今雨谈屑》评价诸诗友时尝曰："张苅晖如老农力田，深耕丰获", 颇得张诗神味。盖其所指,乃在于张诗予人之深沉宽博之总体印象。而此种印象,既来源于张诗取材古今、兴观群怨,又来源于其体兼古近、多作长篇,其所作可谓诗人之诗与史家之诗之结合,亦可谓风雅之体与唐人之体之结合,又可谓诗人之识与社会之识之结合。

苏之銮《星桥诗存》有《镜波以张芍晖题其文集二首见示,余读之技痒,步韵和之》,诗云:"燕公大笔灿光华,众口咸称文学家。一纸疾书凭腹稿,六尘共转放心花。吟坛坐拥钟先动(芍晖善诗钟),试卷评量鉴不差(芍晖现充襄试委员)。社结城南(芍晖社长)磨岁月,遑论世事乱如麻。""品超流俗属仙曹,雅好诗书兴最豪。细律堪追工部杜,长吟直迈达夫高。层宵唾落生珠玉,妙句花裁快翦刀。光霁未亲深景仰,何时握手得相遭?"第一首赞美张氏文学重望、博学捷才、胸怀锦绣、执事公允,第二首称其诗兴高雅、上比唐贤、光风霁月、令人仰慕,可谓颂扬之至,读之令人神驰。

壬寅大雪前二日,沽上后学延堂魏暑临于知夏书屋

《知乐斋诗草》整理后记

　　张芍晖先生遗稿《知乐斋诗草》整理竣，振良先生拟将列入"问津文库"之"津沽名家诗文丛刊"付梓，此在张氏之光，而亦我之荣也。张氏曾享三津诗坛重望，主要活跃于城南诗社与国学研究社，皆重要学人团体，为今日学人所向往。此类前贤如事迹不显，成就难彰，实令今人坐立不安。所幸振良先生等有识之士，奋发开创，坚守蹈厉，十年来先后整理出版乡邦文献及研究著作百余种，就文献搜集校订而言，既有《津门诗钞》《天津文钞》等总集名著，亦钩沉别集、诗话、日记等，诚属难能可贵。此皆乡邦文脉传续之维系，精英与时代智识情操之凝聚。今人刊印研究，可知乡土文化发展之线索，非仅故纸堆之新翻版也。尤其以诗学而言，乃雅文化最集中体现之一，亦恰今人于我乡土文化知之尚少而不可不知者。

　　世人常言我国传统文化有断层、有失落，而诗教诗风尤其严重。津人又常言乡土文化之经济、军事、民俗等项，而鼓吹以诗为主导之雅文化者，其声响相对较为薄弱。吾人必知文化如有断层，如有失落，虽有历史原因，其责亦在于吾人，只因断层失落亦时刻真实体现于吾人切身，而打破此局面之实践责任亦正在吾人肩上。林庚先生曾言，中国文化以诗歌传统为中心。此言庶几符合旧时代，而于今日社会颇难实证，不可不发吾人深省。是以借鉴传统，承继诗学，开创今日之诗生活，则不可不谓一件有关时风人情之大事。诗教实为美育之一大宗，知美有德，则遑论世风人心之沦落；固风俗淳净、人心高尚不可无美育之作用。林氏又云，借鉴诗之传统，乃要唤起艺术之新鲜感受，激发生命之原始力量；以新鲜之感受能力与飞跃之语言能力，使人获得清醒活跃之感觉；以立体之语言彰显立体之世界，使人愈加聪明。夫如是，即使世殊事异，语言环境不同，而诗意仍在，诗人不泯。而吾人面对传统文化遗存，虽彼时彼人之著作，然而得其共感，发我之思，不必因循温柔敦厚，而能继承兴观群怨，则研读之而不限于寻章摘句、不困于盲目重复、不堕于陈旧迂腐，而乡土文化之精魄与线索，乃能寻而得之，此方为旧籍之新作用。

壬寅初我作《龚晓山先生起居注》整理序言时，曾有诗云："彰著乡贤愿不空，钩沉略见校书功。"此是我近年一贯理想，曾倩西泠邵晨先生为治"钩沉尤见校书功"印以表达之。而彰著前贤著作之力，又不仅在于钩沉校订，更在于研读甄别、身体力行，则在此亦须申明之意。吾人整理出版前人遗著，断非愿吾人及读者致力做今之古人，而期以能知今日尚不及古人处，知今日与古人一致处，又知今日能超越古人处，做更聪慧有修养之今人，镕古铸今，方是有为。而此集整理与出版恰逢问津书院成立十周年前后，更具纪念意义。冬去春来，万象有待。因题句云：勠力同仁经十载，乡邦典籍耀三津。芳华荏苒情怀继，文脉侵寻气象真。沐雅习风歌旧曲，铸今镕古做新人。澄心生白烟霾尽，珍惜尘寰岁岁春。

壬寅小寒，延堂魏暑临于沽上知夏书屋晴窗

《退省斋遗稿》整理序

　　己亥腊月，宋业宏先生寄其外曾祖樊小舫先生诗集手稿影本来，并刘景宽先生抄本一册，属为整理。日常琐事鞅掌，竟然两载乃成。经宋公首肯，遂荐于王振良先生，列入《问津》丛刊，以广流传。是册为樊氏行书手稿，本无封面，亦无书题。首页钤"樊荫慈印"白文印，尾页钤"慈""竹南长寿"二朱文印，册内穿插钤有"樊""竹南""小舫氏""庚辰"等印。

　　樊荫慈，号竹南，又号小舫、筱舫，斋号纯一室、退省斋。生于清同治五年（一八六六）十二月初一，卒于一九四四年夏历三月七日，享年七十九岁。樊氏善诗书画，颇得时誉，又乐助好施，致力教育，广有善举，兼获修名。陆辛农先生《天津书画家小记》尝评云："善写兰石，寥寥数笔，殊有风致。又能工书，诗亦清新可诵。"去世后，教育家郑菊如先生有挽诗云："海上仙山驻鹤骖，拈花笑我俗尘贪。诗文格调赵瓯北，兰石清奇郑所南。去岁蒲榴同抱恙，今春风月与谁谈。阿咸交与贤郎契，青出于蓝却胜蓝。"比其诗于赵翼、比其画于郑思肖，可见樊氏诗学画学之宗旨与成就。

　　樊氏曾住天津城东南斜街，从学于王恩瀚、恩澎昆仲。恩瀚先生之子王襄少年时又求学于樊氏家塾。王襄先生《簠室题跋》中有《题樊小舫书楷模》，言樊氏"从先君与先叔学，故所书颇有先叔意法"。王氏另有《题樊小舫画兰》诗云："喜有兰花开四时，不沾雨露亦华滋。何人播此湘江种，凭仗诗翁笔一枝。"又《和樊小舫画兰题诗》云："为花写照奋柔毫，有如对鉴影莫逃。君今负有郑虔业，与乡后进振风骚。""遗我画兰秋正寒，和罢题诗夜半残。安得随君种芳草，携锄步入匡庐山。""饮酒可销忧，写花如解语。花酒常娱君，已得良伴侣。关门守夜叉，非吾所心许。""饮少何能醉，花香本不语。果有解语花，人将愕然去。愿君饮酒且写花，放怀乐此淡生涯。离骚忧怨感人嗟，何如一卷读南华。"可见其赏会、推崇之意。

余曾于图籍中数见樊氏之书画，皆精雅可观，今能拜读其诗稿，可谓机缘不浅。樊氏作诗，盖非雕章琢句以刻露奇警为能事者，集中多遣怀之作，往往清新直率，情景真切。如《五平五仄诗》云："且饮一盏酒，烟花三春新。众鸟语秃树，徘徊园中人。可以遣寂寞，悠然还吾真。"《偶来》诗云："归来曳杖行，一路听蝉声。风定花犹落，人来鸟不惊。岫云闲出没，溪水自澄清。但得静中趣，忻然物外情。"可见其恬静散淡之情怀。间有郁勃顿挫者，如自遣诗云："松风谡谡起惊涛，小步林泉明月高。长啸一声天地窄，古来兴废等鸿毛。"《即事》诗云："中东师出竟无名，胜负真如棋一枰。岁月已拌邹鲁哄，山河不解触蛮争。金戈偏欲图天险，铁血谁能定玉京。要好男儿揭竿起，冲锋杀敌国皆兵。"亦颇可玩味。其诗初读略感平淡，总观则性情所在，趣味亦可称盎然其间，如《小时旧居》诗有句云："响屧廊，声细碎，东园把酒西园醉。未许檀郎读异书，且共狂奴抱头睡。"《偶成》诗有句云："朝师大涤子，暮学苏坡仙。坡仙不我责，笑我大自然。送我一瓶酒，酒醺我欲眠。"非矫饰伪装之流可比也。亦有赞美烈妇殉节之作，读之令人生厌，然彼时代之人，今人何可责之也耶。

宋公雅擅丹青，盖有家学渊源在焉，曾画《樊荫慈岸边私塾图》属拙题。余于樊氏往事所知不多，但闻其家塾曾造福乡里，遂题《虞美人》词云："杏林阴处桃花岸，竟尔开书馆。文恬武戏已年年，何事精勤误却好云烟。

风来雨去游心倦，艺业仍佳选。读通坟典复盘桓，身教言传还赖此湖山。"实亦引申感怀之作。樊氏一代耆宿，然生平事迹留传者却鲜，今人能睹斯集，亦足幸也。而余能复宋公之雅命，而为乡邦文献之彰显出一力，实更可谓幸且慰也。今遵宋公之嘱，录曹至庵长河、臧梦心克琪、沈睫巢金毓三公题辞于卷尾，并勉为序言如右。稿成并得诗云："盖因能退省，乃获性情真。书画声名旧，咏题风月亲。前尘存遗墨，沧海拾余珍。虽惜吟笺薄，观之足识人。"

辛丑腊月沽上后学魏暑临于知夏书屋南窗

《退省斋遗稿》整理既竣，振良先生已将其编入《问津》之际，宋业宏先生又出示家藏樊氏诗词一小册，为樊氏当年手录者，未题名。余喜不能胜，点校附于《退省斋遗稿》之后。又有零笺一叶，为樊氏自书题同年摄影之作，并附九人名录，为难得一见之遗存，亦附于后。至此，樊氏诗词藏于宋宅者，整理已备，彰之学林，可谓壬寅新正之大乐事也。

壬寅立春后六日魏暑临又识于知夏书屋

樊小舫题诗记"九老"

　　二〇一七年公历十一月廿九日《今晚报·副刊》曾发表章用秀先生《津门九老》一文，记述清末民国天津的九位同年名士，皆能书善画，有"津门九老"之雅誉。"九老"曾作诗酒之会，同时摄影，其合影如今虽已踪影难寻，但仍可见到"九老"之一辛寿培当年题合影的一首绝句。那么，这次"九老"之会发生在何时？辛诗之外是否还有他人题诗存世呢？

　　我最近整理樊小舫外曾孙宋业宏先生所藏樊氏诗词遗存，见到一张樊氏当年题此合影的诗笺，题为"辛巳十月约同年友共九人聚饮摄影偶成"，可知，樊小舫正是这次雅集合影的发起人，且樊氏生于清同治五年（一八六六），卒于一九四四年，所以，这次雅集应在一九四一年冬。

　　樊氏题诗为绝句二首，其一："共生同治丙寅年，少小时光逐月迁。七十六春驹过隙，慢论王后与卢先。"其二："自甘不仕逢际可，历尽刀兵与水火。友朋四五乐同庚，最后追随犹有我。"第一首之次句原作"过眼时光岁月迁"，改为"一瞥时光逐月迁"，"逐"字更能体现时光流逝的动态，又改为"少小时光逐月迁"，"少小"二字更能体现对过往岁月的追恋。其末句原作"慢争王后与卢先"，但"争"字似过于生硬，改为

"论",语气中更蕴含着一种沧桑感怀,且九位同年非但不争,也不愿、不必"论"定谁先谁后,既反映彼此感情之融洽投合,也表明年届耄耋的老人,已经看淡了人世争衡,更多的则是珍惜流光了。

诗后落款为"砚田老农小舫氏初稿","砚田老农"似乎是樊氏一个不太常见的别号。

诗笺末尾附注:"同年者:孙雪堂、刘韵笙、辛虎臣、王少云、叶仰波、胡峻门、孙梦吉、韩寋甫、樊小舫。"这"九老"留存至今的资料已经很少,但在当初都是沽上名士,在那个年代,同年九人皆有令名,且共享遐寿,的确非常难得,称为"九老"也可谓实至名归。

《望尘集》序

　　流光可惜，文缘可贵，我从王辛铭先生游已十年了。十年前，我所服务学校的初中部汇森中学请王先生题写校名做成大字镶于校门前，是我最初得见先生的书迹。因我爱好诗词书法，老领导王俐昌、陈文昌二公携我往叩先生家门，即获青眼以至于今。我对先生执弟子之礼，先生对我许忘年之谊，月过季往，亲近更逾师弟之情，凡生活、工作、艺术等几乎无话不谈，我每于望尘庐中与先生对坐，总有如沐春风之感。"颜渊喟然叹曰：'仰之弥高，钻之弥坚，瞻之在前，忽焉在后。'"先生之于我，固是"瞻之在前"，我面对先生，则总感觉"稚拙在后"。先生的身世、经历、学养、智识，远非我所能比，但我们谈得来，有共同语言，我在先生身上学到的，远非记问小学而已，我在先生处得到的，更远非所谓的学问而已——生活的鼓励、治学的奖勉，对世事人情的审察、对人生处境的思考，真的是深入到日常生活之中，而我更能从中受到他那求真尚美、豁达通明的人格修养的陶染和指引。

　　王先生家学渊源深厚，其父曾在辅仁大学受业于顾随先生，毕业论文《岑嘉州诗文笺注》颇得顾先生激赏，又因两家同住碾儿胡同，故过从甚

密。彼时辛铭先生尚年幼，其后递遭世变，家境大颓，等到辛铭先生在天
津师范学院受业于顾先生时，顾先生身体已很衰弱。虽然如此，辛铭先生
早年读过其父所藏顾随诗词诸集，深以为其雅俗共赏，大俗大雅，能入化
境，大学四年都有顾先生授课，得以饱览宝山，所受教益甚深。顾随小女
儿顾之京教授当时与辛铭先生同班。数年前，南开大学为叶嘉莹太老师举
办九十华诞庆祝会，我在会后同之京教授谈起与辛铭先生的交谊，她说：
辛铭很有才，我们这几十年没有见面了，我今天看到你，觉得你和他年轻
时候怎么这么像啊！

　　这种相像也许本就是一种难得的机缘。辛铭先生日常诗有新作，或发
给我，或当面对着墨迹朗诵一番。我们很少有过多的赏析之谈，因为能够
即辞体情，会心不远，我更多地是听先生讲述他经历的过往，沧桑世变，
婉曲家事，大如时代史，小如儒林传，但因对先生的尊重，并且有些事不
足为外人道，我很少录音或笔记。虽曾多次建议帮助先生整理口述资料，
都被拒绝，大概往事前尘，谈来容易，实际深沉，先生还是希望人们都朝
前看。

　　这种朝前看的积极乐观，整体呈现于先生的作品中，但绝非肤浅地如
今日之伪学家只会以弘扬所谓进步能量而炖出浓淡不一的鸡汤。真正的豁
达，是必须要真正看得透，或许把辨正批判的锋芒隐藏，但不会麻痹执着
于虚伪假象。有朋友说："望尘"一词与王先生实际修养似有不协之处，
因为究其典故之所出，其实颇有贬义。但在我看来，此"望尘"已非典故
出处之意，虽然先生也有"望尘莫及仰群贤"之句以表谦逊，但我总觉得
这"尘"之所指，意义尚为深远，且世事俗尘，已不妨透过一层看。先生
饱经世态炎凉，对人心冷暖体察至深，而集中篇章多因事而作、触绪而发，
与先生数十载之经历，以及对历史、社会、人生、学术的感悟，其实仅能
视为广厦之一隅。其《偶感》诗云："举世浮沉里，萍踪觅旧痕。贫时方
立志，绝处始成人。荣辱身边雨，悲欢雨后身。此生甘俯首，何必叹风尘！"
其超脱之怀抱，已非"天凉好个秋"之境地所能及。故先生为本书作后记，
自言"问君能有几多愁？不记得了！"其实哪里是全忘却了呢，只不过是

看透了而已。其实，今日所结此集，也并非先生作品之全部，一些先生自认为犯忌讳、发牢骚的作品，已被删去。当然，集中仍然不乏激浊扬清之作，如《风筝谣·自戒耳》，虽云自戒，实为警世。

先生一生耕耘杏坛，桃李天下，故集中多励耘勉学之篇，如《江城子·送别八二届高中毕业同学》词云："离情不诉诉豪情。送鲲鹏，祝飞腾。展翅凌云千里壮歌行。此去高寒多保重，心要稳，眼须明。　天涯芳草计归程。且叮咛，盼相迎。报效中华捷报待群英。漫道烛残孤焰冷，长相映，满天星！"既示鼓舞，兼存鞭策。

先生毕生勤奋治学，深悟甘苦，故集中亦有正本清源之论，如《无题》云："浅尝辄止掠毛皮，国学何堪热一时。历代尊儒凭入世，老庄传道劝无为。禅经参透心空净，文史研深腹有诗。待到死书读活日，千秋万里尽良师。"可为学者之箴规，亦学风之针砭。

先生平生以作诗写字自遣、自悦、自医，故集中颇有论诗论书之作，如《读诗有感》云："春燕春风春柳斜，春山春雨复春花。陈词唱得春无趣，反使人云秋色佳。""春分春雨本无瑕，败在诗人意境差。一样瓜蔬千手做，最鲜风味是行家。""只写黄金不写沙，为嫌沙土少光华。其实世上无凡物，只是先生眼不佳。""有理无情枯似草，有情无理浅如池。理如五岳情如海，方是惊天动地诗！"则游艺三昧之论，可见其所得之精粹。先生才以德助，艺因人达，在诗词集中可见一斑。

我虽云从先生游，但基本都是在先生家中对谈，因为与先生结识后不久，先师母罗珝女史即患帕金森症，先生照料左右，逐渐更不能出门。这期间，先生对师母躬亲扶持，未曾废离，但两年前先生突然受伤，住院手术，与师母一别竟成永隔。彼时师母移居医院，先生颇为挂念，诗云："初临耄耋祸无端，心坠深渊胆亦寒。曾许老妻扶到底，未期中道愧先残。生离信比死离苦，重见何如想见难。四十春秋恩义重，夜阑弯月共谁看！""冷月青灯奋笔耕，呕心沥血路难平。从来朴素甘如醴，垂老艰辛梦未惊。曲到终时琴有泪，情临深处语无声。羸躯只愿延君寿，风雨途中共死生！"当时先生枕侧无韵书，且失眠思绪纷繁，诗中略有不调之字，我曾通过短信辅助修订，更深感其情真意切，悲从中来。不久农历六月十五日，恰我生辰之日，竟得先生发来讣告，师母撒手人寰。想到过去在与师母的接触中，得到她的关怀和勉励，我心中百感交集，曾作挽联云："一世艰难，惯看生老病死，不信苦尽甘来，人间无言唯洒泪；数年过往，追想恭宽仁和，曾经励耘奖誉，今我洒泪更无言。"又云："今生品德，温和诚明，足称良玉；来世修为，充实善信，还作美人。"（《孟子·尽心下》：充实之谓美。赵岐注：充实善信，使之不虚，是为美人。）师母仙逝后，先生悲痛绵绵，发诸浩歌，有诗云："与世无争自坦然，讷言仁厚总思全。衣食任简维温饱，名利尤轻只惠贤。尊古崇文犹贯耳，谈真论美且投缘。千金一诺同生死，何苦匆匆走在前！"盖古来悼亡之作，痛心之篇，不过如此。

先生和师母对我的奖掖提携是厚重的，从先生的诗词中亦可见证。我曾将拙作呈献求正，得先生题诗四首云："好词贻我赏瑰奇，醉雨醺风酒一卮。何必天涯芳草碧，堪将老朽傍新枝。""好词贻我胜甘霖，久旱心田见绿阴。花雨满城飞妙句，但期词友会高吟。""好词贻我暑生凉，始见冰心映玉光。彩笔有知知夏锦，花坛不赋赋华章。""好词贻我古风存，俊逸清新大匠门。尚使梦窗邦彦在，也惊才子丽乾坤。"虽先生错爱谬赞之辞，亦足可见殷切之期许。

先生不仅对我关怀备至，对内子王冰也格外喜爱关照。八年前，我请先生赠题一联，先生奇思佳构，书成联语云："暑极生寒玉壶冰净；临风对月碧宇诗清。"（上联语出魏源《墨觚·学篇七》：暑极不生暑而生寒；下联语出《南史·梁宗室萧恭传》中句：临清风，对朗月，登山泛水，肆意酣歌。）当时我尚未结婚，告知先生未婚妻名叫王冰，其名恰在联中。先生为之大喜，结婚前我带内子同往拜谒，与先生甚为投缘，先生又赠我二人联语曰："冰轮玉透乾坤净；夏野星垂宇宙宽。"与前一联皆呈高洁广远之意境，真可宝也！先生制联甚多，或应约所作，或抒怀之什，现集中所选为其大部，其中颇多妙词警句，多数可做格言持诵，至如"我羡潭中鱼若此；鱼观水外我如何"者，则臻于化境。

五年前，先生曾删选诗词联作品，经杨永会先生辅助整理，作为《王辛铭诗文集》之一部分，由天津人民出版社出版，此次乃是在其基础之上，修订部分错讹，增补当时未选或近年新作之什而成。计新增诗词一百六十余首，对联一百九十余副，新诗歌词曲词等近三十首，庶几已为先生诗词较为完备之本。先生说："这是我这一生最后一本书了。"我觉得倒不必如此说，古人云"仁者寿"，先生乐天康健，其学术艺业自当与人同为多福延年，况且先生还有很多书画作品秘藏于箧，如能推广，必将同样有益于学林。

两载前，为贺先生八秩寿庆，我曾撰一联云："持家秉义，执教励耘，辛劳虽如注定，廿载将来，祝颂也应多康乐；作字传神，学诗得法，铭记自有传承，一生术业，规模已足少烦忧。"如今，先生既自言烦忧已经"记不得了"，我们则期待先生有更多余裕再多写好诗佳词，而我辈后学，也将发奋于传承之道，共同勉力焉。

我受王振良先生委托，得辛铭先生首肯，襄助整理此本，又获命作序，因略述与先生之诗缘及对先生诗作之理解如上，不当之处，还乞二位先生及四海赏音之士海涵。

岁在庚子小暑后五日，沽上后学魏暑临于知夏书屋拜稿

师黟山人诗存辑校序

　　此师黟山人曲世林先生诗词遗作，癸卯年初已大体辑校成编。其时正先生谢世未久之际，悲恸填胸，发为长文，题曰"先生生平侧记"，实则我对先生印象之叙写而已。我之知先生，不能及先生平生事迹功业之百一，然十载交期，的有亲历，虽文中叙往事者多而赏诗词者少，然知人论世，不可不谓有助于其作品之品读。故拉杂万余字，既个人角度之铺叙，亦读者品会之参考，庶几可更全面感知曲先生外表寡言质讷所蕴含之内在风采，及其诗词兴发感动之内在神韵也。

　　今年春，振良先生拟将此集定版付印，纪念长文附于后，命再作小序置于前。振良先生常年致力津沽文史，三津乡贤着述多蒙其与同人出力乃得存续彰显。地方文献固系于一方文化水土之气质，而乡贤别集尤其关乎地缘文化之脉络。虽未必于整个文学史、史学史有何其重要之地位，但于地方之文化史甚至思想史或有举足轻重之意义。即便局限于一乡一邦之水土，然恰恰正因此，乃关系于此一地域之文脉。特以别集中所存情志之寄托与师友交游之踪迹，则后人探究乡邦文化过去时空网络之依据。夫如是，则如曲先生之别集者，虽未必有巨大文史意义，但有较高乡邦文化价值在焉。

　　天津诗学脉络良可寻绎，近代以来亦可称诗词重镇，但多数城市史、地方文学文化史对此似仍缺乏充分之阐扬。三载前，我曾草创《"津门三子"与荣园》一书，借叙写荣园诗史，专为当代诗人寇梦碧、陈机峰、张牧石三家立小传，固尝试之作，庶几亦有助于乡邦雅风之鼓吹与诗词学之昭光。曲先生则师从于三家中寇、张二家，获益自然深巨，是以取长扬善，修养渊凝，道德纯粹，为津门文士之表率。惜其诗词遗存不多，然以其静翳晦默之性格，能有如此心声传世，亦可谓难能可贵者也。

　　乡邦文献别集中雪泥鸿爪，若不知其人之所出，往往难见其光辉，此固以诗词为剧。文章必有主旨，神明迁腐，一见立判，即不知何人所作，往往无妨其文之褒贬。而诗词浮光掠影，含蓄空灵，作者既非李杜王孟，何以借修辞而自树于世耶？然李杜王孟，举国之文学也，人与文已并重，而乡邦之文学，其诗词则常因人而重也。此非将乡邦文学之诗词剔除于一国文学之外，只言一国之文学可无地域之区别，而乡邦文学则往往情系地缘，必因水土而重也。乡邦文学或有突破地域而为李杜王孟者，然毕竟少数，而未能成为李杜王孟者，亦不就此而无价值，故当别论其意义也。李杜王孟放之四海而皆准，然而焉知某地之某人，虽乡邦所产，而非一地之李杜王孟耶？

　　我钟爱诗词之学，亦感诗词何其小也，短篇数十字，片言兴会，往往轻于鸿毛。然人之情志何其大也，若知其人论其世而读其诗词，则小中见大，更可感其大之可贵，而悟其小之可味也。彼硁硁然者，孜孜矻矻一生，徒然雕章琢句，拘泥于微末，是以小之又小，未见规模。于是，小中之小者多，而小外之大者鲜也。古人云功夫在诗外，此功夫之所谓，又岂斤斤计较于文辞欤？是以我愿世之读此小集者，能尽量见其大者在焉。

　　　　　　　　甲辰雨水后一日，魏暑临于沽上知夏书屋灯下

校精笺细　会心古今
——评杨鹏先生《津门诗钞校笺》

　　杨鹏先生的《津门诗钞校笺》，列入王振良先生主编的"问津文库"，近日由天津古籍出版社出版。早在书稿初成之时，我就听过振良先生屡加褒奖，现在拜读成书，其校之精、笺之细，的确令人赞叹。

　　《津门诗钞》由清贤梅成栋编纂，搜集元明以后天津乡人、官吏、流寓作家及天津府下属各州县文人计四百余人的诗作三千余首，是天津历史上最有影响的一部诗歌总集。如此重要的诗学文献，前此只有天津古籍出版社一九八五年出版的卞僧慧、濮文起先生校点本和国家图书馆出版社二〇一七年出版的王长华先生点校本，与之相较，杨鹏先生的校笺本以清道光思诚书屋刻本为底本，参考卞、濮本以及民国高凌雯批校本、清冷香室誊清稿本，旁及清《国朝畿辅诗传》等古籍九十余种，取资庞大，用力精专，虽题名"校笺"，实有增广博洽之功，诚为超前轶后之本。

　　原书辑录了大量的诗人生平与著述资料，对诗史研究良有裨益，而杨鹏先生梳理出的词句异文，对于吟赏诗作，更颇具启发意义。设想当初梅成栋所据多为稿本、抄本，所录诗文面貌应不如别集定本之完美，此类异文有助于读者揣摩诗人如何修辞达意。但也有一些异文则明显是《津门诗钞》更优。

如丁时显《题青蛸园中洞庭山石》"人定月初明"句,别集《青蚬居士集》作"月初下",从句意、声律两方面来看,都不如《津门诗钞》。再如金玉冈《过石龙望罗浮》诗序:"石龙在博罗县境,为入罗浮捷径。谚云有约不到罗浮,而余屡约屡不果到,诚如谚云,然山灵亦愚矣。感而赋此。"别集《黄竹山房诗钞》无划线之句,意趣大减。此类例子虽不多,亦可见《津门诗钞》文本的重要。若再和其他总集、选集相比,《津门诗钞》的价值则更为突显。如清《国朝畿辅诗传》,不如《津门诗钞》之处甚多。如胡捷《送湘南师之杭州》诗句"船窗如坐碧纱厨,一路江村小画图","小"字玲珑,切合船窗透望之景,而《国朝畿辅诗传》作"似画图",则流于平庸。后两句"点点梅花浅浅竹,红香随眼到西湖",既有叠字之妙,"随眼"二字触目生情,神观飞越,而《国朝畿辅诗传》作"万树梅花千个竹,春风随梦到西湖",前句过于笨重,后句失于虚远,总不如《津门诗钞》文本显得轻快活泼,著手成春。再如张虎士《口占》诗句"微雨夜纷晨自霁,不贪余睡扫藤花",由晨光自霁到不贪余睡,即是从外物变化的自然写到自我心态的自发,体物精微,抒怀有趣,《国朝畿辅诗传》作"晨已霁""起携棕帚扫藤花",过于质实呆板,逊色良多。

这些供读者玩味的文本梳理,皆基于杨鹏先生苦心孤诣的校笺工作。当然,杨先生绝不仅是文献的爬梳者,本书的成功更得益于他在古籍整理上扎实的功夫和开明的理念。

如梁洪《天成寺》"环寺山如堵",《国朝畿辅诗传》作"笤",杨鹏笺:"作'堵'或是,环堵也。"又如梁洪某诗与范成大诗作极其近似,杨笺:"或系梁书范诗而误收者。"这些看似细微的所在,都是作者治学功夫的体现。

在长达六十余页的前言里,杨先生阐述了校笺本书的几个原则和方法。在谈到校勘方法时,他说:从理论上讲,用诸家别集校勘总集的方法,存在一定的"不合理性",既是因为别集和总集并无文本的继承关系,也因为别集的时间跨度已超过总集编印的时间下限。但是为了给《津门诗钞》中难以解读的文本提供释读的可能,则需要以别集作为有效的他校材料;

为了更好地实现理校，也须借助不同系统的异文，发现更多理校所难以发现的讹误。我认为这种态度是开明的，故而其校笺的成果才有助于研读。而杨先生对这类问题作出不厌其烦的阐述和举证，也或多或少表达了他的某种顾虑，即有可能在时间和版本关系上被指责为"不合理"。

其实，古籍整理不宜故步自封，只要是有助于文本梳理、异文辨正，有助于阅读理解、参考研究，突破时间和版本关系的藩篱也实属必然。正像我们看一些古诗文注本，注者一旦引用了晚于文本时间的例证，动辄被人嘲骂，全然不顾例证本身对理解所注词句也许非常有益，但有的例证虽然在时间和版本关系上都没有问题，却完全达不到注释的目的。所以我们看古往今来的很多注笺，总是有大量的无用信息，就是因为先决的理念本身就有问题。因此，杨鹏先生对于《津门诗钞》的整理，校得精诚然可贵，而笺得细尤足珍视。

乐于研读天津诗歌的人，往往对《津门诗钞》有一种特殊的感情。杨鹏先生的这部校笺本，让这种感情得以升华和延续，真可谓会心古今之作！

从桑梓情怀到文化续力

——读侯福志整理《津沽诗集六种》有感

大凡人文积淀之区，定不乏深持桑梓情怀之人。但文化，特别是传统文化的传承与发展，只有"信而好古"的情怀还远远不够，更需要将其转化为有效的实践。所谓"有效的实践"，大致可分两大环节，即发掘、保护、整理和研究、开发、利用，而前者又常是后者的前提。无论是最终走向学术研究、艺术再创作或者以其他形式为社会生活服务，有效的整理都是必要且亟需的前提。尤其是文史文献，最容易随时间的流逝而湮没消散，相关存续和梳理工作又极艰辛，需要有志者刻苦为之。而"实践的有效"，又需要从事者具有别择的眼光，从浩瀚的文史资料中，以高超的识别力披沙拣金，站在文史研究和文化发展的高度，确定相关材料在文化传承坐标上的经纬度，避免单纯的物以稀为贵和唯旧为贵，更好地作用于以古为新、熔古铸今，促进传统文化文献经过整理焕发新生命，而不是制造出若干新的沉睡的"故纸"。

在天津的文史研究领域活跃着一批既有桑梓情怀，又具有文史实践能力的学者，推进近年来天津乡邦文化的传承、研究、发展，产生繁荣的业绩。侯福志先生作为其中的干将，最近又推出了《津沽诗集六种》这一难得的天津雅文化文献整理成果。这是侯先生继《大地史书——地质史上的天津》《沽水旧闻录》《津沽乡情录》《桑梓纪闻》等十五种天津文史著作之后的又一部力作。书中汇集清朝及民国时期天津六位诗人的诗集，即梅树君《欲起竹间楼存稿》、张玉裁《一沤阁诗存》、韩荫桢《冬青馆诗存》、胡树屏《小隐诗草》、曹彬孙《寄傲轩诗稿》、杨轶伦《自怡悦斋诗稿》等，收录古近体诗近两千首，蔚然大观。之所以在此以"雅文化文献"称之，并非刻意要将地方文化生硬地划出雅俗之别，而是在我看来，地方多元文化的承继和整理，亟须对高雅文化，特别是诗学传统的鼓吹和用力。当然，不是说与诗相关就算"雅"，前人留下的别集浩如烟海，如上文所述，需要今人加以别择：哪些从内容和格调上的确高雅，能够体现文人心史；哪些烙印着时运世态和社会变迁，能够体现历史升沉；哪些记录了文人交往和群体影响，能够体现文脉传承。这样的文献庶几值得今人更多关注、挖掘和解读。现在人们常借用"文脉"一词喻指传统文学文化的承继线索，我想"文脉"与人的经络相似，也有主干和末梢之别，具体到文献上，就要看它在不在"文脉"上，是在主干上，还是在末梢上。从这个角度来说，《津沽诗集六种》的确是大有可观。

文献的整理有若干不同的路径，侯先生对这六种诗集文本的整理，不是简单地照搬抄录，更有校订之功，而且以研究的高度，为每部诗集撰有专文，梳理归纳、分析评价，很有见地。将各集原有序跋和侯先生的文章合而观之，则有益于读者增进诗学的认知，对天津诗史的发展也能有更深刻全面的理解。以梅成栋的《欲起竹间楼存稿》为例。梅成栋是清代天津诗坛领袖人物，与诗人崔旭同出于学者张问陶门下，并称"燕南二俊"。曾于清道光年间倡立辅仁学院，担任主讲十年；又与天津文士结成梅花诗社，引领三津诗坛；更曾编选《津门诗钞》三十卷，选取元明以来天津乡人、官吏、流寓作家及天津府下属各州县文人逾四百人的诗作三千余首。因精严审慎的编选，《津门诗钞》成为天津诗学的一座宝库，所选诗中大量涉及天津的名胜古迹、风土人情、社会风尚、文坛盛况，并对诗人传记、轶事、相关诗话多有采集，成为天津史上最有影响的诗歌总集。有如此成就的梅成栋本人，其诗作水平如何，世人久已期待《欲起竹间楼存稿》能有优质的整理本问世。本书所据底本为一九二三年天津志局高凌雯刊刻本，共收录诗作五百六十七首，并余阶生、萧思谏序，以及高凌雯后记。其中余阶生的序言是一篇很重要的诗论，文中说："古者诗之为教所以感人心、明劝戒、敦教化而厚风俗也。今之人初学操觚，自矜风雅，遂以诗为吟风嘲月之资、炫才鬻技之具，故诗愈多而愈失其本真。然则士亦何贵于能诗乎？吾乡梅树君先生未尝以诗自鸣，而领袖骚坛者数十年……卷中于忠孝节义事见于歌咏，所以显微而阐幽者，必曲折引伸，淋漓尽致。发潜德之幽光，表芳徽于纸上。意寓劝惩，情同诰诫。而于轸贫、恤苦、吊灾、救难诸长篇，尤殷殷恳挚。盖至性至情，藉诗吐露。彼但以吟风嘲月、范水模山目先生者，乌足以知先生哉……"对梅成栋的诗学观和总体诗作旨趣做了明确的概括。侯福志先生在专文中进而将集中诗作分为描写亲友间的离愁别绪、描绘大运河的壮美景象、记录津沽的风物遗存、描绘郊外的田园风光、凭吊悼念亲友、抒发闲情逸志、反映社会百态及民生疾苦、记录家庭变故八大类，赏析论评，切中肯綮，并在余序的基础上，引而申之，认为："梅成栋是现实主义诗人，他……作诗文或反映世间百态，或吟诵烈士烈女，或记述津沽风物风俗，或记录作者交游，或反映作者志向情趣。内容丰富，思想深邃，范围广泛。从这点上看，他所创作的《欲起竹间楼存稿》堪称天津的一部诗史。""诗史"之誉，极为厚重，读过梅诗，读者想必能有同感，并对天津诗学获得深雅的认知。再去读《津门诗钞》，定会对梅成栋的诗学思想有更加真切和系统的体察，对天津诗学的发展和文脉的传承有更加精准和深切的领悟。书中六种诗集年代内容等各有不同，但都是天津诗史上难得的别集，值得进一步深入研究。

文献整理和研究的水平因人而异，想要对得起前人、后世，取决于学者坐冷板凳的决心和定力，以及学者学养的层次和为文化发展做出切实贡献的深谋远虑。捧读《津沽诗集六种》，我们能够深切体会到一种厚重的文化"续力"，即今日学人对传统文化的一种接续的力量。这是从桑梓情怀引发而起的文化使命感，转化而成的文史实践的具体力量。宋人题画竹诗云："一叶复一叶，世道几翻覆。一点复一点，书脉要接续。"我们的文化从传统走来，有新变、有断裂、有承继、有发展，而传统中好的"书脉"，需要学界同人勠力而为，发奋接续，致力研习，使其光大。

后记

魏暑临

一

我以前从未奢望自己能在不惑之年出版一本诗论集。多年来爱读诗和诗论，虽然涉猎不广、研究不深，但总算有一些心得。当然，也常感自己对于诗的"惑"还有很多，而千百年来的诗论留给世人的"惑"则更多。诗论的魅力固然在于思维发散所带来的启发，而从很早以前出现了"诗无达诂""以意逆志"这些理念以至于今，似乎还存在着很多随意读解所带来的困惑。

近代以降，很多人某种程度上其实已经是站在诗之"外"而来观照诗的，原本应该比较"客观"，却仍然有很多似是而非、想当然的言说。于是，我在日常读书的过程中写了一些笔记，记录了一些思考。本书收录的文章，多是发表于书报刊，少数是宣读于会议，另有几篇序跋，其实比较芜杂。其中大部分有针对性的文章，其实都是由那些读书笔记整理而成的。而我读书一向散漫随意，很多必读书还没来得及系统深入地细读。因此，文章的内容也就很难有系统的理论构建；一朝结集，也就突然因为还有很多书没有读，且有很多日常思考的问题尚未写成文章而遗憾；并且，这些已经写成的文章，因为当初有不少是在读书的过程中有针对性地提出自己的见解，于是，看上去也像是总爱与别人争论似的。

我一向主张写文章要解决实际问题，最好是要有独创且能成立的建树。在论证一些问题时，就难免对他人的成见作出驳议。当然，我也曾对自己的一些论点做出过修订或否定，也就欢迎更多懂诗的人给予我批评。经常有人引用孟子的"予岂好辩哉"来给自己的辩论作掩护，但我坦诚地说，我似乎在论诗的时候，更倾向于"好辩"，因为似乎只有如此，才能让更多的美去伪存真，让更多的真水落石出。

有人担心对诗进行细密、严苛的论辩有可能会使诗心不再浪漫，使诗味有所折损——这样的论调大概可以提炼地表述为：学术研究会对文艺品质产生威胁——我在很大程度上对此无法赞同。饶宗颐先生曾说：学术是别人的，文艺是自己的。我力争对诗所作的学术的讨论，首先基于自己文艺的内心。守护自己的诗心，才能尊重别人的诗心。

二

如果说我曾有诗论创作的动机，那么我之前其实更愿意把自己的一些或深或浅的心得写成诗话，这好像更体现了一种偏重传统文人的情愫，虽然思路和方法可能已经不再陈旧。但诗话常常短小精炼，而我的文章为了解决实际的问题，且尽量把问题阐释清楚，多数篇幅都不算太短，则更富"论"的色彩。即便如此，我最早在报纸上刊载的诗论随笔专栏仍然总名为"延堂诗话"。去年又在《天津日报》开一个诗论专栏，最初为栏目想了好几个名称，如"诗心平议"，但我觉得这四个字口气太大，未敢使用，想来想去，还是用了一个最普通的名称"读诗散札"。如今要把这些或长或短、零散发表的文章结集成书，我却想了一个口气似乎更大的主书名——诗心论粹，这个书名本身大概已经要遭到行家的讥笑。但我想，这四个字我虽然未必能够真正做得到，却似乎暂时再没有更好的表述能代表我读诗的追求了。

诗心何其珍重，何其宝贵，何其难以把握，何其历久弥新。我们读诗，不就是为了读懂那时间上从古至今承传而来，又从个体的虚室生白到空间上融汇四方而来的诗心吗？有一年读到董乃斌先生在"纪念钱锺书诞辰一百一十周年学术座谈会"上的发言稿，叙述钱先生曾对他说："文学研究无非心理学加修辞学二者交叉结合。"他认为钱先生的这个论点是"对知人论世、以意逆志传统的发展、发挥"。我感觉钱先生这句话高度概括了读诗的要诀，也正说到我读诗的心坎上了。虽然这里没有大谈德、史等在很多人看来既重且大的概念，但是却概括了研读文艺，尤其是解读诗心最重要的两个关键。我想，我的诗论在内容上也许是稚嫩的，但是在路数上大多正是从这两个途径入手的。

三

当然，"平议"也好，"论粹"也罢，对诗心的读解哪有这么容易呢？本书中的文章，我大多在结集时做过一番修订，因为在当初发表时，常常因为版面的限制，不得不尽量精简，有的内容其实没有说得太透彻、有的表达其实显得太拘谨。但也有当初发表的时候自鸣得意，后来却发现论点不甚牢固的情况。

例如在论析诗的"尖新"风格时，曾举白居易"孤烟生乍直，远树望多圆"两句。前人对这两句诗评价不高，有的评价就说它过于"尖新"。我在文中曾这样论述：至于"圆树"的茂盛，具象感很强，固然不如"圆日"显得符号感那么浑成，而"多圆树"就更显琐碎了。零散的诸多圆树，一旦远望，就容易连成片，不再是一个个的"圆"，除非这些树彼此离得远，望之可数，但野生的树怎么会有这种类似人工的布局呢？

但是，有一天我突然看到一张风景照片，湖边的一片远树紧密相连，却个个都显得非常"圆"，我突然就想起我对白居易这句诗的论析有不少"想当然"的成分。白居易其实很大程度就是写实的，而我可能毕竟离自然太远，缺乏观察山林的经验，至于古人说白居易这诗"尖新"的，恐怕也和我有同样的缺陷。当然，白诗的"尖新"也有可能本就并非体现在我当初理解的角度之上。但无论如何，我必须要修订我之前的论述。

所以，对诗词修辞的研究有时真的不是纸上谈兵这么简单，这也正如我们对"飞流直下三千尺，疑是银河落九天"这两句一向认为浪漫夸张的成分很大，但是现在我们看到有人拍摄了庐山瀑布水的视频，反而觉得这两句很大程度是在写实。我们对诗词的修辞，在赏析时尚且不免差错，对诗人的心理，在揣度时就更难免隔阂了。

几年前我曾出版过一本《"津门三子"与荣园》，书中为寇梦碧、陈机峰、张牧石三位乡先贤做了小传，评述了他们的包括诗作、诗学在内的若干成就，因为我与他们学有渊源，所以很认真地研读了他们的作品，参考、钩沉了很多资料，书稿写完颇有感触，曾在引言的最后缀了两首诗，其中一句是"愿为骚人作定评"，当时还请毕恭先生篆刻，印在书的封面上。诗的表达不妨浪漫的口吻，也常见豪迈的情怀，但平心而论，想要为诗人作"定评"，这是多么难以实现的奢望啊。对诗人的生平行止，即便再清晰明朗、有据可循，也很难做出全面、肯定、精准的评价，对诗人的心理情志，就更难说怎样才算是"定评"了。而评定本身也会受到人们不同的角度、立场、时空等因素的影响或制约，任何人想要站在自己的角度去评别人，尚且需要谨慎，至于还要"定评"，那就更难免流于主观甚至荒唐了。至少，站在我自己的角度，别人如果善意地来给我作"定评"，我大概率是不买账的；何况，我自己写诗的时候，对自己的诗心尚且无法全然清晰地加以把握，也就更明白广大的诗心，往往是深隐而难定的。所以，当真正展开认真的论述时，我绝不敢言给古今的诗人，尤其是他们的诗心作"定评"，我只能是用我的诗心去换他们的诗心，去体会、比对、印证他们的诗心。

当然，我在文章中可能更多的还是在"艺术"的层面赏析诗作，但在这赏析的过程中，无论是否明言，诗心的洞察都是我做出论析的最重要的前提和标准。那么，诗心是如何成为论析的标准，我对诗心的解读又是以什么为标准的呢？简单地说，就是真诚平易、合情合理，不想当然、不似是而非而已。

四

无论是对修辞的解析，还是对诗心的探测，我的阐述大多基于个案的研读，这就免不了在"甚"与"细"上显得苛刻而琐碎，容易给人费力不讨好的感觉。但我一向不喜欢某些鉴赏类文章逐句作浅近的解释，类似于白话翻译的方式，也不喜欢随便找一些理论名词或诗话词话中的格言警句，肤浅套用而冒充赏音的态度。

旧学的商量、新知的培养、奇文的欣赏、疑义的辨析，应该务求审慎精深。所谓"不求甚解"而"每有会心"，正是因为掌握了"不甚"的尺度，才能达到"会"的恰切，而断然不是止于糊涂，止于表面，也不是深文罗织，强加思辨，也不是脱离原本，任意发挥。

至于我们常说的"文本细读"，多是借鉴了英美"新批评"文论的理念，早在瑞恰兹时期，就已经有"Close Reading"的术语，并伴生了一系列细致入微的文本分析方式。汉语把"close"翻译为"细"并无不妥，但很多人在具体实践中却常常要么细得不是地儿，要么细得过分导致失真，要么做不到深入、全面，总之是不够真切，在膝理之外做了很多无关痛痒的功夫，看上去是紧紧抓住文本的肌肤不放，但是与处于骨骼、肺腑之间的文本内在世界以及蕴藏其中的作者的心意还相距很远。

因此，我更情愿把"close"理解为"接近"，在读解的过程中尽可能地拉近和文本（当然最好包括作者）之间情思、心灵、生命的距离。我想，这个距离靠得再近，也不至于操之过"甚"，靠得愈近，才能愈加得到文学的骨髓心血、脉搏精神。

当然，我无法保证我的读解没有在"细"的过程中显露"甚"的弊端，我只追求我的论述具有一定的启发意义。这就像我在文章中对其理论提出商榷的那些大师名家，他们的著作之所以意义深远，绝非因为书中每一句话都完全正确，而是因为书的内容具有启人思考的内涵。所谓"褒贬是买家"，我对他们论点的驳议，往往是出于对其著作的尊重，甚至是对其本人的崇拜，论述时也许口吻尖锐，但内心充满敬意。

五

我当然还有很多书要读，还有很多笔记要整理，还有很多问题要思考，还有很多想法有待付诸写作，我也曾想过要以现有的文稿为基础，让自己的诗论再丰富一些，让一些尚且薄弱单一的论述组成阵仗，让一些尚且零散孤立的篇章形成系列。但是，过去荒废的时间很多，现在可以弥补的机会很少，将来的安排又只能留给下一个阶段。而就是过去这些零散的作业，现在居然也能凑成一本小书，也就姑且作为前一个阶段的小结，并更成为我以后努力读写的鼓舞。

于是我鼓起勇气，得到曹庆鸿师的首肯，以这不成熟的小书求序于刘崇德、沈秉和二位先生。

我早年读过刘先生的《敝帚集》等著作，其扎实严谨且深具启发的诗论让我受益良多。有幸拜识以后，常常亲承教泽，后来才知道先生竟然是业师曹庆鸿教授负笈河北大学时的导师，学缘增近，更感亲切，每每论学，真知灼见无不倾囊而授。刘先生认真批阅了本书全部书稿，提出了宝贵的修改意见；序言虽仅几百字，但句句寄托良苦用心，先生曾用一上午三个小时的时间给我讲解序言背后蕴含的深思。虽然我每次去拜访，先生总是不辞疲倦地聊很长时间，但此次深谈，结合了他学术人生的经验与心得，结合了学界师友的风谊与炎凉，结合了对诗词学传承的思索与展望，结合了对乡邦文化的理解与创见，更像是一次专为我开设的大课，尤其是把从他的师承一直到我之间的学脉整体梳理一遍，使我更感到殷切深厚的期许。我将刘先生批注的书稿取回细读，看到纸页间夹着他掉落的银发，内心充满敬重和谢忱。

沈先生是叶嘉莹太老师的宿旧老友，我二十年前在叶先生八十华诞国际词学研讨会上第一次聆听他的高谈，直至叶先生九十华诞夫祝会上始经曹师引荐而得以拜识。其后鱼雁传信频繁，沈先生多示以论学论世之明言，颇富卓见，每来津必相约饮酒嘉会，时时导行励耘；有时发来长篇宏论，我得反复读好几遍才能领会其中深刻而浓缩的内涵。沈先生首先是富有思想、极具审美的文人，生活中又是一位儒商。而在为文化和商业事务各种奔忙中，竟然也审阅拙著全稿，赠以数千字的序言。远在海外的曹师多次说过我很像沈先生，"都是纯良多才的性情中人，有能力又睿智，难得的才略出众之人"；曹师诚是沈先生的知音，这几句话评价沈先生也称得上格外知人，我晚学后进，当然不敢承受这样的好评，但的确以此为向沈先生学习的指针。

刘、沈二位先生均道德诚明、诗心通达之学人，且于我均在太老师辈，垂青已在平时，如今又蒙赐序，提携后学之情实可感佩。

六

就在沈、刘二位先生先后写好序言，而我的这篇后记也甫成初稿之际，我们共同崇敬的叶嘉莹先生与世长辞了。

二〇二四年公历十一月廿四日下午，沈先生首先发来叶先生逝世的噩耗，那时大部分师友还未得知这悲伤的消息，网络还很平静，我静坐屋中，口占了一副挽联"月照灵谿，至美百年成弱德；荷生真谛，痴魂一世寄词心"，同时回想起一些往事。

某年，叶先生在恭王府赏海棠，得绝句四首，寄沈先生，沈先生和作后又寄我，我也步韵一组。当时想起叶先生曾讲，有人说她是从一棵小草长成参天大树，我就在诗中写道："大树先天非小草，命中词髓本丰皤。"沈先生把我的诗发给叶先生后，对我说叶先生自有点评，但他不转述，让我自己登门聆取教诲。

沈先生一向鼓励我多去拜望叶先生，从叶先生处得真知。但考虑她实在太忙，且我自觉人微，不忍常去打扰。某年，叶先生请台湾辛意云教授来南大讲座，辛教授与我结识多年，约我前去相聚，讲座前，他搀着先生走进会场，我迎面过去，他说：快过来和你的太老师见面！叶先生当时走路很慢，我误以为她腿脚已很不方便，从此更不敢再有去打扰她的想法。

这次关于海棠诗，我仍请友人代为请教，先生在诗稿上圈了几个字，写道"诸字用语生"，也就是在遣词上有生造之嫌。关于所谓"生"的问题，我有一年春天到鹤壁，观赏樱花，写了两首词，沈先生很激赏，发给叶先生，叶先生则请曾庆雨教授作了点评，当时也谈到了"生"和"新"的问题，我于是曾与沈先生就此展开深入探讨，沈先生说"语新"不如"意新"，我觉得真是与叶先生之意切合。

沈先生来津常在冬季，很难赶上叶先生寿辰。二〇一六年荷月，他写有《暗香》一词为叶先生寿，词中有"翠盖当风，两袖星辰任鹏翼""卷舒月色，不尽千秋露华滴"等句，颇合叶先生词心，于是命我书成条幅，送到叶先生家中。我没想到叶先生的住所竟如此窄小。先生让我搬把椅子将条幅挂在墙上，合影发给沈先生的时候，那客厅就显得更小。

同年秋季，叶先生在给我的来信中曾提出让我整理他的讲座录音，一则有益自学，一则给她协助，但沈先生认为我日常太过忙碌，且整理录音之务宜交南大学生去做，而我则应在学有难通之处去向叶先生请教，在诗词的精神品味方面多得叶先生传授，整理录音之事于是作罢。我虽然为此事也多少感到遗憾，但觉得沈先生的主张其实很有道理，我们向先生学的更多应是理念和方法。

七

叶先生在医院养伤或养病时，我曾到医院看望，其中一次带去之前的几张合影，先生逐一细看，让我在每张照片的背面都写上拍照的时间地点，又指着一张我们在天津电视台拍摄的照片说："这不就是曹庆鸿吗！"曹师长年在海外工作、生活，叶先生的语气中饱含着对弟子的想念。那张照片当年拍照之后，叶先生非常喜欢，彼时已经有人开始撰写她的传记，她多次向曹师索要这张合影，想等传记出版时用作插图，但曹师一向为人低调，始终不肯提供。曹师常对我们说：跟随先生治学，就是纯粹地治学，先生不是那种会为学生安排、经营的人，我们也不能在治学以外沾先生的光。

那次在医院谈话的时间比较长，临离开时，我想起自己带着诗稿，其中也有赠曹师的诗篇，先生读后说：很有诗的味道，但是某些用字还需斟酌。当时太晚了，我没好意思进一步请先生具体指导。曹师常说，先生是不轻易指出别人诗词的不足，给人指导诗词写作的，所以我很遗憾错过这难得的深入请教的机会。当天时间仓促，我带了一张刚写的《心经》送给先生，先生见到上款写着"为迦陵太老师书"，高兴地说：你还专门给我写上了"太老师"。随后走到病房里间屋中好一会儿没出来，原来是要专门找一个袋子把这张字放好。

二〇二一年，拙著《"津门三子"与荣园》出版，里面引用了先生的文章、题字和照片，提到了先生和其他文人的交往，我于是联系张静教授转交先生垂览。本想多准备些作业一并递呈，但是忙于琐事，直到有一度生病住院，想到耽搁日久，有失敬意，于是偷着跑回单位，赶紧题了上款寄出。不久，先生借张教授的微信发来语音说："魏暑临先生您好！真是很久不见了……我记得您的书法和诗词都写得很好！非常感谢您送给我这本书，唤起我对于过去的很多记忆，谢谢！"这是我最后一次听到叶先生和我讲话的声音。那个时候，她应该已经开始长期在医院生活了。

我不禁回想起第一次见到她的场景。那是二〇〇四年秋，我随曹师参加在南开大学召开的庆祝叶先生八十华诞暨国际词学研讨会，会场在东方艺术大楼报告厅，我坐在第四排，回头望见太老师从大门步入会场，她的发型像荷叶一样，气质则宛如诗词的化身。会议赠送了《多面折射的光影——叶嘉莹自选集》，我拿着请她签名，她说：我签在哪里呢？我说：您就签在照片旁边吧，这张照片太好了，像明星照一样。她笑着说：你还把我的照片说成明星照，我哪里是什么明星。我说：您就是我们心目中真正的明星。

"多面折射的光影"——我最爱这书名，巧妙恰切地概括了叶先生的修养，形容着诗词学的内涵；而那"光影"，也必然是发自诗词心灵的晶莹。

八

叶先生去世的讣告很快就公布社会，引发各界人士悼念。而各种声音中也有对叶先生的争议和批评。学术本来不妨商榷，但盖棺定论不是谁都可以做到的。何况，在评价时，最好还是把评价学术与评价个人分开来。一些人的显然不足与辩的低级言论或一味叛逆的批评话语，诚然让人感到悲愤和无奈，但其中最引起我深思的，是有些人用所谓"学问"的呆板的条条框框来衡量叶先生诗词学高卓的精神内涵。现在的很多人，其实是中了所谓"学问"的"病"，如同知识的机器，只知道用浅滑的口水作机油；而作为个体生命，则是在"智识"上缺钙、在心灵上缺血、在精神上缺氧，浅薄惯了，已经不会仰望星辰。叶先生诗词学的贡献，恰恰在于她找到了维系诗心、培育词心，让诗词的心灵不死，且充满敏锐性灵和智慧感悟的文化精神。

任何一个学者的学术的内容和功能都不会是无限的，但到达了一定的智慧、精神和文化的层次，就会绽放不可限量的光明。叶先生的学术，为智慧补钙质、为心灵养血脉、为精神添氧气、为宇宙增光辉，其泰山北斗的崇高，仰止尚且不及，何劳苛责，何况又多是无端无据的误解呢？有的人要么讳疾忌医，要么甚至不知自身有病，反而怪医家乏术，不是很可怪的现象吗？

刘先生受业于詹锳先生时，曾同时长期听叶先生授课，多年来与叶先生过从密切。几年前曾与叶先生商定，以叶先生为表率，约包括我在内的几位师友弟子一起做一系列关于吟诵的工作，但因诸多原因，迟迟未能付诸实践，现在却已成为叶先生的"遗愿"。面对叶先生的去世，谈到过去的种种往事和当下的纷繁情况，刘先生只能用"五味杂陈"来形容自己的心情。

而沈先生则发来他的旧文《人与诗·诗与人——我所认识的叶嘉莹先

生》，并说：九月中去天津看先生，她已几乎认不出我了。但我念出她这首写蓝鲸的诗的开首，她便慢慢地吟出来了。她已忘却尘世，但她仍在自己的诗世界中。她早就跟我说过，她有时晚上看天，便常觉得自己是天上的一颗星。她相信有天人感应。愿她轻轻地飘回自己的家。

叶先生写过咏蓝鲸的《鹧鸪天》词，我于是也写了两首《鹧鸪天》：

欲雪交窗冷气森。深杯饮水费低吟。弱荷已是风霜死，皓魄岂曾湖海沉。莲有实，月常临。梦怀潮阔灌诗心。何时再洗重洋洁，度取蓝鲸万里音。

未始仙音晚岁轻。心游碧海系蓝鲸。百年痴梦浑忘却，家在楼台第几层。望浩宇，感平生。狂风吹彻愈光明。远尘近月无云处，指点前身是此星。

并有序言曰：甲辰冬迦陵太老师仙逝，学界哀悼，然误解杂音亦吷然而起；适濠镜沈秉和先生发来数年前旧文，阐述"叶嘉莹现象"及"弱德之美"至为深恰，文中叙论迦陵老人曾咏叹蓝鲸，并曾言"远古之世海洋未被污染以前蓝鲸可以隔洋传语，因思诗中感发力可以穿越时空之作用，盖亦有类乎是"，读之颇触感怀；沈翁言："九月中去天津看先生……"念之亦不禁潸然。因作此以慰沈翁，并悼逝者。

沈先生读后评曰："甚好，寄旨遥深！"其实我想表达意思也很浅显，就是我们读好叶先生的书，就一定会悟到诗词生命的感发。这不是说叶先生的所有诗论都一定正确，具体的问题容有商榷，且有的问题的确见仁见智，但是叶先生理念和精神的高度涵盖万有，是超越了学问对错和个案正误之上的诗词生命性灵之学。

九

我早在求学时期就曾得曹师惠赠《迦陵文集》十卷，精读有得，叶先生诗词学从始于诗学普遍规律的"兴发感动"说，到发掘词学感人深致的"双重性别"说，再到归于文人心史的"弱德之美"说，不但是其诗词学的脉络，也是其人生境界的概括。我虽然未能得太老师学术内涵之百一，但其对诗性词质所作出的那既宏且深、极广大且尽精微的赏会与解读，极大地影响了我对诗词的理解，很大程度上提升了我对诗词的理解力与悟性。

记得二〇二四年冬天，叶先生在天津电视台录制词学系列讲座，某次录像后，我们与她一起等电梯，因为乘坐不下太多人，我们就先送先生进电梯，然后步行下楼，到一楼后本想迎着先生走，先生却突然出现在我们身后，我们灵机一动，说这原来就是所谓的"瞻之在前，忽焉在后"，大家都高兴地笑起来，引得叶先生也非常开心。曹师向先生介绍我们的情况，又说：您看看您这些徒子徒孙都多优秀啊，叶先生则一遍遍地念着我和其他几位同学的名字，想要尽量记住，又念叨了好几遍"徒子徒孙"，亲切而感慨地说：这些都是我的徒子徒孙，将来要好好地学习诗词！叶先生对所谓徒子徒孙的重视，其实就是希望诗词学有所传承。我虽不才，愿尽微薄之力，黾勉不负太老师的寄托。

沈先生近日又发来信息说：叶先生作为我们的一个"对象"的离去，才使我们重重地感觉到自己的"轻"。她用她曾有的质感抑扬的声音、清澈的文字、穿透一切虚伪的笑容向我们展示了她的"真在"——它今天如此陌生，但正是由于这"陌生"，让我们得以痛切地、真正地感受到"自己"的存在，感知到世界尚有沉甸甸的"蓝鲸"、满盈盈的"烛光"。它高傲如松杉，无可替代，它可以拯救那无数无距离、不懂说话、轻飘飘的"点赞"，让它们重新回到地上。

我想，我不会做那种轻飘飘的"点赞"者，我愿尽可能地让自己对诗词的理解厚重一些。

十

现全书既成，正应一并感谢天津社会科学院出版社诸同仁的信任、抬爱，感谢王星琦先生千里之外赐书题签。这是我在天津社会科学院出版社出的第三本书，我对该社同仁执着文化事业、打造文化精品的精神和实践怀有深厚的敬意和情感。王先生是古典文学界的耆宿，书法老辣苍劲，近来身体染恙，仍时时以拙著为怀，出院第二天即操翰快书，神完气足；与王先生已是多年不见，能以此书再续前缘，也实属我的深幸。

蒙前辈之垂青，得同仁之赏音；读书有悟，写书可出——学人之乐，夫复何求。

我自少年时顽劣懒散，不知进业，所幸从小学至大学，由校园至学界，多遇良师，深获启蒙。于百无一用之间，聊以诗书为乐趣，以读写为寄托。虽日常涉猎不专于诗，然而恒以诗为最尚之品，以诗学为最爱之学，同时努力以诗品诗学贯通于其他诸学之间；又因不倦吟哦，每每以创作与理论相参。

叶嘉莹太老师讲诗词最重"兴发感动"四字，我以为此四字所包含的道理，在诗的读、写、赏会的全过程中，实在应该一以贯之。至于叶先生创论"弱德之美"，又至于前贤所谓境界高格，以及古人之所谓思无邪、温柔敦厚等等，总而言之，只要有健美通达的诗心，就至少不会流于迂腐颓废、荒谬狂怪。这些道理和心得固然不是这本小书所能彰显，只可作为将来黾勉的指针。

拉杂已多，以诗作结：

少年书肆恋书香，岂料如今读写忙。文艺百般诗特重，辞章千品意难量。诚明兴会情堪逆，性分天和道守常。不为人间寻定论，只从学问发心光。

诗国门墉识未全，胆豪早作管锥篇。物心寒暖容亲近，事体阴阳助校诠。勤接蚕丝抽历历，敢惊蝶梦化翩翩。濠梁鱼跃骊龙睡，信此千秋有宿缘。

赏会凭谁贯旧新，明心切要在知人。想当然处防浮伪，求正解时期抱真。古往高怀存海岳，今来壮思掇星辰。诗魂无使增诬妄，精义惟望尚雅淳。

辨析无妨试浅深，好循诗艺探诗心。推敲力戒轻常理，参酌时相证我吟。必向浑成分璞玉，每因细密鉴沙金。天真不改兼明哲，领悟人情达古今。

　　毕恭先生与我近廿载交谊深厚，常助我改诗，论学存道，启思共感，关系在师友间，蒙于拙诗中拣"好循诗艺探诗心"一句刊成佳印，为全书增色，而此句亦庶几全书之主旨也。

甲辰小雪初稿，大雪补订